典籍整理叢刊

求是堂文集

胡承珙　撰
車行健　點校
蔣秋華　審閱

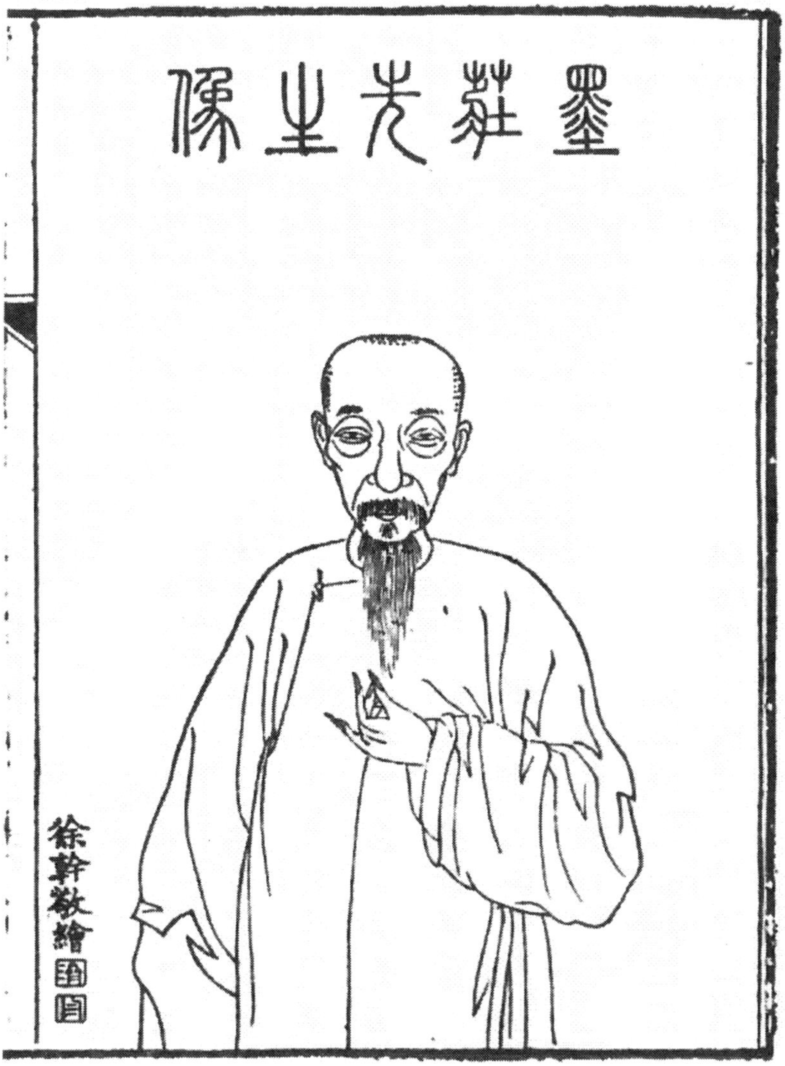

胡承珙畫像　徐幹繪

道光十三年求是堂刻本《求是堂詩集》

墨莊先生像贊

珥彤金馬兮節封圻臨政則澤侔春露研經剔照奪青藜繼鄭毛而踵起方賈孔而肩齊迺威儀抑抑還

墨莊先生像贊頁一　汪道平題

道光十三年求是堂刻本《求是堂詩集》

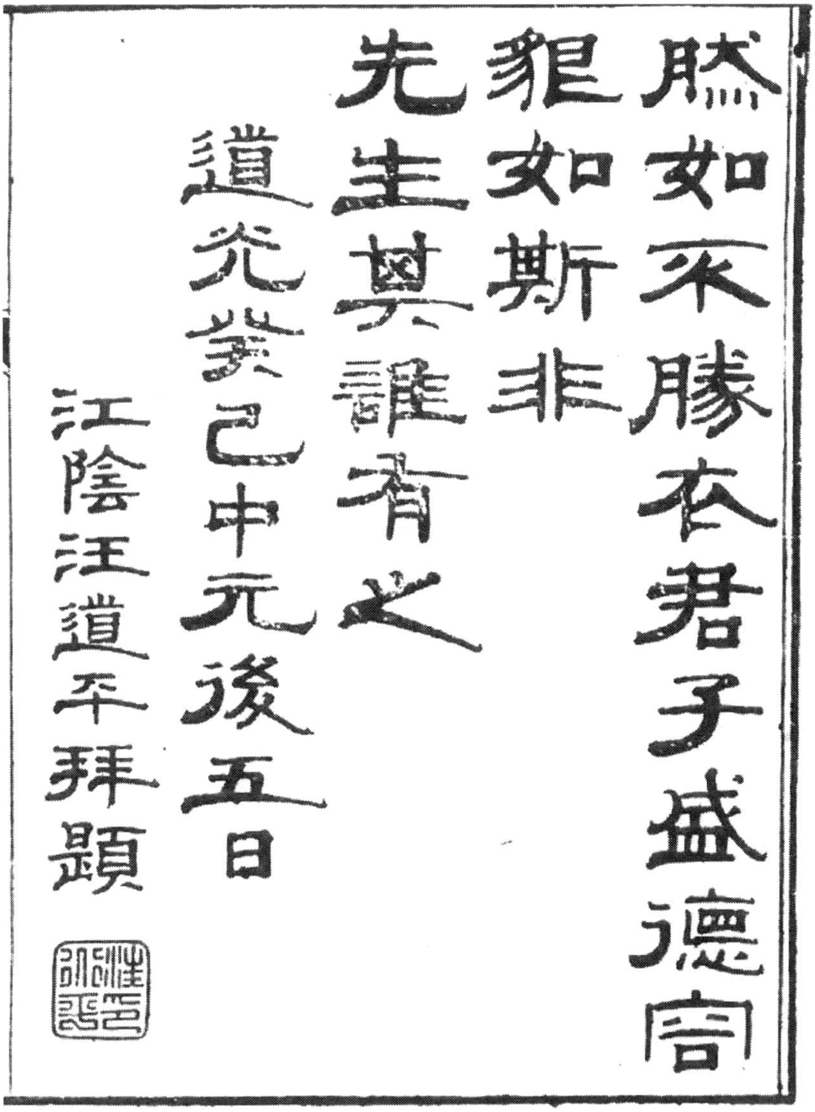
然如不勝衣君子盛德容
貌如斯非
先生其誰肖之
道光癸巳中元後五日
江陰汪道平拜題

墨莊先生像贊頁二　汪道平題
道光十三年求是堂刻本《求是堂詩集》

道光十七年刊

求是堂文集

駢體文附　本宅藏板

《求是堂文集》書影

道光十七年求是堂刻本

目次

卷一……七一

卷二……一〇七

卷三……一四五

卷四……一八三

卷五

卷六……二三一

駢體文卷一

駢體文卷二……二七七

附錄一：《求是堂文集》未見收遺文

附錄二：異體字對照表

導言

一　胡承珙其人及其著述

胡承珙，字景孟，號墨莊，一號墨齋，安徽涇縣人。生於清乾隆四十一年（一七七六），卒於道光十二年（一八三二），享年五十七歲。胡承珙出身仕宦之家，高祖胡尙衡，順治壬辰（一六五二）進士，歷官湖南驛傳鹽法道布政使司參議。曾祖胡之棟，廩貢生，官任河南新安縣知縣。祖父胡兆殷亦爲縣學生。但至其父胡遠齡時，已因家道中落，不得不棄學服賈，往來楚、蜀間。久之，家境始稍轉裕。

胡承珙自幼馴謹，不煩約束。五歲就傅，誦讀倍常兒。十歲能文章，十三入庠，十八食餼。三十歲時，登嘉慶十年（一八〇五）乙丑科彭浚榜進士，選翰林院庶吉士，散館授編修。後歷任廣東鄉試副考官、陝西道監察御史、工科給事中、刑科掌印給事中、福建分巡延建邵道、臺灣兵備道兼提督學政加按察使銜。在臺三年，力行清莊弭盜之法，民番安肅。事無鉅

細，悉心綜理，終因積勞成疾，遂於道光四年（一八二四）乞假歸里，專事著述。〔一〕

胡承珙雖生於乾隆年間，但他的事業和學術主要皆成就於嘉慶、道光年間，此時乾嘉漢學的光芒雖然耀眼，然而學風也隨著時勢世局的改變，逐漸有新的發展。身處變革前夕的胡承珙，其研經治學，依然秉承乾嘉漢學的宗風，「精研小學，熟於《爾雅》、《說文》」。〔二〕治經側重於名物訓詁、語言文字。〔三〕其著述的狀況，與之「系出同宗」的好友胡培翬（竹邨，一七八二～一八四九）甚爲了然，謂其所著有：

> 《儀禮古今文疏義》十七卷、《小爾雅義證》十三卷，皆手自付梓。《毛詩後箋》三十卷、《爾雅古義》二卷、《求是堂詩集》二十二卷、奏摺一卷、文集六卷、駢體文二卷，卒後，子先翰、先頖次第梓以行世。其爲之而未成者，又有《公羊古義》、《禮記別義》二書。〔四〕

其中「奏摺一卷、文集六卷、駢體文二卷」，後來刊刻時合爲《求是堂文集》。除《公羊古義》、《禮記別義》二種爲著而未成外，餘皆刊刻行世。

此外，胡承珙曾在寫給友人林一銘（小巖，一七八一～一八四七）的書信中，亦述及自己的著述，謂：

前僅刻《儀禮》一種、《小爾雅》一種，尚有《爾雅古義》、《春秋三傳文字異同考證》等，見存篋中，未能雕板。所作詩古文辭，刪薙之餘，尚有二十餘卷，亦已錄本。〔五〕

其云已刻之《儀禮》和《小爾雅》即爲《儀禮古今文疏義》與《小爾雅義證》，詩古文辭等，當即其詩集和文集之內容。而《春秋三傳文字異同考證》則當爲已著而未傳者。〔六〕但其著而未傳的著作可能尚有他書，同樣有宦臺經歷的姚瑩（一七八五～一八五三），在其《康輶紀

〔一〕以上關於胡承珙生平經歷的敘述，主要參考胡承珙：〈先府君事略〉，氏撰：《求是堂文集》（道光十七年求是堂刊本），卷六，頁十八A～十九B；胡培翬：〈福建臺灣道胡君別傳〉，胡培翬撰、黃智明點校：《胡培翬集》（臺北：中央研究院中國文哲研究所，二〇〇五年），頁二八四～二八六；韋旭東：《胡承珙年譜》（南京：南京師範大學中國古典文獻學碩士論文，劉立志教授指導，二〇二〇年），頁八～十一、十四、二十八、九十～九十九。

〔二〕胡培翬：〈福建臺灣道胡君別傳〉，《胡培翬集》，頁二八七。

〔三〕郭全芝：〈整理說明〉，胡承珙撰、郭全芝點校：《毛詩後箋》（合肥：黃山書社，一九九九年），上冊，頁一。

〔四〕胡培翬：〈福建臺灣道胡君別傳〉，《胡培翬集》，頁二九二。

〔五〕胡承珙：〈與林小巖書〉，《求是堂文集》，卷三，頁三十九A。

行》嘗記有胡承珙《海天客話》一書。〔七〕

胡承珙行世的著述，經他手自付梓者，僅有《儀禮古今文疏義》和《小爾雅義證》二書，前者刊刻於道光五年（一八二五），後者於道光七年（一八二七）刻成。餘皆由其子嗣和友朋梓以行世。胡培翬在〈求是堂文集序〉中，詳細說明刊刻胡承珙遺書的情況：

> 君詩手自編定，文未及編也。道光壬辰秋，余往鍾山講院，過其家，君時病瘧，居內寢，余入視，尚攝衣冠坐，遽謂余曰：「吾病，將不起，所著《毛詩後箋》未及寫畢，所作雜文亦未刪定，子其爲我理而付諸梓。」……明年，余至其家求遺書，而遺文已經朱君蘭坡略爲編次。又一年，余移講涇川，乃取《後箋》等書次第校讀。以蘇郡陳君碩甫治《詩》宗毛，與君同志，思引與讐校，而喆嗣先翰、先頖日夜思刊父書，即如余言往請。碩甫欣然來就，將《後箋》之未畢者補之，并取君所著《爾雅古義》，校以授梓。君之爲御史、給事中也，數言事，多奉旨允行。今其奏藁存於家者，僅有數篇，皆已明見施行者。乃依蘭坡先生所編，謹錄爲一卷，冠於文集之首。其散文析爲六卷，而駢體文二卷附焉。校刻將竣，先翰等請余序之。〔八〕

從此序文中可知，胡培翬在胡承珙生前即受其委託，協助刊刻其遺書，其中包括《毛詩後

箋》、《爾雅古義》和《求是堂文集》三種。胡培翬序文末明言《求是堂詩集》，僅言「君詩

〔六〕韋旭東《胡承珙年譜》將胡承珙著作分爲「傳世著述」和「著而未傳」二類。（頁一二五～一二六）但後者實際上又有「著成未傳」和「著而未成」的不同。《春秋三傳文字異同考證》當爲著成未傳，《公羊古義》、《禮記別義》二書則爲「著而未成」。

〔七〕姚瑩原文爲：「嘉慶之末，余令龍溪，得邑人王大海所著《海島逸誌》……與陳倫炯《海國聞見錄》二書攜至臺灣，爲觀察胡公（承珙）借去，本之作《海天客話》。余罷官，以憂內渡，二書未還，其所著《海天客話》亦未之見也。」（見歐陽躍峰點校：《康輶紀行》〔北京：中華書局，二〇一八年〕，上冊，頁三二二。）則此書著成與否尚在疑似之間。又案：胡承珙著述中又有《（道光）旌德縣續志》十卷附《兩江忠義錄》二卷（王椿林修、胡承珙纂，民國十四年重刊本）和《韓集補注》一卷（沈欽韓撰、胡承珙訂，光緒十七年廣雅書局刊本）二種，車行健、邱惠芬〈胡承珙研究文獻目錄〉（《中國文哲研究通訊》，第二十五卷第二期〔二〇一五年六月〕，頁十）和韋旭東《胡承珙年譜》附錄二「著述及版本」（頁一二五）皆有著錄。就前者而言，胡承珙確是由旌德縣候補知縣延請而司其事（王椿林：《旌德續志》〈序〉，頁三A），然從〈旌德縣續志纂修銜名〉可知，胡承珙雖任總修，復有主修、同修、分修及其他襄助之職，可知其不成於一人之手。後者主撰者爲沈欽韓（小宛，一七七五～一八三一），胡承珙和胡培翬皆未提及此二書，或不視此二書純爲胡承珙之著作。

〔八〕胡培翬：〈求是堂文集序〉，《胡培翬集》，頁一八五～一八六。又見《求是堂文集》，序，頁一A～二A。

手自編定」，未提及詩集刊校之事。據《求是堂詩集》家刻本（即求是堂本），可知此書刊於道光十三年（一八三三），前有胡承珙姻親兼摯友朱珔（蘭坡，一七六九～一八五〇）之序。胡承珙逝世於道光十二年閏九月〔九〕，朱珔序文作於道光十三年四月，《詩集》前附有汪道平於該年中元後五日（七月二十日）所作的像贊。〔十〕《求是堂詩集》刊出，距胡承珙去世僅及一年，則刊刻之事，或當在其生前即已有所規畫籌辦。

胡培翬董理付梓遺書中，胡承珙用力最勤的當屬《毛詩後箋》。此書在其生前並未能完成，胡承珙二子先翰、先頖在胡培翬的建議下，邀請同治《毛詩》的陳奐（碩甫，一七八六～一八六三）至其里第讎校遺書。古風高義的陳奐不但欣然來就，而且還將《毛詩後箋》未完成的部分，以己之「《傳疏》語爲之條錄而補綴之」〔一一〕，甚至「并取君所著《爾雅古義》，校以授梓」。

《求是堂文集》的刊校則由胡培翬親力親爲。文集先由朱珔編次，胡培翬在此基礎上，復將奏稿一卷、文集六卷和駢體文二卷，合而爲一，並爲之詳加讎校。文集中有多處附有胡培翬的識語，如卷一的〈夾室考〉、卷二的〈復家竹邨孝廉燕寢室南無戶書〉，由此皆可見到胡培翬的付出和用心。在胡承珙二子和胡培翬、陳奐的努力下，《毛詩後箋》、《爾雅古義》和《求是堂文集》三書皆於道光十七年（一八三七）刊刻完成。〔一二〕

二　胡承珙《求是堂文集》的主要內容

胡培翬在爲《求是堂文集》作序時，從胡承珙文章寫作與爲文風格的角度做了如下的評述：

〔九〕胡培翬：〈福建臺灣道胡君別傳〉，《胡培翬集》，頁二九二。

〔十〕朱珔序文及汪道平像贊均見於道光十三年求是堂刻本《求是堂詩集》書首。

〔一一〕陳奐〈毛詩後箋序〉語。據此序云，胡承珙撰作《毛詩後箋》，「《魯頌》〈泮水〉篇以下，竟未能卒業，而抱志以歿，儒者惜之」（道光十七年求是堂刻本《毛詩後箋》，陳序，頁一B）。故陳奐取己書補之，遂有完璧之觀。

〔一二〕胡培翬在〈福建臺灣道胡君別傳〉中，敘及胡承珙著作係由其子「先翰、先頖次第梓以行世」，然柳向春根據相關人物往來尺牘，直謂：「承珙遺書之得以行世，培翬之功至偉。承珙兩子以家境中落故，並非全力支持遺書付梓之事，若非培翬再三之敦勸，承珙遺書或即湮滅不存。而其中之《毛詩後箋》以未曾定稿，刊行難度更甚於他著。陳奐浸淫《毛詩》數十載，《後箋》得其校訂補足，實屬大幸。其間往來籌措，亦非培翬莫辦。」（見氏撰：《陳奐交遊研究》〔上海：華東師範大學出版社，二〇一〇年〕，頁一九九。）類似胡培翬、陳奐風義之舉，絕非孤例，而從中亦可略窺彼時士林風氣之一斑。

墨莊文凡三變：初時熟精《文選》，習爲駢體文，有六朝、初唐風格。其後研究經史，與四方友朋往還討論，辨釋名物、訓故，則有考據之文，如孔、賈疏體，雖不於文求工，而下筆滔滔，文稱其意。及自閩海歸，踵閫求文者多，而君學愈邃，文亦日進，所作序、記、傳、銘，駸駸乎韓、歐軌度矣。〔一三〕

早年一變之駢體文，可見於《求是堂文集》附錄二卷。中年二變之考據之文，集中於前三卷和卷四前半部。晚年三變所爲之序記傳銘等則大體呈現在後三卷。三者之外，又有胡承珙身任言官時所上陳之奏摺一卷，被胡培翬編爲卷首。如此，可在胡培翬述及的基礎上，將《求是堂文集》所收文章分爲四個類別，即奏摺、論學文章、酬應文章、賦作及駢文。以下依次論述。

《求是堂文集》收錄奏摺共八通，胡培翬對胡承珙上疏陳事的表現，知之甚詳，謂其：

自以爲身居言路，當周知天下利弊，陳之於上，方不負職。故其數年中陳奏甚多，多見施行。而其最切中時病者，則有條陳虧空弊端各條。……其言深切著明。又如奏漕船積弊……。後數年，果有浙江漕船滋事重案。足見君於天下利弊，訪求者熟也。在科道任內，巡視倉廒東城，皆弊絕風清。〔一四〕

事實上，胡承珙任職言官所陳奏疏，不只此八通。《清仁宗實錄》於嘉慶十九年（一八一四）十二月丙寅記有胡承珙上奏〈陳賑務利弊摺〉之事，以及嘉慶皇帝對此摺的批覆意見。〔一五〕根據嘉慶帝的批覆諭旨，可知胡承珙的建言當亦已「明見施行」。〔一六〕此摺收錄於附錄一「《求是堂文集》未見收遺文」。此外，包世臣（一七七五～一八五五）在《齊民四術》卷七中，亦載有兩篇爲胡承珙代擬的奏摺，一篇題爲〈爲胡墨莊給事條陳積案弊源摺子〉，另一篇題爲〈爲胡墨莊給事條陳清釐積案章程摺子〉。〔一七〕二摺代擬與奏陳的具體細節均不清

〔一三〕胡培翬：〈求是堂文集序〉，《胡培翬集》，頁一八五。又見《求是堂文集》，序，頁一A。

〔一四〕胡培翬：〈福建臺灣道胡君別傳〉，《胡培翬集》，頁二八四～二八六。

〔一五〕見《清仁宗實錄》（北京：中華書局影印出版，一九八五～一九八七年），卷三百，頁一一二九。《仁宗實錄》未載完整奏疏內容，此摺收錄於《皇清奏議》第四冊（姜亞沙編輯，北京：全國圖書館文獻縮微複製中心，二〇〇四年），頁一七九九～一八〇五。另題作〈請撫流民疏〉。

〔一六〕嘉慶帝諭令：「著傳諭百齡、張師誠、胡克家，將該御史摺內指出各弊端，當盡心剔除，選擇賢能之員，認真查察，務令廩藏所頒，絲毫皆及窮黎，以期多所全活，保衛民生爲要。」（《清仁宗實錄》，卷三百，頁一一二九。）

〔一七〕李星點校：《包世臣全集》（合肥：黃山書社，一九九七年），頁三七五～三八五。

楚，然既已收在包世臣集中，則不當以胡承珙作品視之。〔一八〕

論學文章主要包含探考經義的論文、與當時學者往復論難的書信，以及爲己作及他人著述作序之文等。這類論學文章大體以考據爲主，涵括名物（如卷一之〈金舄解〉、〈夾室考〉）、訓詁（如卷一〈儀禮鄭注豐字聲義考〉、卷三〈復朱蘭坡問爾雅書〉）、經義史事（如卷一之〈公羊祠兵解〉、〈周公東征說〉）、地理（如卷一〈三十六郡考〉、卷三〈與張阮林〉三書之論大別山地理位置）與制度（如卷二〈與潘芸閣書〉論魏晉博士之置立、卷四〈儀禮釋官序〉論侯國官制）等議題。張舜徽（一九一一～一九九二）對《求是堂文集》的考證之文，評價甚高，其云：

如〈簫韶解〉，謂簫是樂名，而非樂器，發前人所未發。〈九撡解〉，釐析同異，博徵書史以論證之，視段玉裁〈釋拜〉之篇，爲審密矣。〈釋翿〉篇，正《爾雅》今本傳寫之誤。〈復朱蘭坡問爾雅書〉，訂今本《說文》霰、霺二字說解之互舛。皆義據確固，言之成理。〈與洪檆堂書〉中所附《夏小正補義》各條，亦多精邃之言。良由根柢深厚，語皆可徵，不失爲有本之學。〔一九〕

考證文外，陳述治經態度和爲學立場的議論文，也深獲張舜徽的贊賞：

余尤喜其識議通達，足以興起人。承珙嘗謂治經無訓詁義理之分，惟求其是者而已。爲學亦無漢宋之分，惟取其是之多者而已（是集卷四〈四書管窺序〉）。此種言論，不偏不黨，至正至公。〔二十〕

第三類的序記傳銘，極大程度地顯現了胡承珙的社會參與和鄉里人際交往的關係。卷四全爲序文，除〈董母吳太宜人六十壽序〉、〈江樸亭封翁七十壽序〉爲壽序外，餘皆爲書序。其中〈儀禮古今文疏義自序〉、〈小爾雅義證自序〉爲自著書之序，其他則爲他人著作之書序。這些書序固然亦有一定酬應的成分，但從中也表現胡承珙的學術見解，或可歸入上類論學文章中。卷五除序引和跋文外，尚收七篇雜記文。就整體來觀，此卷文章最能呈顯胡承珙對地方事務的參與，如贊修學宮（〈修蓋縣學大成殿記〉）、寺廟（〈募修妙覺禪院引〉）、橋樑（〈旌德仙源橋碑記〉），以及募設救生船局（〈大通鎮募設救生船局引〉）和參與縣志編纂（〈重修旌德縣志雜記〉）等。胡培翬謂其歸田後，雖足不出里門，不預外事，然對地方上修

〔一八〕　關於此二搢的相關討論，可參見韋旭東：《胡承珙年譜》，頁八十二。

〔一九〕　張舜徽：《清人文集別錄》（武漢：華中師範大學出版社，二〇〇四年），頁三四三。

〔二十〕　張舜徽：《清人文集別錄》，頁三四三。

邑城、興書院和族中平羅等事，仍積極捐資助成。〔二一〕對照此卷所述，誠非虛美。卷六所收之家傳和墓誌銘，皆爲其家庭宗族和姻親戚友的家族傳記，涉及涇縣胡氏、朱氏與旌德戴氏、呂氏。涇與旌德二縣，清時同屬安徽寧國府，密邇徽州府。此卷諸篇傳銘，如〈先府君事略〉完整呈現了胡承珙的家庭背景，而〈誥贈通奉大夫朱府君墓誌銘〉、〈奉直大夫布政使司理問朱君墓誌銘〉等文，亦透露出胡氏與朱氏通婚的情形，因而有朱珔所稱與胡承珙「家不十里遙，又姻親」之語。〔二二〕二人關係充分體現在《求是堂文集》中，胡承珙遺文不但由朱珔爲之編次，且其中收錄與朱珔相關的文章亦最夥。這些傳銘反映出清代皖南一帶社會宗族的情況，除紀錄宗族內部的人物和事跡外，時也折射出當地的社會風俗和民情，具有相當程度的史料價值。〔二三〕

第四類駢體文是最能展現胡承珙工於文詞的能耐。二卷共收文四十篇，包括書、啓、序、記，祭、禱等各類體裁，亦不乏酬應之作。卷一所收四賦，從題材來看純屬詠物，〈棉花賦〉與〈頗黎紙賦〉爲駢賦，〈水仙花賦〉與〈安肅菜賦〉則是限韻的律賦，對寫作要求極高。雖題名爲賦，然實運用大量駢句，因而亦得以被視作駢文，收錄在此二卷駢體文中。整體來看，這些駢體之作，結構工整，對仗嚴謹，造語雅麗、用典繁密，極可看出創作者的才學和功力。鄧實（一八七七～一九五一）嘗在《國粹學報》刊布〈寄洪稚存先生書〉、〈約同人七月五日爲鄭康成生日設祀啓〉、〈丁亥八月十六日夜丹谿水閣翫月記〉三篇駢體文，並作後記謂：

墨莊駢體文清竣簡約，雅近齊梁，由其蘊蓄之淵深，故能結體之高逸，在乾嘉時亦一作手也。而曾賓谷《國朝駢體正宗》、姚某伯《皇朝駢體類苑》皆遺之，何歟？〔二四〕

胡承珙工文的才華，在其擔任詞臣時，即已顯露。嘉慶十六年（一八一一），嘉慶帝西巡五臺山，諭令文穎館續編《清涼山志》，又從董誥（一七四〇～一八一八）等人奏請修《西巡盛典》。隔年《西巡盛典》書成，胡承珙代筆文穎館，作〈文穎館恭進西巡盛典表〉。由董誥、曹振鏞（一七五五～一八三五）與英和（一七七一～一八四〇）等人奉敕纂修的《西巡盛典》

〔二一〕胡培翬：〈福建臺灣道胡君別傳〉，《胡培翬集》，頁二九二。

〔二二〕胡承珙：〈誥贈通奉大夫朱府君墓誌銘〉，《求是堂文集》，卷六，頁五A引朱珔語。

〔二三〕最突出者如對讀書和科舉的重視（如卷六諸墓銘），讀書不成（包括貧窮及科舉不利等因素）而外出經商（如卷六〈誥贈通奉大夫朱府君墓誌銘〉、〈奉直大夫布政使司理問朱君墓誌銘〉）以及婦人守節的現象（卷四〈闔貞集序〉、卷六〈朱氏兩世節孝傳〉）。就讀書科舉之風而言，卷五〈文德堂文會記〉所記「文會」現象頗值得關注，其云：「今天下有書院課其境內之秀者，所以佐學校之所不及也。而東南諸郡，類多世家巨族，則往往各有文會以自課其子弟，又所以佐書院之所不及。……今之書院，大率名存而實亡矣，惟文會則皆其本宗之人，情親而易敦，業同而易習，父師之教必誠，子弟之帥必謹，厚風俗而儲人材，蓋莫先乎此。」（《求是堂文集》，卷五，頁十二B。）

〔二四〕《國粹學報》第六年第七號（總第六十九期，一九一〇年七月），文編外，頁六A。

（嘉慶十七年武英殿聚珍刊本），卷首所刊之表文僅改動數字和增益一二句，餘皆沿用胡承珙原文〔二五〕，由此也可看出胡承珙的寫作功力受到董誥等上司的肯定。

胡承珙仕宦之際，猶治學不綴，復工詞章，可謂是全方位的文人學士，姚鼐（姬傳，一七三一～一八一五）曾許其爲「真讀書人」。〔二六〕清人趙紹祖（琴士，一七五二～一八三三）稱贊他說：「穎敏異常，手不釋卷，詞章考据，兩擅其勝。」〔二七〕張舜徽亦肯定他：「治經之外，復工詞章，能爲駢散文、古今體詩。」〔二八〕而胡培翬更全面地對他的成就做出了如下的評價：

> 君經學、詩文，卓然均可傳後，而早登甲科，陟歷清要，中歲擁旄海外，宦績偉然，豈非生有夙慧，得天者厚歟？〔二九〕

這些議論皆有本有據，公允客觀，足爲定評。

三　《求是堂文集》的特色與學術價值

《求是堂文集》集中體現了胡承珙的治學成果與學術觀點，往往可與其所撰之諸經傳疏相互參證，且因表達方式與寫作情境的不同，有時反較疏經之作更能直接呈現胡承珙的學術主張與治學態度，如卷二〈寄姚姬傳先生書〉云：

竊謂說經之法，義理非訓詁則不明，訓詁非義理則不當，故義理必求其是，而訓詁則宜求其古。義理之是者，無古今，一也。如其不安，則雖古訓，猶宜擇焉。〔三十〕

類似的觀點又見於卷四〈四書管窺序〉。就「訓詁宜求其古」的論點，他曾在卷三〈答陳碩甫明經書〉中提出過著名的理據：

〔二五〕以上參見韋旭東：《胡承珙年譜》，頁四十三、四十六～四十七。

〔二六〕姚鼐：〈與陳碩士〉，盧坡、黃漢整理：《姚鼐師友門人往還信札彙編》（南京：鳳凰出版社，二〇二二年），頁四九九；胡承珙：〈寄姚姬傳先生書〉，《求是堂文集》，卷二，頁十四A。

〔二七〕見《國粹學報》第六年第七號，文編外，頁九A。

〔二八〕張舜徽：《清人文集別錄》，頁三四三。

〔二九〕胡培翬：〈福建臺灣道胡君別傳〉，《胡培翬集》，頁二九二～二九三。

〔三十〕《求是堂文集》，卷二，頁十四A。

語云：「村曈失火，州人數日乃聞之，不如其邑人翌日聞之之未遠也；縣聞雖近，又不如其鄰人登時親見之審也。」以秦人而視三代，猶邑人也；以漢視秦，則州人矣。然較之唐宋以後，不啻其在數千里之外者，則州人猶爲近之。〔三一〕

此以聞見失火喻之，又有用問高、曾祖事喻之，如同卷〈與林小巖書〉謂：

平心而論，問高、曾者必於祖父，談失火者必先里鄰。〔三二〕

又於〈與李申耆同年書〉謂：

注古人書，必先求其去古甚近者，所謂問高、曾之事，必於祖父。〔三三〕

此種以早晚遠近來比喻時代較早的經說之權威可信，是明清考據學家常用的論證方式〔三四〕，柳向春視此爲「回歸原典」之主張〔三五〕，而漆永祥則稱此爲「愈往前古，愈得其真的儒學求本化思想」。〔三六〕

在這種信念指導下，胡承珙治《詩》「墨守《毛義》」，因爲在他看來：

〔三一〕《求是堂文集》，卷三，頁十三B。

〔三二〕《求是堂文集》，卷三，頁三十八B。

〔三三〕《求是堂文集》，卷三，頁四十A。

〔三四〕如張舜徽在《清人筆記條辨》（武漢：華中師範大學出版社，二〇〇四年）引述明人黃省曾（一四九六～一五四六）《五嶽集》〈孔子春秋序〉所云：「欲聞京都之事者，遠而四裔，孰若中州，中州孰若畿輔，畿輔孰若左右之人。今人之，四裔類也。漢氏諸名家，中州類也。戰國齊、魯諸生，畿輔類也。左氏、公、穀，左右類也。《三傳》之旨，後之人安得超駕企並之耶？」以其論證引申及於《詩經》之《毛序》和《毛傳》之不可廢，復舉馬端臨（一二五四～約一三三三）之聽訟喻：「《詩》者其事也，齊、魯、韓、毛，則證驗之人也。《毛詩》本書具在，流傳甚久，譬如其人親身到官，供指詳明，具有本末者也。齊、魯、韓三家，本書已亡，……譬如其人元不到官，又已身亡，無可追到，徒得之風聞道聽，以爲其說如此者也。今舍《毛詩》而求證於齊、魯、韓，猶聽訟者以親身到官所供之案牘爲不可信，乃採之於旁人傳說而欲以斷其事也，豈不誤哉！」張舜徽以爲此亦「因近取譬，足爲《序》、《傳》張目。」（頁二十九）

〔三五〕柳向春：《陳奐交遊研究》，頁二一二～二一三。

〔三六〕漆永祥：《乾嘉考據學研究》（增訂本，北京：北京大學出版社，二〇二〇年），頁二一八。這種求本化或返本論式的思維方式普遍存在儒者的論述中，或追求回歸某種抽象的價值理想或義理系統（或可稱爲「還原論」），或強調返回某具體時間序列的原初狀態或文化樣貌（即所謂「復古論」），前者是邏輯的返回，後者則是歷史的返回。考據學家所重視者通常即爲後者，然而這種復古型態的返本論式的論證方式，其實際效果如何，始終令人存疑。關於返本論的相關討論，請參拙著：〈試論歐陽修的儒學返本論〉，《東華人文學報》第十一期（二〇〇七年七月），頁一四七～一四八。

諸經傳注，惟《毛詩》最古，數千年來，三家皆亡而毛獨存，豈非以源流既真，義訓尤卓之故？

所以他發展一套研治《詩經》的方法，其謂：

準之經文，參之《傳》義，反復尋繹，以意說之。〔三七〕

又謂：

是故篇章大義，風諭微言，《傳》之於經，《箋》之於《傳》，離合之間，同異之際，求而不得當，則證之以他經；又不得，則證之以秦漢古書，往往有晻然合符，渙然冰釋者。若唐人《正義》以下，則猶之數千里之外，傳聞異辭，其可據者尟矣。〔三八〕

這也表現在其《毛詩後箋》之撰著中，自言此書「專主發明《毛傳》」，即使東漢鄭玄（一二七～二〇〇）的《毛詩箋》也時有不愜於心處，深憾其「有申毛而不得毛義者，有異毛而不如毛義者」，而認爲「《箋》說之多失《傳》旨」，因而其書「從毛者十之八九，從鄭者十之一

二」。〔三九〕

然而胡承珙這種堅守乾嘉漢學家法的治經態度，在嘉道學風漸變的時期，也面臨著不同學術陣營的挑戰，晚清今文經學代表人物魏源（默深，一七九四～一八五七）嘗從胡承珙問漢儒家法〔四十〕，其治《詩》卻主三家，李兆洛（申耆，一七六九～一八四一）謂其治《詩》「鉱割數千年來相傳之篇弟，掊擊若干年來株守之《序》、《箋》」。〔四一〕魏源嘗將其《詩古微》寄予胡承珙，胡承珙讀後，致書魏源申述自己之立場：

> 承珙於《詩》，墨守《毛傳》。惟揆之經文，實有難通者，乃舍之而求他證。……其於

〔三七〕以上引文皆見胡承珙：〈復陳碩甫書〉，《求是堂文集》，卷三，頁碼分別是十五A、十九B～二十A。

〔三八〕胡承珙：〈答陳碩甫明經書〉，《求是堂文集》，卷三，頁十三B～十四A。

〔三九〕以上引文皆見胡承珙：〈與竹邨書〉，《求是堂文集》，卷三，頁三十三A、三十三B、三十四A。

〔四十〕魏耆撰、李瑚箋釋：〈邵陽魏府君事略〉，魏源全集編輯委員會編校：《魏源全集》（長沙：嶽麓書社，二〇〇四年），第二十冊，頁六一九。

〔四一〕李兆洛：〈詩古微序〉，魏源撰、何慎怡點校：《詩古微》（長沙：嶽麓書社，一九八九年），頁十七。

三家，則惟與毛合者取之，不合者置之，亦李申耆所謂「懷獨是之見，而學不足以濟之」者。……讀足下之書，不欲為異，亦不敢為苟同。〔四二〕

在當時乾嘉漢學仍極盛之時，胡承珙似乎並未明顯感受到今文經學來襲的壓力，面對魏源對株守毛鄭之學的強烈掊擊，只是從經說取捨的角度，「與毛合者取之，不合者置之」，最終保持「不欲為異，亦不敢為苟同」的超然淡定態度。但自此以後，專守《毛詩》一家之學的治學態度恐再無法如此理直氣壯，心安理得的持續下去。畢竟時代變了，學風也變了。

上述論學意見，皆透過函札往返表達，此正印證梁啓超（一八七三～一九二九）對清儒藉由函札交換智識的學術風氣之觀察：

後輩之謁先輩，率以問學書為贄——有著述者則媵以著述——先輩視其可教者，必報書，釋其疑滯而獎進之，平輩亦然。每得一義，輒馳書其共學之友相商榷，答者未嘗不盡其詞。凡著一書成，必經摯友數輩嚴勘得失，乃以問世，而其勘也皆以函札。此類函札，皆精心結撰，其實即著述也。〔四三〕

《求是堂文集》所收此類「與四方友朋往還討論」的函札，並不全是致書與收信兩造雙方的商榷往來，有時所考論的議題涉及多人，實際上是呈現多方論學的實況，如卷二收有〈與張阮林孝廉書〉、〈再與張阮林書〉、〈三與張阮林書〉等三通與張聰咸（阮林，一七八三～一八一四）討論大別山地境所在的書函，然此議題實由張聰咸開啓。張聰咸於其《經史質疑錄》中，除收有〈復胡景孟編修論大別書〉，又有〈與顧千里明經議左氏四事〉、〈復姚姬傳夫子論大別書〉等函札。〔四四〕誠如張素卿所評者：

張聰咸兼綜《左傳》與《墨子》之記載，博考經、史，參依班固、鄭玄、桑欽、京相璠、司馬彪及顏師古諸儒之說，綜覈其相關地名，尋繹當時之行軍動線，並且繪圖以爲佐驗。既立一說，於是質之時賢，反復商榷，申證己見。〔四五〕

〔四二〕　胡承珙：〈與魏默深書〉，《求是堂文集》，卷三，頁三十五A～B。
〔四三〕　梁啓超：《清代學術概論》（臺北：華正書局，一九八四年），頁四十六。
〔四四〕　張聰咸：《經史質疑錄》（清嘉慶刻本），收入《續修四庫全書》（上海：上海古籍出版社，一九九七年），子部雜家類，一一五八冊。
〔四五〕　張素卿：《清代漢學與左傳學——從「古義」到「新疏」的脈絡》（臺北：里仁書局，二〇〇七年），頁一七〇。

雖然胡承珙與姚鼐「並爭之」〔四六〕，並未信從張聰咸的考證，但從此例也可看出彼時學者論學態度之嚴謹以及商討氣氛之熱烈。

嘉道學人論學雖激烈，但彼此之間常保持同道情誼，對友朋之著述撰作與刊校之事甚爲關注，如胡承珙嘗與同治《毛詩》的陳奐垂詢相關學人之《詩經》撰著：

敝鄉治此經者，汪起潛《毛詩異義》聞已付梓，尚未得見。同年馬元伯，曩在京師，嘗共晤言，時多創論，別來未知已成書否？魏默深聞刻有《詩古微》二卷，不知其去歲曾到杭州，頃已寄書都中，向索所箸矣。〔四七〕

而當沈欽韓去世後，胡承珙對其遺著甚爲關心，致書李兆洛商討處理的方式：

小宛賫志沒地，可爲傷心，舊有《兩漢書疏證》初稾七本存弟處，故人手澤，急欲寄付乃郎。恐致浮沈，尤非所宜。再四思維，惟有託吾兄覓便轉致，千萬妥帖，今特附椷，總寄尊處。小宛之書，閎博不待言，稍患才多。考漢制而闌及元明，似可不必。且詞繁亦艱於授梓，若取而删節之，當不減惠氏《後書補注》也，吾兄其有意乎？弟亦思勉助按讎之役耳。〔四八〕

張聰咸死前亦出所著《左傳杜注辯證》屬胡承珙刪訂，胡承珙寫副藏焉，以寫本委請胡培翬校字。〔四九〕這種情況也表現在胡培翬與陳奐之讎校梓行胡承珙遺書，這些風義之舉，委實令人動容。

嘉道文士間的交遊與互動交織出綿密複雜的士林網絡，此從卷四〈消寒詩社圖序〉和駢體文卷一〈約同人七月五日爲鄭康成生日設祀啓〉二文中可略窺一二。胡承珙在京期間，與同人共建消寒詩社（後更名轉型爲宣南詩社），「間旬日一集，集必有詩」。「尊酒流連，談噱間作，時復商榷古今上下」。〔五十〕據〈消寒詩社圖序〉可知，參加者有董國華（琴南，一八〇〇～一八五〇）、黃安濤（霽青，一七七七～一八四八）、周藹聯（肖濂）、陳用光（石士，一七六八～一八三五）、劉嗣綰（芙初，一七六二～一八二一）、謝階樹（向亭，一七七八～一八二五）、朱珔、陶澍（雲汀，一七七九～一八三九）、梁章鉅（茝林，一七七五～一

〔四六〕徐世昌等編；沈芝盈、梁運華點校：《清儒學案》（北京：中華書局，二〇〇八年），卷一三八，第六冊，頁五四六一。案：姚鼐論點見〈與張阮林〉、〈與劉明東〉等書函，收入《姚鼐師友門人往還信札彙編》，頁五七八～五七九、五八五。

〔四七〕胡承珙：〈答陳碩甫明經書〉，《求是堂文集》，卷三，頁十四A。

〔四八〕胡承珙：〈與李申耆同年書〉，《求是堂文集》，卷三，頁四十B。

〔四九〕胡培翬：〈左傳杜注辯證書後〉，《胡培翬集》，頁二一三。

〔五十〕以上引文皆見胡承珙：〈消寒詩社圖序〉，《求是堂文集》，卷四，頁二十三A。

八四九）、錢儀吉（衎石，一七八三～一八五〇）、吳嵩梁（蘭雪，一七六六～一八三四）與李彥章（蘭卿，一七九四～一八三六）等人。據魏泉教授研究，此詩社最初雖是以「消寒」爲由聚合而成的士大夫圈子，正式成員不超過二十人，然而卻與嘉道之際士林風氣的轉變，以及與士林相關的學術風氣和詩文風氣的演變皆有著緊密的關聯。〔五一〕而此反映於胡承珙身上最明顯的，厥爲其與胡培翬共同發起的公祭鄭玄活動，除〈約同人七月五日爲鄭康成生日設祀啓〉外，胡培翬在〈漢北海鄭公生日祀於萬柳堂記〉文中，對此也有詳細敘述：

> 培翬春闈報罷，將出都門，墨莊宗兄邀宿齋中度夏。閒暇無事，遂蒐取各書，與《後漢書》本傳參考，補其缺略，成〈鄭公傳考證〉一卷。於《太平廣記》中得《別傳》云：「康成永建二年七月戊寅生。」墨莊以〈順帝紀〉是年七月書「甲戌朔」推之，知戊寅爲七月五日。余因謂墨莊曰：「昔臧榮緒以庚子陳經，遂有生日之祝，近人多爲歐陽、二蘇作生日，若鄭公之有功聖經，詎出歐、蘇下？今國家表章絕學，改革前典，既已復祀鄭公兩廡，吾儕於其生日，私致芹藻之敬，不亦可乎？」墨莊曰：「然。」遂作啓，相與徵同志十餘人，祀之於萬柳堂。〔五二〕

從胡培翬記文中可知，這次的公祭活動除胡培翬、胡承珙二人外，尚有郝懿行（一七五七～一八二五）、朱琦、胡世琦（一七七五～一八二九）、畢亨、洪飴孫（一七七三～一八一六）、馬瑞辰（一七八二～一八五三）、徐璈（一七七九～一八四一）、胡方朔（一七九一～一八三三）、陳士瀛、葉朝采（一七九八～？）等人。雖然整體公祭過程仍屬於文人雅集的性質，但活動本身就極具象徵性地反映出了參與者所尊崇的漢學考證學風。胡承珙在致祭鄭玄的崇敬情緒中，激發出「吾儕落落苦難偶，各抱遺經思不朽」的心緒〔五三〕，展現出欲藉由鑽研經書而獲得不朽名聲的企圖。〔五四〕

〔五一〕魏泉：《士林交游與風氣變遷——十九世紀宣南的文人群體研究》（北京：北京大學出版社，二〇〇八年），頁一〇一。關於宣南詩社的相關研究，可另參胡媚媚：《清代詩社研究》（北京：中國社會科學出版社，二〇二二年），頁一五三～一七六。案：據曹志敏研究，其時「京師士大夫的交遊雅集，並非單純的投壺雅歌，諸多朝政信息的交流，時政利弊的討論，亦在暗流湧動。」（見氏撰：《十字路口的大清——盛衰之際的嘉慶王朝》〔北京：人民出版社，二〇二三年〕，頁一七八。）可知所涉及者並不僅限於詩文和學術兩端。

〔五二〕《胡培翬集》，頁二二八～二二九。

〔五三〕胡承珙：〈七月五日同人集萬柳堂爲鄭康成生日致祭〉，《求是堂詩集》（道光十三年求是堂刊本），卷十五，頁九B。

〔五四〕本段敘述參拙著：〈嘉道之際北京士大夫的崇祀鄭玄活動〉，《傳統中國研究集刊》第九、十合輯（二〇一二年三月），頁五〇五、五一一、五一三。

整體來看，《求是堂文集》收錄了胡承珙任官、治學與爲文的各類作品，從中完整展示出他學問探索的面向與軌跡，不但呈現出嘉道學術文化發展的動態，也可爲其時士林交遊與論學實況提供第一手資料。

四 關於《求是堂文集》的整理與出版

胡承珙晚年在回覆友人林一銘的信中，對自己的處境和心境有一番剖陳：

> 僕在官，毫無展布，旋以病廢。量己揣分，不足以有裨於世，退而思與古人爲徒，藉以遣日。歸田後，專精《毛詩》。……拙著自謂頗有功於毛氏，今脱稿將畢矣，以卷帙過繁，將來無力付梓，尚須再加刊削耳。……而數載以來，患憂相仍，前年殤其二孫；今春內子又患中風，遂成偏廢；大小兒屢試不售，次小兒亦以家事廢學。故雖窮愁著書，而頭白有期，汗青無日，徒悒悒耳！〔五五〕

除爲家事憂煩外，亦對自己爲宦因病而廢和無力刊刻著述等事而致憾不已。胡培翬對胡承珙的遭遇亦深感惋歎，「惜其設施之未竟也」。〔五六〕既無法在宦業中有所建樹，只能致力於名山之業，然而相對實際治理之術之爲「有裨於世」的「有用之學術」，其歸田後所從事之《毛詩》之學，他自嘲之爲「無用之學」。〔五七〕但即使如此，他在辭官回鄉後，在「患憂相仍」的處境下，仍「窮愁著書」。然而「頭白有期，汗青無日」，也只能「徒悒悒耳」！〔五八〕他最終還是抱著遺憾離世。

所幸的是，在其二子與朱琦、胡培翬、陳奐等人的努力下，胡承珙的遺著還是很快地刊刻出來。而其著述流傳的情況，其同族後裔胡樸安（韞玉，一八四七～一九四七）於清宣統年間

〔五五〕《求是堂文集》，卷三，頁三十八B～三十九B。

〔五六〕胡培翬：〈福建臺灣道胡君別傳〉，《胡培翬集》，頁二九三。

〔五七〕「有用之學術」和「無用之學」皆見胡承珙：〈與竹邨書〉，《求是堂文集》，卷三，頁三十二B。案：誠如李學勤（一九三三～二〇一九）所觀察的，面對嘉道時期政治危機的劇烈和深刻，即使蟄伏於書室中的純學者也不能無聞無見。他舉段玉裁（一七三五～一八一五）爲例，謂：「他到終老之時，竟自云『歸里後所讀書，喜言訓詁考核，尋其枝葉，略其本根，老大無成，追悔已晚』，歎息『讀書竟無成也，余之八十年不付諸水中乎？』其如此自責，毋寧說是針對流行的漢學學風而言，批評其無益於經世致用。」（見張國驥：《清嘉慶道光時期政治危機研究》〔長沙：嶽麓書社，二〇一二年〕，李學勤〈序〉，頁二。）可知胡承珙「無用之學」的感歎，除個人的因素外，也多少體現了時代的共感。

〔五八〕以上皆見胡承珙：〈與林小巖書〉，《求是堂文集》，卷三，頁三十九A。

曾經做過一番蒐查：

> 墨莊先生著作等身，先後皆已付梓，兵燹後藏板蕩然，遺書之得見者，蓋已希矣。《毛詩後箋》、《儀禮古今文疏義》外間尚有刊本，《求是堂詩集》余族中尚有一二部存者。余往年訪求先生遺書，得有《爾雅古義》二卷、駢體文二卷、《小爾雅義證》殘本。《爾雅古義》二卷，今已送至鄧秋枚先生處刊入《國粹學報》中以廣流傳。文集六卷求之多年，卒不可得。〔五九〕

《求是堂文集》流傳不廣的情況，直至一九四〇年代還困擾著學界，當時主持上海合眾圖書館的顧廷龍（一九〇四～一九九八），「訪之多年不獲」，無奈只能借得原刊本「傳鈔一本藏之館中」。〔六十〕

文哲所經學組於二〇〇〇至二〇〇六年間執行「清代乾嘉經學」和「晚清經學」等研究計畫，規劃點校一系列清代學者的文集，蔣秋華教授將《求是堂文集》的點校工作交付給筆者，俾能使此書可以爲更多人使用。筆者也因此向國科會申請「胡承珙《求是堂文集》研究：學術考察與文獻整理」的專題研究計畫。但受種種因素的牽擾羈絆，點校時斷時續，最終克服萬難，勉力完成。雖然計畫早已結束，但能將點校的工作完成，也算有一個交代。點校本以道光十七年求是堂刊本爲底本〔六一〕，雖然沒有其他版本可以參校，但集內文章偶有刊刻他處者，可據以核對文句異文，以及斷句和標點之判斷，主要有《國粹學報》所刊部分胡承珙文章、馬積高（一九二五～二〇〇一）主編《歷代辭賦總匯》第十五冊（長沙：湖南文藝出版社，二〇一四）之清代卷中所刊胡承珙四賦（點校者爲章滄）、徐世昌（一八五五～一九三九）《清儒學案》（北京中華書局點校本）所選錄之胡承珙論學文、黃智明點校《胡培翬集》，以及韋旭東《胡承珙年譜》引錄胡承珙相關文章等。此外，蒙韋旭東先生的許可，將《胡承珙年譜》所輯錄之胡承珙遺文收入點校本中，使點校本益發完備。

點校工作得到蔣秋華教授、邱惠芬教授、陳成文教授、黃智明教授、張政偉學棣、曾志偉學棣和韋旭東先生的協助，方得以完成。而萬卷樓圖書公司張晏瑞總編輯的鼎力支持和呂玉姍小姐的細心編校，更確保本書能夠順利出版。謹在此一併致上最深摯的謝忱。

〔五九〕《國粹學報》第六年第七號（總第六十九期），博物編外，頁四B～五A。

〔六十〕顧廷龍：〈求是堂文集跋〉，《顧廷龍文集》（上海：上海科學技術文獻出版社，二〇〇二年），頁三一〇。

〔六一〕此刊本見收於《續修四庫全書》，集部別集類，第一五〇〇冊；及《清代詩文集彙編》（上海：上海古籍出版社，二〇一〇年），第五一八冊。

點校原則

一、胡氏於是集中所徵引之文獻，皆詳爲覆核原典，然其引文常有刪節約省，此乃古人著述之慣習，不獨胡氏然也。如未有太多舛誤，基本上不作任何校改處置，以示尊重原貌，引文亦以引號標識，以利閱讀。如若僅是文義概括式的徵引，則不加引號。引文字句偶有與原典不符者，在不影響文義及理解的情況下，亦不予改動。明顯的字詞譌誤和缺漏，則逕於正文中校訂，譌舛的字用圓括號（ ）標識，改正和校補的字用方括號〔 〕標識，不另出校注。

二、原刻本出現大量生僻異體字，爲方便閱讀，在不影響其原來論述語境的情況下，整理本儘可能將異體字改爲通用字。如若文集原有論述語脈所刻意爲之者（如所徵引典籍原有者，或討論字形字義者），則基本不予更動。異體字判斷主要參考《教育部異體字字典》（二〇一七年正式六版，https://dict.variants.moe.edu.tw/variants/rbt/home.do）和中央研究院「國際電腦漢字及異體字知識庫」（https://chardb.iis.sinica.edu.tw）。原刻本異體字和改換對應之通用字，於附錄二另立「《求是堂文集》異體字對照表」，謹供讀者參考。

三、原刻避諱改字，如以「邱」代「丘」（避孔聖名諱），以「元」代「玄」（避清聖祖玄燁諱），以「正」代「禎」（避清世宗胤禛諱），皆改回本字。

四、原刻爲表尊崇或謙遜而調整版式或縮小字體者，一律回復本來樣態。總目（目次）篇名與集內篇名偶有因稱謂之簡省或保留而有不同者，如卷三之〈與李申耆同年書〉，集內篇名省去「同年」二字而爲目次篇名所保留；又如卷四之〈誥封奉直江樸亭封翁七十壽序〉，集內篇名保留「誥封奉直」四字，卻爲目次篇名省去。凡此皆一律改爲完整篇名，以使目次篇名和集內篇名相一致。

五、韋旭東《胡承珙年譜》（南京師範大學中國古典文獻學碩士論文，劉立志教授指導，二〇二〇年）輯錄胡承珙遺詩與遺文，在徵得韋君的同意下，將其所輯十二篇遺文（含書札）收錄爲本集附錄一「《求是堂文集》未見收遺文」，其餘詩詞、題句、屏聯與讀書批語和校記等暫不收錄。

求是堂文集序〔一〕

胡培翬

《求是堂文集》，宗兄墨莊之所撰也。墨莊文凡三變：初時熟精《文選》，習爲駢體文，有六朝、初唐風格。其後研究經史，與四方友朋往還討論，辨釋名物、訓故，則有考據之文，如孔、賈疏體，雖不於文求工，而下筆滔滔，文稱其意。及自閩海歸，踵闔求文者多，而君學愈邃，文亦日進，所作序、記、傳、銘，駸駸乎韓、歐軌度矣。

君詩手自編定，文未及編也。道光壬辰秋，余往鍾山講院，過其家，君時病瘧，居內寢，余入視，尚攝衣冠坐，遽謂余曰：「吾病，將不起，所著《毛詩後箋》未及寫畢，所作雜文亦未刪定，子其爲我理而付諸梓。」余愕然，因徐謂曰：「此客感之疾耳，不足憂。」頃之，余出，君尚立送，復及前言，且曰：「吾其從此永訣矣！」余益愕然以悲。後月餘，果不起。

〔一〕 校案：此文又收入胡培翬《研六室文鈔》卷六，惟不見篇末「績溪宗愚弟培翬謹序於涇川書院」十四字。（見黃智明點校《胡培翬集》〔臺北：中央研究院中國文哲研究所，二〇〇五年〕，頁一八五～一八七。）

聞其易簀之前一日，天色晴霽，夜半微雨無聲，家人環侍室中，不知也。君忽問曰：「有雨乎？」家人曰：「無也。」君曰：「有。」啓戶視之，則階前地濕矣。嗚呼！豈君之來有自，而於歿存之際，早自了徹邪？又豈將歿，精英結而爲神，而於室外事無不知邪？明年，余至其家求遺書，而遺文已經朱君蘭坡略爲編次。又一年，余移講涇川，乃取《後箋》等書次第校讀。以蘇郡陳君碩甫治《詩》宗毛，與君同志，思引與讐校，而喆嗣先翰、先頖日夜思刊父書，即如余言往請。碩甫欣然來就，將《後箋》之未畢者補之，并取君所著《爾雅古義》，校以授梓。君之爲御史、給事中也，數言事，多奉旨允行。今其奏藁存於家者，僅有數篇，皆已明見施行者。乃依蘭坡先生所編，謹錄爲一卷，冠於文集之首。其散文析爲六卷，而駢體文二卷附焉。校刻將竣，先翰等請余序之。

噫！余交於君，廿年矣。君爲人懃懇和厚，待友以誠。憶自癸酉定交都中，余與君系出同宗而世遠，各自爲譜，行次不可考，君年長余六歲，以兄弟稱。其時余同年張阮林亦交於君，而君邸舍又與郝丈蘭皋近。四人者，蓋無旬月不會晤，晤則必談經義。一夕，飲君邸，酒酣，乘興步月瑤臺，四人相與高談縱辨於月色空明、莽墟無人之地，可謂意氣之盛。未幾，阮林病歿，其遺書《左傳》，余爲校之。又十年，郝丈歿，余爲校其《春秋》、《爾雅》，求梓於世。今又校君之書，回憶身世、交遊、生死之際，其亦重可傷也已！

績溪宗愚弟培翬謹序於涇川書院。

卷首

請詳定保甲摺

奏爲保甲之行，宜詳定法制，以杜弊端，以昭核實，仰祈聖鑒事。

臣節次伏讀上諭，以編查保甲，誠除莠安良之要道。仰見睿慮周詳，無微不燭，直省誠宜一體遵行，毋敢怠玩。然而行之直省，或法立而弊生，或日久而禁弛，於政治仍無裨也。臣推求其故，厥有二端：一則以措置失宜，一則以奉行不力也。

竊思各州縣，或地界遼闊，或政務殷繁，勢難以常川徧歷，不得不責成於里長、牌頭，而充此者，往往難得其人。其勤愼練達者，或各有執業而不暇，或畏懼拖累而不敢，若聽胥役指充，勢必至擇肥取懦，強派索錢；若仍用市井無賴之徒，則恐其身自爲匪，焉能禁人？否則串通蠹役，包庇奸宄，誣詐良民，尤所不免。查《例》載「地方有堡子村莊，聚族滿百人以上，保甲不能編查，選族中有品望者，立爲族正，若有匪類，令其舉報」等語。此在聚族而居者，辦理尚易，惟城市集鎮，五方雜處，保甲尤宜擇人。故十家一牌，十牌一甲，莫若即令本牌、本甲之人具結，公舉一人充當牌頭、甲長，屆期更代換結，另充其本牌、本甲。如有匪類，應聽牌頭、甲長舉報。若牌頭、甲長自有不公不法情事，亦聽本牌、本甲之人聯名首告，雖出結在先，仍不科罪。官府宜隨時體察，更秉公聽斷，於舉充保甲者，務得誠實可信之人，於偶有告言者，不使遂其挾嫌報怨之計。如此則徇縱及誣陷之弊，皆可除矣。

至保甲之實行與否，州縣原不難於周知；州縣之實行保甲與否，上司亦不難於察核。何也？查保甲之法，本非徒為邪教而設，凡地方有賭博、鬬毆、私銷、私鑄、私和人命、盜宰耕牛等類，皆屬保甲之責。查直省州縣，原有養贍保甲，米石出之於民。伊名既在官，又食眾廩，於該管之事，自有所不敢辭。向來所以有名無實者，由地方官令其充應雜差，如胥吏下鄉，則使供給飯食；差使過境，則命搬借什物，伊等奔走不暇，疲累難堪，轉置該管之事於不問矣。若地方官一切差役不復問及，以專責成，但視其城市鄉村，如賭博等案較少於前，則可知保甲奉行有效，上司亦即視州縣中於此等案件，發覺懲辦，申報詳明，則可知保甲之行，非陽奉陰違。而又於經過之便，隨地抽查；接見之時，留心諮訪，則虛實無難立辨。如果行之實有成效，州縣之於牌頭、甲長，或假之詞色，量予獎賞；上司之於州縣，或出具考語，登諸薦章，如此覈實辦理，則自不至視為具文，虛應故事矣。

總之，懲勸分明，庶人知奮勵，弊端既杜，實政斯行，以之永遠遵循，真久安長治之良法也。

臣爲除莠安良起見，是否有當？伏乞皇上睿鑒訓示。謹奏。嘉慶二十年四月二十四日。

請整飭吏治摺

奏爲恭繹諭旨，尋究弊源，敬陳管蠡，仰祈聖鑒事。

臣節次伏讀聖訓，無刻不以吏治民生，廑縈宸念。頃又恭讀上諭，以正人心、厚風俗爲治世之本。欲正民風，必先肅吏治。聖謨洋洋，周詳備至，仰見我皇上勵精圖治，洞徹本原，百爾臣工，有不感激奮發者，非人類矣。

竊思親民之官，誠莫如州縣。州縣之中，未必無留心民事，思作好官者。乃爲時無幾，或以習俗移人而節變，或以時勢掣肘而氣阻，或以懲勸不彰而意怠，因循日甚，振作無期。此其責不得不歸之上司矣。

夫一省之中，州縣數十，必以附省之首縣爲領袖。向來督撫題補首縣，每云「省會政務殷繁，時有發審案件，非精明幹練之員，不克勝任」等語，其實未必真取其能從政愛民也，不過以其言辭敏給，善於供應耳。各省督撫司道衙門，多者六、七處，少亦不下四、五處，自房舍器具以至日用薪水，至纖至悉之物，無一不取給於首縣。於是首縣署中，至設立鋪墊房、瓷器房、海菜房等名目，專司供應，日不暇給。爲首縣者，黎明即趨上司官廳，伺聽動靜，傳餐而食，日昃而歸，其署中刑名錢穀，一切皆委之於人，不能親理，尙何暇體察民情，講求治道乎？若上司有因公攤派，或爲人吹噓等事，無非授意首縣，使之轉達於各州縣，而各州縣欲知上司之意嚮者，斷無不視首縣爲進止。於是一倡百和，靡然從風，不問治民，惟思獲上而已。至上司經過州縣，如門包、站規，久經奉旨申禁，其風尙未能絕。即不然，而餙廚傳、備夫馬，已累不可支。在州縣既有以藉口，而爲上司者，自不能不瞻徇於其間。故有不得輿情者，則調往他處以避控訴之民；有致干吏議者，則暫令告病以爲起復之地。其實在民情愛戴，悃愊無華者，書吏繩以文法，寮宷莫爲揄揚，上司或忽而不知，或知而不以爲善也。而其登諸薦牘者，固猶是獲上而不能治民之人。於是不肖者無所顧忌，賢者亦無所激發，因循怠玩，相率效尤，吏治民風所以難有起色也。在直省大吏，受恩深重，誠不應至此。然有則改之，無則加勉，要不可不以此爲戒。

夫源清則流澄，形端則影直，故大臣法，小臣廉，必然之理也。若果督撫藩臬同心戮力，相誓以誠，惟就廉俸所入，克己辦公，無絲毫需諸州縣，數月之間，已可令通省吏民，共曉其意。然後取屬員中，聲名最劣者，嚴加參劾，其治行最著者，實力保舉。蓋中無所歉，則嫌怨自可不避；法在必行，則勸懲乃可有功。墨吏望風而解綬，循良聞命而彈冠。於是因時地所宜，講求利弊，令州縣得以加意農桑，悉心獄訟，閭閻無呼追之擾，徵令之煩，安居樂業，家給人足，雖有一二奸宄，自無可乘之隙，以煽惑愚民。此久安長治之道，庶幾仰副我皇上諄諄訓誡，正本清源之至意矣。

臣爲整飭吏治起見，是否有當？伏祈皇上睿鑒。謹奏。嘉慶二十年六月十三日。

陳胥吏積弊摺

奏爲直省胥吏積弊，請旨查禁，以絕蠹源，而肅吏治，恭摺奏聞，仰祈聖鑒事。

竊惟府史胥徒，《周官》不廢，誠以簿書期會，不得不設庶人在官者，以備使令。但此輩罔恤名節，惟利是圖，大抵善者十一，不善者十九。查定《例》，各直省大小衙門，有額設經制書吏及承差、祗候、禁子、弓兵人等，不許額外濫設，亦不許役滿更充。誠以此輩倚仗官勢，盤踞地方，年愈久則舞文愈巧，人益眾則弊竇益多，故定《例》綦嚴，立法至善。而本管官奉行不力，聽其役滿不退，更名重充，又多違《例》濫設，懸掛空名者，於是撫藩衙門之書吏擾累州縣，州縣衙門之吏役貽害閭閻，其弊不可枚舉。

以臣所聞，直省州縣解送撫藩等衙門書吏，飯食銀兩逐年增加，有較之從前多至五、六倍者，此已大干法紀。而州縣所尤累者，在於隨案索財。凡一切申詳文案，若本管官精明強幹者，准駁固皆自主，稍不經意，則書吏播弄嚇詐，無所不至。苟滿其欲，則骫法百端，不遂所求，則駁詰無已。於是州縣各遣家人書吏，名爲「坐省」，以便與院書、司書關說，而所遣之人，或更表裏爲奸，則需索尤甚。臣又聞各省院司書吏，多係本省之人充補，有半年在省當差，半年歸家閑住者。其閑住之時，往往出至附近州縣，且有轉爲州縣管門者。此則串通囑託，或冒濫錢糧，或諱飾命盜，何事不可爲邪？臣聞江蘇、安徽、山東、河南，此風尤甚，所宜請旨敕下，嚴切查禁者也。至州縣衙門吏役，或勾通幕友，或串囑家人。其播弄於內者，在練達之員，防閑猶易，而其蒙蔽於外者，雖精強之吏，察核亦難。各省私鹽、私鑄等事，所以不能淨絕根株者，皆由吏役包庇所致。即如鴉片烟一項，屢奉聖旨，申明嚴禁，而廣東省各衙門吏役，私食者正復不少，且沾染及於江西、福建矣。臣又聞山東、河南衙門書吏，即不免有習教之人，混冒承充，而本官不知者。如此而欲禁邪去僞，其可得乎？至州縣於正役之外，濫用白役，大縣有多至七、八百人者，此皆無業惰民，眾所不齒，而倚藉官勢，輒足以恐嚇鄉愚，故詐贓匿盜，所在常有。及有緊要差使，則正役往往不行，諉令替代。伊等責成不專，玩忽從事，所以直省時有失落餉鞘，逃脱罪囚之案，則大半皆白役之所爲也。

故今之蠹政害民者，胥吏爲最甚。凡欲安民，必先察吏，察吏之法，莫如一勤。若上司衙門擬批辦稿，一切無所假手，彼自不得逞其奸。州縣則一票既出，刻期繳銷，兩造既備，隨堂聽斷，彼更何所施其技？加以留心訪察，設法鉤稽，一有發覺，立辦嚴懲，如此而積弊不能盡除者，未之有也。查《例》載：「司、道、府、州、縣等官，不時察訪衙蠹，申報該督撫究擬。」惟行之既久，視爲具文。應請旨敕下督撫，實力舉行，而法行自近。各督撫尤宜先自整頓，必嚴密稽查，則書吏畏其知烏攫肉之智，而又絕無迴護，使屬員釋然於投鼠忌器之心，於以清蠹源而肅吏治，未有不由於此者矣。

臣管見所及，是否有當？伏祈皇上睿鑒。謹奏。嘉慶二十年六月二十九日。

請定分發人員到省先後摺

奏爲請定分發人員到省掣籤之例，以杜奔競，恭摺奏聞，仰祈聖鑒事。

竊查現《例》，新進士奉旨即用，及舉人大挑，分發各省試用人員，俱依科第先後，挨次補用，最足以絕鑽營而昭平允。惟捐納人員本無科第先後可分，是以向來各省於此項人員，惟以到省之先後，定補缺之次序。於是各班加捐分發人員，每於分省之後，領照之先，預備趲行，幾于十里置一車，五里置一馬，一俟執照到手，即各晝夜奔馳，惟恐落後。及到省謁見上司，則瞻前顧後，爭先晷刻，遂有爲上司門丁留難攔抑，以便多索門包者。夫同月分發，同時領照，又皆依限而至，徒以到省一日之後先，遂有關補缺數年之遲速者。事非分定，誰無爭心？總由向來未定章程，轉啓人以爭先鬬捷之徑。此等人員，初入仕途，即已奔競夤緣，無所不至，而且所費更多，未得缺而虧空之根已伏，他日尚望其潔己愛民，振作吏治乎？現在豫東例，頭卯分發人員掣籤後，數日間，南城車馬行市價值驟長。且聞有本身已先期出京數站，託人在部守候領照，隨即交付快足，沿途追及者。此則詐冒頂替，尤干功令。

夫欲杜人僥倖之心，必先定以不易之則。查外省於分發人員，有同日而數人齊到者，該上司仍爲掣籤，以定其名次之前後。則是欲昭平允而絕奔競，莫如掣籤之爲善矣。臣愚以爲一應分發人員，皆可仿此辦理。吏部於每月分發，掣定省分之後，即移咨各省督撫：何項人員若干，於何月分發。其到省日期，本有定限，即由該督撫於限滿之次日，將如期到省人員，當堂掣籤，一次定其先後，列爲一班，挨次補用。其實因有故告假，逾期始到者，即不必復歸分發原月，但論其何月到省，即與何月分發人員一同掣籤，以省轇轕。如此似於事無更張，而使人皆安分，奔競詐冒諸弊，不禁而自絕矣。惟是各省掣籤，須由上司親自掣定，不得假手吏胥，致滋弊竇。此則在各督撫，矢公矢勤，以期仰副我皇上整飭官方，剔除積弊之至意者也。

臣愚昧之言，是否有當？伏祈聖鑒訓示。謹奏。嘉慶二十年十月十一日。

陳漕船積弊摺

奏爲糧船水手、丁舵人等，習教販私，請旨查辦，以釐積弊，而肅漕政，仰祈聖鑒事。

竊以漕船往來南北，縴夫水手，人數眾多，良莠混雜，是以定《例》：「衛所運弁、正丁，雇覔船頭水手，俱開姓名、籍貫，各給腰牌，令前後十船互相稽查，取具正丁甘結，十船連環保結，如一船生事，十船連坐。」立法本爲嚴密。近聞糧船水手，多設立「羅祖教」名目，其教首謂之老官。或一幫各有老官，或數幫共一老官，衆水手皆爲其徒，有事斂錢，則悉歸老官。主管其畏押運員弁，轉不如其畏老官。而於沿途加縴、盤淺等，尤多刁難運丁，把持挾制，運丁誠無如之何。此等水手，本多強横之徒，加以糾結黨與，尤易滋事。聞江蘇、浙江等幫，此風最盛，若傳染浸廣，久恐釀成事端。應請旨飭該督撫於回空歸次之後，嚴行稽查，如有設立教名、傳徒斂錢不法諸事，立即擒拏懲辦。其開運之後，責成漕運總督及沿途該管文武等官，一體查禁。則雖有匪徒，不能肆行煽惑，而人數縱多，亦可無虞生事矣。

又漕船回空，由天津一路，直至淮南，往往夾帶私鹽，定《例》照販私加一等治罪。蓋糧船夾帶私鹽，其回空之時，沿途售賣，及開運之後，復沿途收討賬目，不但於鹽務有礙，且恐至於誤運。嘉慶十六年，奉旨查辦，經兩江總督百齡等，派員搜獲各幫夾帶私鹽至數十萬斤之多，業經奏聞，懲辦在案。近日回空漕船，仍多夾帶私鹽者，此由關閘官吏，日久懈弛，胥役復得錢包庇，不認真稽查之所致。至天津等處產鹽之地，每有積滑匪徒，專售私鹽與空回糧船者。而上江一帶，如安慶府之樅陽鎮、池州府之大通鎮等處，又有積慣開設鹽店，窩頓私銷者。所以漕船販私，雖各幫皆所不免，而惟湖廣、江西諸幫爲最多。總在地方官實力稽察，俾私賣私買者皆無隙可乘，而關閘過所又不時搜查，則其弊自絕矣。

臣爲整頓漕運起見，是否有當？伏祈皇上睿鑒。謹奏。嘉慶二十年十月十一日。

條陳虧空弊端摺

奏爲條陳直省虧空弊端，請旨整飭，正本清源，以重帑項，而肅吏治，仰祈聖鑒事。

竊直省倉庫錢糧，州縣爲主守之官，而督撫藩司則有稽查提調之責，必須大法小廉，上下聯爲一體，各將全省情形通盤籌畫，燭照數計，而又開誠布公，如父兄子弟之自圖家事，然後足以絕弊端而昭核實。近年以來，屢奉聖諭，清釐懲辦江蘇、山東省，經欽差大臣會同各督撫，議立章程，彌補舊欠，杜絕新虧，俱奏聞辦理在案。臣思江河之潰，始於濫觴，不塞其源，其流終不可截。夫虧空之弊，在上司則鉤稽不力，因聽其掩飾彌縫；在州縣則交代不清，遂至於轇轕延宕。但交代之際，新任非皆懦弱，何以甘受而不辭？盤查之時，上司非盡昏庸，豈果惛然而罔覺？若非正本清源，竊恐有清查之名，無彌補之實，舊欠未完，新虧已伏矣。臣謹就聞見所及，擬列數條，爲我皇上陳之。

一、冒濫宜禁也。本年江蘇、甘肅等省，俱有查出藩庫濫借銀兩之案，經該督撫等奏請，分別追賠歸款。近安徽巡撫胡克家又奏，督查司庫歷任借放未歸銀兩，至九十餘萬兩之多。竊思藩庫於常例應支款項，尚須詳明督撫，酌核立案，方准支發，何至以不應之款，濫行借放？

臣聞司庫支發錢糧，向有扣除二、三成之弊，各省皆所不免。故藩司書吏，外而授意州縣，內而慫恿本官，將不應之款，冒支濫借。此在領者，便於急需，不敢望其足數；而在放者，利於多扣，不復問其合宜。至於各省每有動項興修工程，若非刻不可緩，自當以實缺州縣，方准支借。乃聞近日多有於署印人員，輒行支借。此等人員，希圖一時浮冒，離任在即，歸款無期。則雖以應放之款，而輒給於不應放之員，仍與冒濫無異。應請敕下各督撫，轉飭藩司，嗣後宜激發天良，清心寡慾，將扣二扣三陋例，永行禁革。其一切工程，有借項修理者，必於報部之時，隨案申明，俱係給發實缺人員承領，則書吏不敢侵欺，屬員無從浮冒，而濫借之弊可除矣。

一、抑勒宜禁也。查凡州縣新舊兩任交代，《例》限綦嚴，且一切鋪墊、衣服、器皿等項，均不准充作抵款。乃聞近日仍多以議單欠票，虛開實抵者。在新任之員，豈肯甘心承受，自貽伊戚？總由上司多方抑勒，逼令擔承。上年山東省查辦虧空，一百七十州縣中，交代逾限，未經出結者，即有六十餘州縣，若無抑勒，何以任其輾轉耽延？臣伏讀上諭，各州縣接收交代，爲倉庫虛實關鍵。仰見聖明，洞中肯綮。應請申嚴定例，州縣交代逾限，該管上司不行查參，或別有抑勒之處，一經發覺，從重議處，庶現任者不敢恃上司之袒護而恣意侵挪於先，接任者亦不致徇一時之扶同而藉辭轉諉於後矣。

一、報銷宜速也。查各省軍需、河工，未經報銷者，每多積年陳案。上年節經戶、工二部奏聞飭催，伏讀上諭，以因循遲延，日久愈行轇轕，承辦之員恐不免意在延挨，冀爲案混冒銷地步。〔一〕仰見聖諭周詳，無弊不悉。此外，動用正項、公項錢糧，例應分別報銷者，款目紛繁，更多延宕。并有報銷時一經駁查核減，輒復經年累月未經覆結者。於是官吏有藉辭推諉之計，書吏生借端影射之心。應請敕下各省，於動支錢糧，務令實用實銷，勒限造報，必使案無塵牘，則自不難於鉤稽，而延混浮冒之弊可除矣。

一、糜費宜省也。竊思各省存留耗羡各款，所以資辦公之用，一切陋規，永行裁革，於經費本無不敷。然總須量入爲出，去汰去甚，庶幾經久之道。乃近來各省攤捐、津貼名目繁多，縱爲辦公，亦豈盡必不可省之費？臣聞州縣所解各上司衙門飯食、季規等銀兩，逐歲增加，伊于胡底？而無益之費，又不知所裁。即如邸報一事，州縣多出己貲，取閱抄報，而各省又有刻報一分，遲久始成，無庸複閱，然必須於各州縣派捐刻費。臣聞安徽省此項費用，每年通派各屬，竟及萬金，如州縣遲延不解，則將該管知府養廉坐扣。竊思刻報即不可少，亦何須捐費如此之多？一省如此，他省可知；一事如此，他事可知。總在統轄大員不存五日京兆之心，爲一時權宜之計，事事綜覈名實，剔除冗濫，則書吏不敢巧借使費之名，需索州縣，州縣自不能藉口攤捐之累，虧欠國帑。至於衣服、燕會，所宜崇儉黜奢，以勵官箴，而培民氣者，則已屢奉聖訓，深切著明，當無不凜遵恪守者矣。

一、升調宜慎簡也。凡部選人員，多係初任，於本無虧空之缺，或尚能謹守筦籥。即前任有虧，亦不敢輕易接受。惟佐雜題升及調補繁缺二者，其中固不無結實可靠之員，然每多久歷仕途，習成狡猾，於升調之時，或詡擔承之力，以自見己長；或託彌補之名，以巧合上意，上司不加體察，輒易受其欺朦。在題升者，急於得缺，明知此地之多累，不復顧後而瞻前；在調補者，遷就一時，轉因原任之有虧，希圖挪彼以掩此。究之擔承、彌補，皆屬空名，不過剜肉補瘡，甚且變本加厲。此在各上司以公正居心，以嚴明馭下，凡有升調，務取悃愊無華之員，爲缺擇人，毋以人累缺，鄭重於先，自不至貽患於後矣。

一、舉劾宜並行也。直省倉庫錢糧，州縣本有專責，即絲毫無虧，原屬分內之事。惟是賢愚不一，如果歷任無虧，則潔己奉公，已有成效。夫州縣之虧空者，一經查出，固皆嚴辦示懲，亦有有虧而僥倖未露者，仍與毫無虧短之員，一體升調，未免無所區別。嘉慶十六年，前任陝甘總督那彥成奏：「查明歷任倉庫無虧各員，懇恩量予鼓勵。」奉上諭：「甘省清理倉庫吳灼等八員，於歷任經手倉庫錢糧，能謹慎出納，毫無虧短，官聲亦好，當屬潔己奉法之員。除階州知州舒保等四員，業經該督調繁示獎外，所有莊浪茶馬廳同知吳灼等四員，俱著加恩，以應升之缺，儘先升用，以示鼓勵等因，欽此。」仰見我皇上獎勵人材，小善必錄之至意。臣

〔一〕　校案：「案混冒銷」句，據《皇清奏議》（北京：全國圖書館文獻縮微複製中心，二〇〇四年）所收胡承珙此摺（另題名爲〈杜直省虧空弊源疏〉），作「牽混冒銷」，可知「案」應作「牽」。（見第四冊，頁一九三〇。）

愚以爲，現當實力清查之際，如各省州縣中，果有歷任無虧，官聲素好者，請敕下督撫，秉公確核，專摺保舉，奏請恩施。如此則賢者固愈加奮勉，即不肖者亦當有所觀感，洗心革面，而積弊可漸除矣。

以上各條，臣愚昧之見，是否有當？伏乞皇上睿鑒訓示。謹奏。嘉慶二十年十一月十五日。

陳書役侵欠摺

奏爲縷陳書役侵欠錢糧弊源，請旨飭禁事。

竊查定《例》，州縣徵收錢糧，俱係民間自封投櫃，斷不容書役人等，有包攬、侵欺等弊。嘉慶十九年，江蘇省清查虧空案內，致有通省書役侵欠錢糧，積成大款，當經欽派大臣等會議，具奏請將該書役等查抄追抵，其不足之數，歸入虧空項下辦理。嗣後書役欠一款，再不准復有其事，通行遵照在案。臣近閱邸鈔，見有山東章丘縣地保、差役人等，私雕假印，誆騙錢糧一案。是書役侵欠積弊，不獨江蘇爲然，各省皆恐不免。臣籍隸安徽，即聞各州縣中，書欠累累。每歲開徵時，多有書役人等下鄉，懷挾串票，或稱墊完索償，或許爲代完給串。往往一村一堡，錢糧俱交付伊手，恣其侵呑。竊思書役身家幾何，何故肯爲民間先墊後還？若串票盡係假造誆騙，則官串未銷，該管官何以任令拖延？此皆非情理所有。臣推求弊源，多由該州縣於到任之始，或因私債累累，或因搬眷需費，先令庫書、經胥等挪辦銀兩，許以錢糧作抵。及至開徵之時，書役等即向本官索給串票，謂之割串，自行下鄉徵收，不復問。其狡黠者利其如此，每於本官有應解款項，或應辦差使急需銀用之時，伊等先爲湊墊。及至開徵割串，不過如數扣算，而伊等下鄉執持印串，藉詞多收，有至倍蓰者。若輩不顧身家，任情花費，久之則皆成虧空矣。其實總由本官有意扶同，上司稽查不力。如各上司果能留心訪察，必有見聞。

近日州縣中，多有於領憑赴任之初，而債主已成羣隨往者，私累急追，焉得不虧挪官項？此在該督撫於此等人員到省之時，一聞其私債甚多，即應扣留，不准赴任。其已經到任者，宜責成該管道府，就近密查，於開徵之時，如有書差割串，攬納錢糧等事，立即揭參。至藩司爲錢糧總滙，其有州縣書役侵呑錢糧，揑爲民欠者，祇須提查串根，摘訊欠戶，無難立破。因此隨案徵辦，則積弊可清，將來不至釀成大款矣。

至州縣私設銀店，浮收錢糧，於嘉慶四年欽奉皇上諭旨，嚴行禁革。乃近來各省，仍有官設銀店之名。臣聞安徽州縣中，即多有之。此等銀店匠役，亦常有平日爲官湊挪銀兩，開徵時藉官牟利，挾持短長，與庫書、櫃書、經差人等，表裏爲奸，無弊不作。應請旨敕下直省，與前項書役割串等弊，通行查禁，如有再犯，從重究治，所以重帑便民，似不無裨益。

臣愚昧之見，是否有當？伏乞皇上睿鑒訓示。謹奏。嘉慶二十一年十一月二十四日。

請申禁私錢摺

奏爲外省私鑄小錢充斥，請旨申禁，以重錢法，而便民用事。

竊私鑄小錢，久經查禁，未能淨盡。近聞江蘇、安徽省，奸販肆行，而江蘇之淮、揚、徐及安徽沿江諸府屬爲尤甚。城鄉錢舖，以錢易銀，分爲各種，以私錢攙和之多寡，定銀價兑換之貴賤，至有紋銀一兩，換私錢二千餘文者。其錢純係沙鉛，最易破碎，不堪行用，民間交易，多不欲得錢，情愿行用錢票，而鄉愚復多有被假票誆騙之事。連歲年穀豐登，該省物價均平，民氣和樂，惟私錢一項，最爲民間不便。竊思錢之爲物，鑄造載運，俱非一手一足之力所能爲。今聞江、安等省，奸販運賣私錢，動至數百千串，分給經紀舖戶，攙和行使。此必有夥黨糾工，大鑪廣鑄之處。推尋其源，各省私鑄俱難保其必無，而連船販賣者，大都來自產鉛之貴州，及鉛斤聚集之湖廣等省。蓋私錢並無銅質，皆以鉛和沙爲之，故有鉛省分，私鑄最多。現因庫貯黑鉛盈餘，經戶部奏請，暫行停運貴州採鉛，廠座自當嚴行封禁，不致偷漏。而既經停運，鉛價必更減於前，奸民尤便於私鑄，不可不申嚴《例》禁。查鑄造小錢，亦必須安鑪、置碓、挑水、打炭諸事，若夜間鼓鑄，則火光必高出屋脊，一望即知，此本不難於訪查。大抵白晝私鑄者，必在五方雜處、人烟稠密之區，易於混跡。其黄夜私鑄者，則多在山陬水濱，人跡罕到之處。若如此蹤跡訪拏，自可根株淨絕。現當編查保甲之際，豈容有此等奸徒藏匿？至於奸販載運，則當責成關隘營汛，實力稽查。

近來所以私錢透漏，漫無覺察者，其弊有二：一由於船戶夾帶。查民船、商船過關盤驗，尚不敢公然裝載私錢，惟差使及官眷船隻經過關口，往往瞻徇情面，不甚稽查。於是船戶水手勾串奸販，賄囑跟役人等，夾帶私錢，運往各處，船主及管關人員稍失覺察，未有不受其朦混者矣。一由于胥役包庇查私。錢販運動至數百千串，非可以懷挾往來，其水次裝載，陸路挑馱，該管衙役、汛兵，豈遂毫無聞見？實由私錢得利甚厚，奸販等隨地賄囑，兵役得錢包庇，若罔聞知，此所以愈至充斥也。應請旨敕下貴州、湖南有鉛省分各督撫，嚴飭州縣，實力訪拏奸民私鑄，以清其源。並請敕下江蘇、安徽各督撫，嚴飭關隘及衙役、汛兵人等，認真稽查。並飭就近道府密訪，如有前項徇情容隱，得錢包庇等事，立即拏究懲辦。至於城鄉舖戶存留小錢，原准其繳官給值，其攙和行使者，亦《例》有專條。應請一并敕下直省督撫，申明定《例》，嚴行示禁，庶商民咸知畏懼，不敢收羅行使，則不惟便于民用，而錢法亦可自此肅清矣。

臣愚昧之見，是否有當？伏祈皇上睿鑒訓示。謹奏。嘉慶二十一年十一月二十四日。

卷一

簫韶解

《尚書》「〈簫韶〉九成」，〈簫韶〉者，舜樂名也。《白虎通》引《禮記》曰：「舜樂曰〈簫韶〉。」《書》《正義》引鄭《注》云：「〈簫韶〉，舜所制樂。」《說文》作「箾」，云：「虞舜樂曰〈箾韶〉。」《左傳》之「韶箾」，蓋古文之存者，「韶箾」猶「箾韶」耳。

又有單稱「簫」者。《漢書》〈禮樂志〉「〈簫〉、〈勺〉羣慝」，晉灼以〈簫〉爲舜樂名，〈勺〉文王樂名。此尤足徵〈簫〉是樂名，非樂器也。東晉《孔傳》謂〈韶〉爲舜樂，「言簫，見細器之備」。案：《說文》「簫，參差管樂，象鳳之翼」，《北堂書鈔》引《三禮圖》云：「雅簫長尺四寸，二十四彄。頌簫長尺二寸，十六彄。」《爾雅》郭《注》：「笙，大者十九簧，小者十三簧。管，大者長尺。」是簫之爲器，猶大於笙、管之類，何獨言「簫以見細器之備」，斯不然矣！

若舜樂所以名「簫韶」者，《公羊疏》引宋均注《樂說》云：「簫之言肅。舜時民樂其肅敬而繼堯道〔二〕，故謂之簫韶。」又案：《呂氏春秋》云：黃帝命伶倫爲律，伶倫制十二簫，聽其鳳鳥之鳴以別十二律，以比黃鐘之宮。高誘《注》云：「六律、六呂各有管也，故曰十二簫。」據此，是簫爲律管之總名，言簫則統乎律呂。舜樂名〈簫韶〉者，蓋以其備律名之。文王樂名〈象箾〉，蓋亦同此義，烏得謂專指編竹之簫邪？若《風俗通義》謂「舜作簫」，《隋書》〈樂志〉亦云：「簫，舜所造。」此不妨自爲制器之始，而其樂之所以名簫者，固不在此也。

蒙伐解

〈小戎〉「蒙伐有苑」，《傳》云：「蒙，討羽也。」《箋》云：「蒙，厖（厖同尨。）也。討，雜也。畫雜羽之文於伐，故曰尨伐。」《正義》曰：「《傳》以『蒙』爲『討』，《箋》轉『討』爲『厖』，皆以義言之，無正訓也。」案：「蒙」與「燾」同訓「覆」，《說文》：「燾，从火，壽聲。」又〈人部〉：「儔，翳也。从人，壽聲。」又〈羽部〉：「翳，翳也。从羽，殹聲。」（「殹」，从殳，𠃬聲。「𠃬」爲「田疇」之省文。）又〈攴部〉：「敼，从攴，𠷎聲。（「𠷎」爲「疇孰」之正字。）《周書》以爲討。」據此，諸字从𣪘、从𠷎得聲者，皆與「燾」聲近。𢾭又爲討，故知「討羽」猶言「燾羽」。《傳》訓「蒙」爲「討」，猶訓「蒙」爲「燾」也。

《箋》又轉「討」爲「雜」者，《儀禮》〈鄉射記〉：「旌各以其物。無物則以白羽與朱羽糅，杠長三仞，以鴻脰韜上，二尋。」鄭《注》：「此翿旌也。」「糅，雜也。」「今文『糅』爲『縮』，『韜』爲『翿』。」〈記〉又云：「君國中射，則皮樹中，以翿旌獲，白羽與朱羽糅。」《注》云：「今文『糅』爲『縚』。」案：糅羽者，雜羽爲翿旌。「翿」、「糅」，字又作「韜」、「縚」，並吐刀切。其聲與「討」亦相近，故知「討羽」猶言「糅羽」。鄭訓「討」爲「雜」，猶訓「糅」爲「雜」也。

金舄解

《小雅》〈車攻〉「赤芾金舄」，《傳》云：「諸侯赤芾金舄。舄，達屨也。」陳長發曰：「兩『舄』字中間疑脱一『金』字。」承珙謂《毛傳》本以「諸侯赤芾」絕句，觀《正義》可見。下《傳》蓋衍一「舄」字，非脱「金」字。《正義》曰：「言金舄達屨者，《天官》〈屨

〔一〕　校案：「繼堯道」，南昌府學本《公羊注疏》作「紀堯道」。然據《十三經注疏校勘記》引段玉裁云：「紀爲紹之誤。」

人〉《注》云：『舄有三等，赤舄爲上冕服之舄。下有白舄、黑舄。』此云『金舄』者，即《禮》之『赤舄』也，故《箋》云：『金舄，黃朱色。』加金爲飾，故謂之金舄。白舄、黑舄猶有在其上者，爲尊未達其赤舄，則所尊莫是過，故云『達屨』，言是屨之最上達者也。」段懋堂云：「『達』、『沓』古字通。單下曰『屨』，複下曰『舄』。然則『達』取『重沓』之義。」案：《正義》引《傳》明言「金舄達屨」，不得援複下之文，以「達屨」專屬「舄」義也。孔顨軒云：「王服赤舄，后服黑舄，皆有三等。赤絇繶純爲上，黃絇繶純次之。赤舄黃飾，所謂金舄。」案：古人文義質實，謂之「金舄」，必是以金爲飾。若以絇繶色黃即稱金舄，乃後人侔色揣稱之詞，非古義矣！陳長發曰：「《小爾雅》『屨尊者曰達屨，謂之金舄，舄（此「舄」字，今本脫。）而金絇也。』絇者，舄頭飾也。古人重之，以爲成人之飾。金舄之飾，直達於屨，所以殊其制而獨得達名也。」今案：「金舄達屨」，當以《疏》說爲是。〈狼跋〉《傳》：「赤舄，人君之盛屨也。几几，絇貌。」夫「盛屨」，猶「達屨」也。《傳》必以「几几」爲絇狀者，當是金絇之飾，異于他屨。《說文》〈己部〉引《詩》作「赤舄己己」，〈手部〉又引《詩》作「掔掔」，蓋皆《三家詩》異文。《呂氏讀詩記》引董氏曰：「崔靈恩《集注》，『几几』作『掔掔』。」考「己」象萬物辟藏詘形，絇在屨頭，如刀衣鼻自有詘形，故曰「己己」。至「掔」，《說文》訓「堅」，「掔掔」當并取金絇著屨堅固之貌。是《三家詩》義，疑皆以金舄爲加金爲飾也。《晏子春秋》：「景公爲履，黃金之綦，飾以銀，連以珠，良玉之絢，其長尺。」又云「古者人君」「大帶重半鈞，舄履倍重，不欲輕也」。案：趙岐注《孟子》「一鉤金」爲「一帶鉤之金」，則此所謂大帶之重者，亦是帶鉤。鄭注《考工記》：「今東萊稱或以大半兩爲鈞。」劉向校書云：「晏子，萊人。萊，今東萊地。」則此「大帶重半鈞」者，當是一帶鉤之金，重三分兩之一。「舄履倍重」，當是兩舄之鉤加金爲飾，其重一鈞爲大半兩。此金舄之制，於《傳》有之，最爲明徵者也。

皋比解

《左傳》「蒙皋比而先犯之」，杜《注》：「皋比，虎皮。」《正義》曰：「〈樂記〉云：『倒載干戈，包之以虎皮，名之曰建櫜。』鄭玄以爲兵甲之衣曰櫜。櫜，韜也，而其字或作『建皋』，故服虔引以解此。」據此知杜《注》蓋本之服《注》。「櫜」與「皋」古今字，如「鼛鼓」之「鼛」亦作「皋」耳。其虎皮所以名「皋比」者，則穎達云：「其義未聞。」今竊以意解之。

《春秋傳》「鬭穀於菟」，《漢書》〈敘傳〉作「於檡」。考「檡」字《說文》所無。《儀禮》〈士喪禮〉「若檡棘」，《注》云：「今文『檡』爲『澤』。」尋諸書，「皋」、「澤」二字以形近致誤者，其跡多矣。蓋因古文「澤」本作「臭」，《說文》：「臭，大白澤也，从大白。古老切。古文以爲澤字。」此與「皋」之从白从本者，形尤易混，聲又相同。至小篆「澤」，从睪聲。睪，从目从㚔。《說文》：「㚔，讀若瓠。」「斁」、「殬」皆从睪聲，讀爲當故切。然則「澤」从「睪」聲者，疑本與「於菟」之菟音相近。「於菟」合聲爲「虎」，單言之亦可曰「菟」。故郭注《方言》云：「今江南山邊呼虎爲䖘。」「䖘」與「菟」同。準此言之，「菟」一作「檡」，「檡」又作「澤」，「澤」與「皋」形聲俱近。「虎」有「皋」名，良由于此。

《漢書》〈地理志〉「成皋，故虎牢」，《水經注》「成皋故城即東虢也」，《穆天子傳》「七萃之士高奔戎，生捕虎而獻之天子，命之爲柙，畜之東虢，是曰虎牢」矣。又案：《左傳》「伐東山皋落氏」，「皋落」疑即「虎落」，〈鼂錯傳〉所謂「爲中周虎落」者也，戎狄因以爲氏耳。

九𢷎解

《周官》「九𢷎」，自《注》、《疏》以下，其說紛岐，今爲董而理之。

〈大祝〉「辨九𢷎：一曰䭫首，二曰頓首，三曰空首，四曰振動，五曰吉拜，六曰凶拜，七曰奇拜，八曰褒拜，九曰肅拜」，案：䭫首、頓首、空首三者，爲吉禮之拜。振動、吉拜、凶拜三者，爲凶禮之拜。奇拜、褒拜二者，則吉禮、凶禮皆有之。䭫首等六拜爲經，奇拜、褒拜二拜爲緯，肅拜則專爲婦人之拜。而此九拜，皆以享右祭祀。吉祭用吉禮之拜，喪祭用喪禮之拜，推而及於賓、嘉諸禮，亦用此拜法耳。

何以明之？䭫首者，鄭康成注〈大祝〉云「稽首」者，「頭至地也」。案：何休注《公羊傳》云：「頭至地曰稽首。」趙岐注《孟子》云：「稽首，拜，頭至地。」〔二一〕《一切經音義》引《白虎通》云：「所以稽首者何？稽，至也。首，頭也。言頭著地。」此皆與鄭合。《說文》云「下首」者，渾言之耳。此拜於祭祀，爲敬之至者。〈郊特牲〉云：「君再拜稽首，肉袒親割，敬之至也。敬之至也，服也。拜，服也。稽首，服之甚也。」他如〈特牲〉、〈少牢〉「宿尸」，〈特牲〉、〈少牢〉「陰厭」，〈特牲〉「嗣舉奠」，皆再拜稽首，（〈士虞禮〉饗神，「主人再拜稽首」，此「稽首」恐係「稽顙」之誤。虞乃喪祭事，事變于吉，不應于此有「再拜稽首」。）蓋亦敬之至者。以此「稽首」爲拜中至重，故祭祀而外，又爲臣拜君法。《左傳》孟武伯曰：「非天子，寡君無所稽首。」知武子曰：「天子在，而君辱稽首。」〈郊特牲〉：「大夫之臣不稽首，非尊家臣，以辟君也。」至君於臣，亦有稽首者，如〈洛誥〉「成王拜手稽首」，《疏》所云「其有敬事亦稽首」是也。

頓首者，鄭云：「頓首，拜，頭叩地也。」蓋「頓首」與「稽首」有別。稽首者，頭下至

〔二一〕　校案：趙岐《孟子章句》原文作：「稽首拜命，亦以首至地也。」（南昌府學本《孟子注疏》，卷十四上，頁四A。）

地，稽留其首。頓首者，引頭至地，首頓即舉。僖五年《左傳》孔《疏》謂：「頓首，頭不至地，暫一叩之。」非是。「頓首」又與「稽顙」有別。鄭注〈檀弓〉云：「稽顙者，觸地無容。」然則頓首頭叩地，雖與觸地相似，其拜仍有容。故鄭注《周禮》云：「拜而後稽顙，與頓首相近。」《疏》謂「拜體相近」，然吉、凶之用自別。段氏懋堂《說文注》以頓首爲凶禮，謂：「如申包胥之九頓首，以國破君亡；穆嬴之頓首，以太子不立。」皆類乎凶事而爲之者。不知申包胥之九頓首，以其九頓異於常禮。如韓之戰，秦獲晉侯，晉大夫三拜稽首。古有頓首，無九頓首；有再拜稽首，無三拜稽首。至穆嬴於趙宣，則小君也，且婦人禮，不應頓首，而頓首，皆所以致其情事迫切之意，非以頓首爲凶禮而用之也。且段氏既云：「頓首尙急遽。」「䭬顙者，稽遲其顙。」乃又云：「頓首即䭬顙。」誤矣！頓首自是平敵相拜之法，祭祀有賓主獻酢，皆當用此拜法。頓首下稽首一等，故蔡邕《獨斷》云：「秦法：羣臣上書皆言『昧死』，王莽去『昧死』曰『稽首』，光武因而不改。」朝臣曰稽首、頓首，非朝臣曰稽首再拜。此雖頓首，亦用於君，然必先稱「稽首」而後「頓首」，且未有無故以凶禮之頓首，概施於章表者也。李陵〈答蘇武書〉稱「頓首」，蓋漢時敵者之拜猶然。淩氏次仲云：「《禮經》賓主相敵之拜皆頓首，經不云『頓首』者，文不具是也。」

空首者，鄭云「拜，頭至手」也，《疏》云：「先以兩手拱至地，乃頭至手。以其頭不至地，故名空首。」蓋空首即經傳所謂「拜手」。何注《公羊傳》曰：「頭至手曰拜手。」東晉

《尚書》《孔傳》曰：「拜手，首至手也。」此皆與鄭《注》「空首，拜」合。其云「拜手稽首」者，先空首而後稽首也，疏家以爲君荅臣下拜法。淩次仲云：「《禮經》君拜其臣皆空首，經不云『空首』者，猶之平敵相拜，不云頓首也。」《穆天子傳》：「天子賜七萃之士高奔戎佩玉一隻，奔戎再拜𩒨首。賜許男駿馬十六，許男降，再拜空首。」郭《注》：「空首，頭至於地。」則此空首即𩒨首，與《周禮》之空首不同。惠氏半農曰：「降拜謂之空，未升成拜也。」

振動者，杜子春云：「振讀爲振鐸之振，動讀爲哀慟之慟。」鄭大夫云：「動讀爲董，書亦或爲董。振董，以兩手相擊也。」鄭康成以振動爲「戰慄變動之拜」。淩次仲云：「振動之拜，諸儒言人人殊，惟杜子春得之。蓋凶事之有振動，猶吉事之有稽首，皆拜之最重者。〈士喪禮〉君使人弔、襚及君臨大斂，〈既夕禮〉君使人賵，主人皆拜稽顙，成踊。非君之弔、襚、賵，則拜而不踊。是拜而後踊，于君始行之，故曰與稽首同。踊與稽顙皆非拜，拜而成踊謂之振動，猶之拜而後稽顙謂之吉拜，稽顙而後拜謂之凶拜。」今案：淩說是也。拜而後踊，固爲拜君之弔、襚、賵，其實喪祭亦有拜而後踊者。〈士虞禮〉〔三〕卒哭之祭：主人酌獻尸，尸拜受，主人拜送，尸祭酒卒爵，主人及兄弟踊，婦人亦如之。主婦亞獻，踊如初。賓長

〔三〕校案：《求是堂文集》原作〈士喪禮〉，據《儀禮》原文校改。

三獻，踊如初。此雖不言成踊，亦是拜而後踊。蓋踊雖非拜，而有用于喪拜者，故別于吉拜、凶拜，而謂之振動也。

吉拜、凶拜者，鄭云：「吉拜，拜而後稽顙，謂齊衰不杖以下者。言吉者，此殷之凶拜，周以其拜與頓首相近，故謂之吉拜云。凶拜，稽顙而後拜，謂三年服者。」今案：〈雜記〉云：「三年之喪，以其喪拜；非三年之喪，以吉拜。」《注》以吉拜、喪拜爲「受問」、「受賜」。然非獨此也。喪祭有拜尸、拜賓者，皆當以此分別吉凶。〈檀弓〉：「孔子曰：拜而後稽顙，穨乎其順也；稽顙而後拜，頎乎其至也。三年之喪，吾從其至者。」鄭《注》以拜而後稽顙爲殷之喪拜，稽顙而後拜爲周之喪拜，又云：「自期如殷可。」淩次仲云：「《禮經》但有『拜稽顙』，而無『稽顙拜』之文，則拜而後稽顙，其周禮歟？鄭以爲殷之喪拜者，於經未合。」今案：淩說非是。《禮經》之「拜稽顙」者，言其拜也必稽顙耳，非謂必先拜而后稽顙也。〈檀弓〉：「秦穆公使人弔公子重耳，重耳稽顙而不拜。穆公曰：『稽顙而不拜，則未爲後也，故不成拜。』」此足見三年之喪，爲後者必稽顙而後拜，始謂之成拜。此正是周禮，不得以「拜稽顙」之文疑鄭《注》也。陳氏《禮書》云：「〈士喪禮〉於三年之喪『拜稽顙』，〈喪大記〉、〈雜記〉皆言『拜稽顙』，此謂拜必稽顙，非拜而後稽顙也。」

奇拜、褒拜者，杜子春云：「奇讀爲奇耦之奇，謂先屈一膝，今雅拜是也。或云：奇讀曰倚，倚拜謂持節、持戟拜，身倚之以拜。」鄭大夫云：「奇拜，謂一拜也。褒讀爲報，報拜，再拜是也。」鄭司農云：「褒拜，今時持節拜是也。」鄭康成云：「一拜，荅臣下拜。再拜，拜神與尸。」今案：諸說皆非是。奇猶獨也。獨拜者，謂拜而不荅拜，如《後漢書》〈馬援傳〉「援嘗有疾，梁松來候之，獨拜牀下，援不荅」是也。〈曲禮〉「凡非弔喪，非見國君，無不荅拜者」，《注》云：「喪，賓不荅拜。國君見士，不荅其拜。」今案：匪獨此也，如〈特牲饋食禮〉「宿尸，尸許諾，主人再拜稽首」，尸不荅拜者，以既許諾，則成爲尸，故不荅拜。又「主人送于門外，再拜」，《注》云「凡去者不荅拜」，又如凡爲人使者不荅拜之類。此則稽首、頓首、空首、吉拜、凶拜，皆有拜而不荅者，謂之奇拜。褒報者，荅拜也。鄭注〈樂記〉、〈祭義〉俱讀「報」爲「褒」，鄭大夫讀「褒拜」爲「報拜」，則凡稽首、頓首但是因拜而荅者，皆褒拜也。

至肅拜，婦人之拜，亦是跪拜，但不俯伏耳。《禮記》〈少儀〉鄭《注》：「肅拜，拜低頭也。」此語最諦。謂但低其頭，而頭不至手與地，異於空首、稽首等拜。惟鄭司農注《周禮》，以肅拜但俯下首，若今時揖。杜注《左傳》、韋注《國語》，皆以肅拜爲長揖。不知揖而不拜者，古但謂之肅，如《左傳》「敢肅使者」，《國語》「敢三肅之」，此〈曲禮〉所謂介胄之士不拜也。既曰「不拜」矣，尚得以肅拜目之乎？疏家每引《左》、《國》之「肅」以證肅拜，謂軍中有此肅拜法，誤矣。賈誼〈容經〉曰：「端股整足曰經立，微磬曰共立，磬折曰肅立，垂佩曰卑立。視平衡曰經坐，微俯曰共坐，俯首曰肅坐，廢首低肘曰卑坐。」觀肅立、肅坐之容，則肅拜亦必於跪拜之際，俯首而磬折可知。若謂肅拜但立而俯下首，則與「磬折曰肅立」何以異乎？且〈少儀〉云：「婦人爲尸坐，則不手拜，肅拜。」既曰坐而肅拜矣，尚得云婦人之肅拜但立而不跪乎？王廷相曰：「孔氏、陳氏謂肅拜如今婦人不跪地而拜，則尸坐事說不通矣。」婦人之拜，以肅拜爲常。〈少儀〉云：「婦人吉事，雖有君賜，肅拜。爲尸坐，則不手拜，肅拜。爲喪主，則不手拜。」鄭《注》：「手拜，手至地也。婦人以肅拜爲正，凶事乃手拜爾。」爲喪主不手拜者，爲夫與長子當稽顙也，其餘亦手拜而已。蓋婦人以肅拜當男子之空首，以手拜當男子之稽首，〈士昏禮〉「婦拜扱地」是也。其稽顙之拜，則與男子同耳。淩次仲云：《儀禮》「凡丈夫之拜坐，婦人之拜興。丈夫之拜奠爵，婦人之拜執爵」。「是婦人之肅拜，不屈膝，故必興，兼可執爵拜也」。此亦不然。〈昏禮〉婦見姑，奠笲於席，「姑坐舉以興，拜，授人」。又贊醴婦，婦「降席，東面坐啐醴，建柶，興，拜」。此皆謂既興再跪拜耳，非即立而拜也。彼〈昏禮〉，婦見舅，執笲，拜，奠，舅坐撫之，亦云「興，荅拜」，豈男子亦有此立拜乎？〈特牲饋食禮〉《注》言婦人「執爵拜，變于男子」者，謂執爵拜異于奠爵拜耳。其實既卒爵，則皆空爵矣，非必執之，即不可跪拜也。

總之，經傳中言「拜」，無有不跪者。《說文》〈足部〉曰：「跪者，所以拜也。」蓋先跪兩膝至地，次拱兩手而下之，乃拜之大體，故《說文》「𢫦」字从手下。〔四〕《荀子》所謂「平衡曰拜」者，拜之大名亦曰拜手。《說文》：「𢷎，首至手也。」本作「首至地」，从段懋堂說訂正。吳草廬曰：「先跪兩膝著地，次拱兩手到地，乃俯其首不至於地，其首懸空，但與腰平。《荀子》所謂『平衡曰拜』是也。《周官》謂之『空首』，《尚書》謂之『拜手』，與凡經、傳、記單言『拜』字者，皆謂此拜也。」劉世節《瓦釜漫記》曰：「《朱子語類》有問者曰：『何謂肅拜？』朱子曰：『兩膝齊跪，手至地，頭不下爲肅拜。』古樂府云婦人『申腰再拜跪』，『申腰亦是頭不下也。』宋祖嘗問趙中令：『禮：何以男子跪拜，而婦人不跪？』趙不能對，徧詢禮官，皆無知者。王貽孫爲言：『古詩「長跪問故夫」，婦人亦跪。唐天后朝，婦人始拜而不跪。』趙問所出，因以張建章《渤海國記》爲證。汪聖錫《燕語證誤》又云：『周宣帝詔命婦皆執笏，其拜宗廟及天臺皆俯伏。』則其時婦人已不跪矣，故特有詔。云始於則天，非也。」今案：天元之詔，正見古者婦人之拜，但跪而不俯伏。此所謂「申腰再拜跪」耳，非前此皆不跪拜也。南宋張淏《雲谷雜記》引程氏《考古編》云：「周昌諫帝廢太子，呂后見昌爲跪謝。《戰國策》：『蘇秦嫂蛇行匍匐，四拜自跪而謝。』《隋志》皇帝冊后，『后先拜後起，皇帝後拜先起』。」則唐以前婦拜，無有不跪者矣！

〔四〕 校案：「从手下」，當作「从兩手下」，見段玉裁《說文解字注》（經韻樓刻本）十二篇上。

儀禮鄭注偃領解

〈士昏禮〉「女從者畢袗玄，纚笄、被顈黼，在其後」，《注》：「顈，襌也。《詩》云『素衣朱襮』，《爾雅》云『黼領謂之襮』，《周禮》曰『白與黑謂之黼』。天子、諸侯后夫人狄衣，卿大夫之妻刺黼以爲領，如今偃領矣。」《疏》云：「偃領者，舉漢法，鄭君目驗而知，今已遠，偃領之制亦無可知也。」案：《詩》《正義》引孫炎《爾雅注》「繡刺黼文以偃領」，郭《注》本之，皆以「偃」爲「褗」。《方言》云：「衱謂之褗。」「衱」與「袷」同。鄭注〈曲禮〉云：「袷，交領也。」〈深衣〉「曲袷如矩以應方」，《注》：「袷，交領也。古者方領，如今小兒衣領。」《說文》：「褗，褔領也。」「褔，編枲衣。一曰頭褔，一曰次裹衣。」《方言》「緊袼謂之褔」，郭《注》：「即小兒次衣也。」《漢書》廣川王去有姬榮愛，爲「去刺方領繡」，服虔曰：「如今小兒卻襲衣也。頸下施衿，領正方直。」晉灼曰：「今之婦人直領也。繡爲方領，上刺作黼黻文。〈王莽傳〉云：『有人著赤繢方領。』方領，上服也。」案：卻襲衣蓋即次衣，孔穎達《禮》《正義》又謂之「擁咽」。偃領之制，蓋如小兒次衣，正方折之，刺爲黼文，加於衣上。故「偃領」謂之「襮」者，殆取表襮之義。高誘注《呂氏春秋》云：「襮，表也。」

公羊祠兵解

《公羊傳》「甲午，祠兵」，《周官》〈肆師〉《疏》引《異義》：「《公羊》說曰：『師出曰治兵，入曰振旅。祠者，祠五兵：矛、戟、劍、楯、弓矢，及祠蚩尤之造兵者。』謹案：《三朝記》曰：『蚩尤，庶人之強者，何兵之能造！』」〈大司馬〉《疏》又引鄭駮曰：「『祠兵』者，《公羊》字之誤，因而作說之。」「於周〈司馬職〉曰『仲夏教茇舍』、『仲秋教治兵』，其下皆云『如戰之陳』。『仲冬教大閱，修戰法，虞人萊所田之野』，乃爲之。如是，治兵之屬皆習戰，非授兵于廟，又無祠五兵之禮。」

承珙案：「治」从台聲，「祠」从司聲。古从「司」之字，多與「台」通。〈舜典〉「舜讓于德弗嗣」，今文《尙書》作「不怡」。《毛詩》「子甯不嗣音」，《韓詩》「嗣」作「詒」。〈周曶鼎〉「治」作「𤔲」。《一切經音義》云：「𤔲，又作辝。」據此，疑「治」與「祠」古字本通，故《公羊》「祠兵」與《左傳》「治兵」字同。何氏望文生義，故爲肊說。鄭〈采芑〉《箋》引《春秋傳》曰：「出曰治兵。」《疏》以爲據《公羊傳》文，破「祠」爲「治」。而〈曲禮〉「外事以剛日」，《注》又引《春秋傳》曰：「甲午，祠兵。」此蓋「治」、「祠」本通，故同引一經，不嫌字異。邵氏晉涵據《詩箋》，謂鄭君所見《公羊》本亦作「治兵」，非也。

釋翿

《爾雅》〈釋言〉「翿，纛也。纛，翳也」，《說文》無「翿」字，〈羽部〉：「翳，翳也，所以舞也。从羽殹聲。《詩》曰『左執翳』。」此據《集韻》，今《說文》引《詩》作「翿」，乃後人據俗本《毛詩》改。又云：「翌，樂舞。以羽𦑊自翳其首，以祀星辰也。」此「𦑊」字即「翳」字之省，若「翿」字乃「儔」之別體。《說文》〈人部〉：「儔，翳也。从人，壽聲。」徐鍇曰：「『儔』古與『翿』字同義。」蓋「儔」正字或作「翿」，經典遂通用「翿」。若「纛」字，六書所無，無以下筆，不但作「纛」爲俗，即作「纛」亦非。今案：《爾雅》當作「翳，翿也。翿，翳也」，後人多識「翿」，少識「翳」，又別有作「纛」之俗字。寫《爾雅》者，既以「翿」易「翳」，復以「纛」易「翿」。而他經傳，亦皆有俗人據改者，或本作「翳」而改「翿」，或本作「翿」而又改爲「纛」。如《周禮》〈鄉師〉「及葬，執纛，以與匠師御匶而治役」，鄭《注》引〈雜記〉曰：「匠人執翿以御柩。」又引鄭司農云：「翿，羽。葆，幢也。」考今〈雜記〉但云「匠人執羽葆」，據《周禮》賈《疏》，知古本〈雜記〉原作「匠人執翿」，鄭注〈鄉師〉直引「執翿」之文，不云「纛」當作「翿」，其引司農語亦祇作「翿」，則先、後鄭所見《周官》經文，本皆作「翿」，不作「纛」，明矣。後鄭又引《爾雅》曰「纛，翳也」，此即承上文「鄭司農曰：翿，羽；葆，幢也」之下，蓋所見《爾雅》本必作「翿，翳也」，故引以證此經「執翿」。今引《爾雅》作「纛」者，乃淺人因《周官》經文誤作「纛」，又俗本《爾雅》作「纛，翳也」，遂據以改鄭《注》耳。

《毛詩》《陳風》「值其鷺翿」，《傳》云：「翿，翳也。」《正義》曰：「『翿，翳』，〈釋言〉文。」此可見孔作《詩疏》時，所見《爾雅》本亦作「翿，翳也」，不作「纛，翳也」。《王風》《正義》又引〈釋言〉「纛，翳也」，此亦後人因《毛傳》誤本有「纛」字而改。《王風》「左執翿」，《傳》云：「翿，纛也，翳也。」案：《說文》則《詩》本作「翳」，《傳》用《爾雅》釋《詩》，當是「翳，翿也、翳也」。蓋《爾雅》二句，雖是以「翿」釋「翳」，以「翳」釋「翿」，其實「翳」、「翿」聲義本同，故《傳》引《爾雅》文，中間可省一「翿」字。《七經考文》云「古本《毛傳》『翳也』上有『纛』字」，亦非是。若《爾雅》本作「翿，纛也。纛，翳也」，則《詩》文本無「纛」字，《傳》何用并引「纛，翳也」一句乎？至「（值）（執）其鷺翿」，則經文當本作「翿」，故《傳》亦止引《爾雅》「翿，翳也」一句耳。

自《爾雅》文誤，後人既改〈匠師〉之「翿」爲「纛」，又改《王風》之「翳」爲「翿」，并改傳注之「翿」皆爲「纛」，而紛錯繆亂，不可爬梳矣。

周公東征說

《金縢》：「武王既喪，管叔及其羣弟乃流言于國，曰：『公將不利于孺子。』周公乃告二公曰：『我之弗辟，我無以告我先王。』周公居東二年，則罪人斯得。于後，公乃爲詩以詒王，名之曰《鴟鴞》，王亦未敢誚公。」鄭注《尚書》，讀「辟」爲「避」，「居東」謂避居東都。晉世《孔傳》訓「辟」爲「法」，謂以法法三叔，「居東」即謂東征。二者皆非也。鄭說之非，王肅已立三難，歐陽《詩本義》辨之更力。然以「居東」即爲東征，亦有未安者。朱子晚年《荅蔡仲默書》，謂三叔方流言于國，周公處兄弟骨肉之間，豈應以語言之故，遽興師以征之？且王方疑公，公固不應不請而自誅之。若請之於王，亦未必見從，當時事勢未必然也。

承珙案：《金縢》「弗辟」之「辟」，斷當以《說文》之訓爲正。《說文》：「𨐨，治也。从辟从井。《書》曰：『我之不𨐨。』」此「𨐨」字，蓋真孔氏古文，其訓詁亦逼真。先儒舊義，「治」者如《漢書》「治淮南獄」、「治楚獄」之「治」。蓋管叔及羣弟流言于國者，國即謂管、蔡之國。則是不利孺子之言，明是起於管、蔡之國，而後達於京師。然流言雖知所起，未得主名，自不容遽興問罪之師。而周公以宗親大臣，受遺輔政，又斷不可以辭連己身，引避小嫌，置之不問。故曰：「我之弗治，我無以告我先王。」於是出而鎮撫東方。案：驗其事，（二語出《正義》引王肅《注》。）「居東」者謂國之東，大約近三監之地，可以制險扼要，非即《詩》之〈東山〉。其時又未有東都，故《墨子》言「東處於商，蓋人謂之狂」〔五〕，「蓋」者，亦大略言之，《越絕書》謂「周公出巡狩于邊」者是也。蓋周公於兄弟骨肉之間，委曲詳慎，必不肯以影響之疑，坐獄管、蔡。及至二年之間，情事章露，乃真知由管、蔡啓商甚，間王室，此所謂「罪人斯得」也。周公見外侮伺於鬩牆，阽危及於宗社，憂小腆之誕敢，紀敘迫大義，而將至滅親，此〈鴟鴞〉之詩所由作也。然成王終疑管、蔡之言未必無因，而周公之恩親又不容有貳，故曰「王亦未敢誚公」。迨至風雷動威，執書感泣，乃悟而迎周公。此時管、蔡、武庚不得不急謀走險，然後周公恭承王命，作〈大誥〉而東征焉。（《尚書大傳》：「周公以成王之命殺祿父。」）當時情事曲折，固應如此。且必如此，而後足以見大聖人仁之至，義之盡，光明正大，而無一毫私意留於其間者也。若以「居東」爲釋位待罪，則宗臣去位，社稷動搖，主少國疑，責將誰屬？況朝爲冢宰，夕已匹夫，叛者在東，而往就虎口，雖愚者不爲，曾謂周公而爲之乎？然以「居東」即爲東征而誅管、蔡，則反側已平，王室無事，〈鴟鴞〉之詩又可以不作矣！故東與東山非一地，居東與東征非一事。「居東」者二年，征東者三年，《詩》、《書》所言，判然爲二。蓋

〔五〕　校案：《墨子》此二句當斷爲：「東處於商蓋，人謂之狂。」

周公於武王崩後，免喪之年，始聞流言，當即居東。次年，則罪人斯得，《書》所謂「居東二年」也。是年之秋，成王因風雷之變，迎還周公，然後居攝。《書傳》云：「周公攝政，一年救亂，二年克殷，三年踐奄。」《詩序》所謂：「周公東征，三年而歸也。」〈豳譜〉《正義》引鄭注《尚書》云：「周公以武王崩後三年出。」武王以十二月崩，至成王改元之十二月終，然後小祥，至三年春，乃除喪服。是時周公尚爲冢宰聽政，故三叔流言，周公始出而居東，則已是崩後四年。鄭不連崩年數之，故云：「武王崩後三年出。」義尚可通。又云：「五年秋反而居攝。」乃似周公居東，出入三年，則顯然與經文背矣！《正義》又引〈多方〉《注》云：「奄國在淮夷之旁，周公居攝之時亦叛，王與周公征之，三年滅之，自此而來歸。」明周公以秋反而居攝，其年則東征，三年而後歸。然則《書》之「二年」，謂免喪後之二年，《詩》之「三年」，謂居攝後之三年也。王肅注〈金縢〉，謂：「武王以十二月崩，明年改年，周公攝政，遭流言，作〈大誥〉而東征。二年克殷，殺管、蔡。三年而歸。」是以「居東」即東征，首尾通止三年，《書》言其罪人斯得之年，《詩》言其歸之年。然則以〈鴟鴞〉之詩，爲既誅管、蔡後所作。夫管、蔡既與武庚同叛，誅之宜矣，成王雖愚，何至此猶未能悟？而《書》曰「王亦未敢誚公」，必待風雷之變，金縢之啓，始釋然乎？又曰「惟朕小子其新迎」及「王出郊，天乃雨，反風」云云。風雷一時之事，若在東征而歸之時，則三監之地去鎬京千里，豈能立時迎還，出郊相見乎？其間情事，種種不合，知王肅之說非也。若《逸周書》〈作雒解〉云：「武王既歸，乃歲十二月崩鎬，殣于岐周。〔六〕周公立，相天子，三叔及殷東徐奄及熊盈以略。周公、召公內弭父兄，外撫諸侯。明年夏六月，葬武王于畢。二年，又作師旅，臨衛攻殷，殷大震潰。」據此，似武王崩後，成王元年，周公即攝政，即遭流言，即時東征者，此爲王肅及僞孔所本。然《周書》云云，實非比年接敘。其上文云：「武王既歸，乃歲十二月崩鎬。」孔晁《注》云：「謂乃後之歲。」蓋武王崩在克殷後五年，則其非比年接敘可知。然則謂「明年葬武王」、「二年作師旅」者，「二年」謂周公攝政之二年，中間實曠隔周公居東之年，以「居東」於作雒事無涉，故〈作雒解〉不敘之耳。猶〈豳譜〉《疏》引鄭注〈金縢〉云「周公以武王崩後三年出，五年秋反，而居攝四年，作〈康誥〉」云云，「五年」謂武王崩後之五年，「四年」謂攝政之四年也。古人文法疎簡，在善讀者會之，不得執彼以難此。

〔六〕校案：「殣于岐周」，《求是堂文集》原闕「周」字，今據黃懷信等撰《逸周書彙校集注》（上海：上海古籍出版社，二〇〇七年）校補。

夾室考（附胡培翬識語）

「夾室」之名，見於經者：《尚書》謂之「夾」，亦謂之「翼室」。《儀禮》謂之「夾」。《禮記》謂之「夾室」，亦謂之「達」。《春秋傳》謂之「个」。其制則堂上東西牆謂之序，序以外謂之東堂，而堂東、堂西、堂之後，謂之東西夾室。東堂、西堂者，以其東於中堂、西於中堂而得名也。東西夾室者，以其夾中央之房室而得名也。自鄭氏注《禮》後，言人人殊，惟楊信齋《儀禮圖》以「東夾在東房東，西夾在西房西者」得之。謹詳繹經文傳注，博稽儒者之說，爲四妄、七疑、十證以明之。

《尚書》〈顧命〉有東房、西房，又有西夾。僞《孔傳》於「東房」注云：「東廂夾室。」《疏》遂謂：「房與夾室實同而異名。」案：孔穎達於〈內則〉《疏》明云：「宮室之制，中央爲正室，正室左右爲房，房外有序，序外有夾室。」是固知房與夾室爲二矣，而乃依違《傳》文，更成岐異。此一妄也。

《尚書大傳》「天子之堂廣九雉，三分其廣，以二爲內，以一爲高，東房、西房、北堂各三雉」，鄭氏《注》云：「雉長三丈。內，堂東、西序之內也。」案：鄭此注最善。古者宮室之制，正室及東、西房皆在序內。蓋九雉之堂，室廣二雉，東、西房各廣二雉，共得六雉，正居堂廣三分之二。其餘三雉，則夾室及堂東、西廉也。乃《書傳》云：「東房、西房各三雉。」夫二雉之室，何以有三雉之房？且東、西各餘半雉爲夾室，則堂廉無餘地矣。其下文云：「士有室，無房、堂。」鄭《注》云：「今《士禮》有房。」然則《書傳》之言，難可徵信。此二妄也。

明郝京山云：「夾室在庭之兩旁，東西相向。」萬季野曰：「禮：祖宗祧主皆藏於夾室。若在庭之左右，則是子孫儼然居上，而坐祖宗於堂下矣。」案：《通典》高堂隆云：「遷廟之主，藏於太祖太室北壁之中。」其藏於西夾室者，陳氏《禮書》以爲漢後之制。要之，古人庭中斷無築室之制，諸經皆可考見，而以爲夾室在庭，《尚書》明言「西夾南嚮」，而以爲東西相向。此三妄也。

江氏慎修曰：「《儀禮》及〈顧命〉皆言東夾、西夾，未有言夾室者。蓋此處所夾者堂，不可謂之夾室。〈雜記〉云『夾室』，夾與室是二處，室謂堂後之室也。室是事神之處，釁廟不可遺，先儒讀者誤連之，則事神之處顧獨不釁，而序外夾堂之處謂之夾室，亦名不當物矣。」案：此蓋未審於〈雜記〉之文而誤耳。彼云：「雍人舉羊，升屋自中，中屋南面，刲羊，血流於前，乃降。」所謂「屋」者，蓋正室已在其內矣，何云事神之處獨不釁乎？其下文云：「門、夾室皆用雞。」《疏》云：「夾室減於廟室，故釁不用羊。」明係「夾室」二字連文，何得云先儒誤連之乎？若序外夾堂之處，古人本未嘗稱爲夾室也。此四妄也。

《儀禮》〈特牲饋食禮〉「豆、籩、鉶在東房」，鄭《注》云：「東房，房中之東，當夾北。」是鄭氏以夾在房南，夾之北即房矣。案：房制有戶而無牖，戶當居房壁東、西壁之中，戶東、戶西皆空地，屬以中堂。姑以東房言之，〈士昏禮〉「席于房外南面」，《注》云：「房外，房戶外之西。」〈昏禮〉又云：「尊于房戶之東。」〈有司徹〉云：「司宮以爵授婦贊者于房東。」《注》云：「房戶外之東。」夫房戶之西，固於堂中爲近，若房戶之東，猶然設尊授爵，則是東房以東，仍在序內，房之南安得有夾？烏覩所謂「房中之東，當夾北」乎？此可疑者一也。

〈公食大夫禮〉「公升二等，賓升。大夫立于東夾南，西面，北上」，鄭《注》云：「取節于夾，明東於堂。」其下文「宰東夾北，西面，南上」，賈《疏》云：「謂在北堂之南，與夾室相當〔七〕，故云『夾北』。」案：大夫立東夾南，鄭知在堂下者，以大夫於後有七牲之事，未聞降階，故知此位在堂下。然則「宰立東夾北」，與此對文，其亦當爲堂下，的然可知。若以爲在北堂之南，則房中矣，何不直云「房中」，而必曰「東夾北」乎？此可疑者二也。

《釋名》云：「夾室在堂兩頭，故曰夾。」案：古人言堂有二，有專指東西兩楹間而言者，此蓋記行禮之地也；有統指堂基四周而言者，此則舉宮室之制也。《釋名》云「堂兩頭」者，不過謂堂之兩邊耳，在南、在北皆可通稱。若以爲必指南頭，則在中堂之兩頭者，固爲東堂、西堂矣。夫夾者，輔也。室者，實也。使以堂而稱之爲室，夾堂而稱爲夾室，名實溷矣！此可疑者三也。

萬季野曰：「夾室在序之兩旁，〈士喪禮〉『主人襲絰于序東』，鄭《注》曰：『序東，東夾前。』賈氏謂：『序牆之東，東夾之前。』由此以言，夾室在序之外，而不在房之南，章章明矣！」案：此仍賈《疏》之誤，而小變其說耳。其云「夾室不在房南」，誠是，而不知夾室當在序外以北，其序外以南，則東堂、西堂也。若序外即爲夾室，則夾室之北，猶是房之南壁也，不依然房當夾北乎？此可疑者四也。

同年焦里堂云：「東夾即東堂之室。東堂東向而室在其西，西堂西向而室在其東。」案：如所言，則堂自中棟以北，一室兩房，止三間耳。而自中棟以南，中爲中堂，東、西序之外，有東、西夾室，夾室之外，又有東堂、西堂，是五間矣。前五後三，於經無據。且中間之堂，不亦隘乎？隋牛弘云：「據〈燕禮〉，則賓及卿大夫脫屨升坐。」是知天子燕，則三公九卿並須升堂。〈燕義〉又云「小卿次上卿」，言皆侍席也。而且有簠簋籩豆、牛羊之俎，周旋升降，揖讓之節，將何以行之乎？此可疑者五也。

里堂又云：「東西堂之左右皆有牆，其北則房之南墉。」「房中直夾室北謂之夾北。」

〔七〕 校案：「謂在北堂之南，與夾室相當」，「謂」原作「位」，「夾室」原闕「室」，今據南昌府學本《儀禮注疏》校訂。

案：東堂之右，西堂之左，則序也，非別有牆也。東、西堂之北，則夾室也，非房也。若如所言，是東夾西夾、東堂西堂並列於堂之南，而其北皆房中之地。夫房之南壁，惟一戶耳，若東房之戶近西，西房之戶近東，（此亦焦氏說。）而東房以東，西房以西，既直夾室之北壁，又直東西堂之北墉，一房之廣，不幾倍於室乎？此可疑者六也。

況夾室與正室同嚮，故〈顧命〉云：「西夾南嚮。」夾室之前爲東、西堂，又與夾室同南嚮，故鄭注〈公食禮〉云：「取節於夾，明東於堂。」若謂東堂東嚮，而夾在其西，西堂西嚮，而夾在其東，則所謂夾室，縱有戶牖，亦當開向東西，而其南一面，則必有牆隔之矣。案：〈雜記〉云：「夾室中室。有司皆嚮室而立。」《大戴禮》〈釁廟〉篇云：「有司亦北面也。」夫北面而曰「鄉室」，則夾室南面可知。若其南壁無戶無牖，則有司之北面者，乃牆面矣，何云「鄉室而立」乎？此可疑者七也。

今請以羣經證之。〈攷工記〉「周人明堂，度九尺之筵，東西九筵，南北七筵，堂崇一筵。五室，凡室二筵」，賈《疏》又引《書傳》云：「周人路寢，南北七雉，東西九雉，室居二雉。」今姑無論路寢、明堂同制與否，要之，廣九筵者室二筵，廣九雉者室二雉，其爲數則同。以〈顧命〉路寢之制言之，室之廣僅居堂九分之二，房卑於室，自不宜更廣於室，則東房、西房，至廣亦不過各得堂九分之二，合室與房不過三分，堂廣而居其二耳。其餘一分，則夾室及堂廉東西各得其半。此夾室當在房之兩頭，其證一也。

〈顧命〉「延入翼室，恤宅宗」，翼室即夾室。鄭氏箋《詩》〈行葦〉云：「在旁曰翼。」《說文》：「翼，翄也。」翼室者，正謂如鳥之翄。〈小雅〉「如鳥斯革」，《傳》云：「革，翼也。」〈鄉飲酒禮〉「設洗，當東榮」，《注》云：「榮，屋翼。」是也。然名爲翼室，則當爲室之翼，而不當爲堂之翼矣。此夾室不在堂之兩頭，其證二也。

〈顧命〉又云：「西夾南嚮，敷重筍席，玄紛純，漆仍几。」案：此經所謂牖間、西序、東序之坐，皆在堂上。則此「西夾南嚮」者，亦當在夾室之外，而不在室中。蓋宅憂在室中，故東夾則稱翼室；敷席在室前，故但稱西夾而不言夾室。不曰「西堂」者，爲其設之近北，與牖間之坐並耳。且東堂、西堂可通稱夾，而夾室究不可混於堂，以其所夾輔者非堂也。此夾室之不在堂旁，其證三也。

〈公食大夫禮〉「宰東夾北，西面，南上」，《注》：「古文無『南上』。」其下文云：「太羹湆不和，實于鐙。宰右執鐙，左執蓋，由門入，升自阼階，盡階，不升堂，授公，以蓋降，出，入，反位。」此宰即前立東夾北之宰也，鄭《注》以宰爲太宰，非是。賈《疏》云：「『入，反位』者，入門，反於東夾北位也。」經文於此，更不見宰有升堂之文，故敖君善曰：「東夾北，北堂下之東方也。」此夾北之地不在房中，其證四也。

或謂此經大夫士之位，皆在堂下之南，此宰何獨違眾而立于堂後？不知此經云「宰夫自東房授醯醬」、「宰夫自東房薦豆六」、「宰夫設黍、稷六簋于俎西」、「宰夫設鉶四于豆西」

以及「設豐」、「啓會」，皆以宰夫爲之。蓋宰夫之具饌于東房，皆由北階升北堂而至東房。此宰即宰夫，故其位在東夾北。且《儀禮》一經，凡將行禮，惟婦人之位在房中耳。若丈夫待事之位，或在堂，或在庭，從未有立於房中者。宰夫非婦人也，胡爲而立於房中乎？此夾北之位不在房中，其證五也。

〈內則〉云：「天子之閣，左達五，右達五。公、侯、伯於房中五。」《注》云：「達，夾室。」《正義》引崔氏云：「天子尊，庖廚遠。諸侯卑，庖廚宜稍近。」案：夾室惟在房之東西，故較房爲遠，若在房南而夾於室，則與房遠近等耳，天子、諸侯庖廚何以別乎？此夾室之不在房南，其證六也。

〈內則〉「妻將生子，及月辰，居側室」，謂夾室次燕寢也，《正義》曰：「側室在燕寢之旁。」《大戴禮》〈保傅〉篇：「古者胎教，王后腹之七月，而就宴室。」盧《注》云：「宴室，郟室，「郟」與「夾」同。次燕寢也。〔八〕亦曰側室。」夫側室之次於燕寢者，在燕寢之旁。則夾室之次於正寢者，亦當在正寢之旁矣。此夾室之不在房南，其證七也。

〈月令〉明堂有左右个。夾室亦在左右，故亦得个名。《左氏》昭公四年《傳》：「豎牛曰：『夫子疾病，不欲見人。』使寘饋于个而退。牛弗進，則寘虛命徹。」凡食皆薦自房中，徹亦在房中，豎牛不令叔孫得食，故不欲進饋者得至房中耳。此夾室自當在房之東西，較房爲遠，而斷不在堂之東西，去室轉近，其證八也。

〈聘禮〉：「君使卿饋饔，西夾六豆，設於西墉下，北上。四鉶繼之，兩簠繼之，皆二以並，南陳。六壺，西上，二以並，東陳。《注》：「東陳，在北墉下，統於豆。」饌於東方，亦如之。《注》：「東方，東夾室。」西北上，壺東上，西陳。《注》：「亦在北墉下，統於豆。」」據此知東夾之西、西夾之東則房墉也。東夾之東、西夾之西，與其北亦皆有墉。此經所謂「設於西墉下」及《注》「在北墉下」，是也。由此推之，其南必有戶牖，與正室同。戶牖之前有東、西堂，猶正室之前有中堂也。若西夾之西爲西堂，則中間必有戶以通之。此饔餼之設于西夾者，皆在西墉下，而南陳未見，其有置戶以通西堂之處也。此夾室當在東西堂之北，而不在東堂之西，西堂之東，其證九也。

或謂：个既爲夾室，而杜注《左傳》又以个爲東西箱，《漢書》〈周昌傳〉「呂后側耳於東廂聽」，若東廂僻在房東，則又何從側耳而聽乎？不知个自爲夾室，而夾室實非箱也。《儀禮》〈覲禮〉《注》曰：「東箱，東夾之前，相翔待事之處。」〈公食大夫禮〉《注》曰：「廂，東夾之前，俟事之處。」〈特牲禮〉《注》曰：「西堂，西夾之前，近南。」《疏》曰：「即西廂也。」〔九〕《爾雅》〈釋宮〉「室有東西廂曰廟」，郭《注》云：「夾室，

〔八〕　校案：「燕寢」，盧《注》原作「宴寢」。見黃懷信主撰《大戴禮記彙校集注》，西安：三秦出版社，二〇〇五年。

〔九〕　校案：賈公彥《儀禮疏》（南昌府學本）釋此注文的原文爲：「案：《爾雅》注『夾室前堂』謂之相，此在西堂，在西相，故云『西夾之前近南』也。」

前堂。」據此知東西廂明在夾室之前，而非即夾室。無論漢制非古，即如《漢書》〈金日磾傳〉：「莽何羅從外入，從東廂上，見日磾色變，走趨臥內。」則東廂當在堂上近階之地可知。《後漢書》〈周舉傳〉「天子親自露坐德陽殿東廂請雨」，此尚得以夾室名之乎？蓋東西廂自在堂半以南，夾室自在堂半以北，而不容相混，其證十也。

案：此誼自崔氏《三禮義宗》以「房外有序」、「序外有夾室」，已得其概。楊信齋《圖》始明以夾室置房之東、西。近時汪雙池名紱。著《參讀禮識》，疑云：「房東西爲左右夾室。」亦見及此。承珙反覆諸經，而知其可信，雖違鄭《注》，有不敢苟同者焉。

按：以東夾在東房東，西夾在西房西，別無顯證。所據者，唯崔氏「房外有序」、「序外有夾室」二語耳。然古人多以房戶外為房外。《儀禮》〈士冠禮〉「若庶子，則冠於房外」，鄭《注》：「房外，謂尊東也。」〈昏禮〉「席于房外南面」，鄭《注》：「房外，房戶外之西。」〈昏禮〉又云：「母南面于房外。」則所謂「房外」者，在房之南，而非房之東西明矣。堂上東西牆謂之序，他牆無有名序者。序在房之南，故云「房外有序」。古人言「內外無定方」，視所處言之，如房有戶以別內外，則戶內為內，戶外自為外矣。堂有序以別內外，鄭注《尚書大傳》云：「內，堂東、西序之內也。」東、西序之中為內，則東序之東，西序之西，自為外矣。序內為堂，序外為夾，故《釋名》云：「夾在堂兩頭。」最為確詁。楊氏《圖》「夾於房之東、西」，蓋緣未審崔氏所謂「房外」

者，係在房之南，而概于房之東西求之，故有斯誤。東夾、西夾之制，自當以鄭《注》為定說。然此篇設疑辨妄，徵引繁博，實亦足資考訂焉。培翬識。

儀禮闑閾古文考

〈士冠禮〉「席于門中，闑西，閾外」，《注》：「古文闑爲槷，閾爲蹙。」〈士喪禮〉、〈特牲饋食禮〉《注》同。案：《周禮》〈輪人〉「牙得，則無槷而固」，《注》：「鄭司農云：『槷，榝也。蜀人言「榝」曰「槷」。』玄謂：槷讀如涅，從木，熱省聲。」《疏》云：「先鄭讀『槷』爲『危槷』之『槷』，故更轉從『榝』也。後鄭讀『槷』即是『槷』，蘇結切。」今案：此《疏》誤也。先鄭蓋讀「槷」爲蘇結切，故轉爲「榝」。《釋文》「李一音素結反」，與先鄭同，若後鄭讀如「涅」，是乃結反，不得爲蘇結切也。〈匠人〉「置槷以縣」，《注》：「故書『槷』或作『弋』。玄謂：『槷』，古文『臬』假借字。」《疏》云：「今之『槷』，从木，埶聲。古之『槷』爲『臬法』字，故《尚書》〈康誥〉云『汝陳時臬』，臬法字，亦得爲槷柱之字，故云假借字也。」今案：《說文》「臬，射準的也」，「闑，門梱也」，「槸，木相摩也」，三字義別，古文以音近得相叚借，鄭君深明六書，必使字當其義，故於〈輪人〉《注》讀「槷」如「涅」，使其音與「臬」相近，〈匠人〉《注》則破「槷」爲「臬」。蓋〈輪人〉、〈匠人〉之「槷」，皆當取準義之「臬」，與木相摩無涉，故不從「槷」，而於此注則定從今文

「闑」，疊古文「槷」不用，此誼較然明矣。

「閾」爲「蹙」者，《說文》「閾，門榍也」，「榍，限也」。《文選》〈西京賦〉「右平左墄」，薛綜《注》：「墄，限也。」〈景福殿賦〉「其西則有左墄右平」，李善《注》引《七略》曰：「王者宮中必左墄而右平。墄猶國也，言有國當治之也。」案：閾、國並从或聲，蹙、墄並从戚聲。墄與國聲既同，知古文「閾」爲「蹙」，亦以聲義得兼通。鄭不從古作「蹙」者，取當文易曉耳。《疏》以「蹙」非門限義，故從今不從古，非也。

儀禮鄭注豐字聲義考

《儀禮》〈鄉飲酒禮〉、〈鄉射禮〉、〈燕禮〉、〈大射儀〉、〈聘禮〉、〈公食大夫禮〉皆有「豐」，《說文》但以爲象形字，惟鄭注〈大射儀〉云：「豐，以承尊也，說者以爲若井鹿盧，其爲字從豆，𠁁聲。」賈《疏》云：「此謂下形上聲之字。年和穀豆多有，故從豆爲形也。𠁁者，承尊之器，象形也，是以豐年之字，𠁁下著豆。今諸經皆以承尊爵之𠁁，不用本字之𠁁，而用豐年之豐，故鄭還依豐字解之。」

承珙案：「𠁁」不成字，《儀禮》多古文，當本作「豊」。戴侗《六書故》引唐本《說文》：「豐，从豆，从山，丰丰聲。蜀本云：『𡴀聲，从山，取其高大。』」古文「豊」不从山，《汗簡》亦只作「𧯛」。蓋「𡴀」即「丰」字。《說文》「丰」訓草盛，黃公紹《韻會》云：「《說文》本作『𡴀』。」據此知古文「𧯛」字本从𡴀，如「兢」字，《說文》云「从丰聲」，《韻會》引《說文》亦从𡴀聲。亦兼取盛義，許、鄭並同。但鄭以古文「𧯛」不从山，故但云𡴀聲，傳寫誤加山作「𠁰」，賈《疏》遂謂別有「𠁰」字，象形，爲承尊之器，以此「豐」爲豐年字，又以𧯛豆多有，增成其義，皆肊說也。

三十六郡考

《史記》「秦始皇二十六年，分天下爲三十六郡」，裴駰《集解》云：「三十六郡，謂三川、河東、南陽、南郡、九江、鄣郡、會稽、潁川、碭郡、泗水、薛郡、東郡、琅邪、齊郡、上谷、漁陽、右北平、遼西、遼東、代郡、鉅鹿、邯鄲、上黨、太原、雲中、九原、雁門、上郡、隴西、北地、漢中、巴郡、蜀郡、黔中、長沙，凡三十五郡，與內史爲三十六郡。」《晉》〈志〉因之，增以南海、桂林、象郡、閩中，因有四十郡之目。《漢書》〈地理志〉於郡下，或稱「秦置」，或稱「故秦某郡」，數之正得三十六，有南海、桂林、象郡，而武陵不言「即秦黔中郡」、丹陽郡但曰「故鄣郡」，不言「秦」。錢詹事據之，以爲三十六郡必有南海三郡，以駮裴《注》之非。

今案：裴《注》惟以內史爲三十六郡之一爲大謬耳。班〈志〉云：「本秦京師爲內史，分天下作三十六郡。」是三十六郡不數內史明矣！若南海等三郡，〈始皇本紀〉既云：「三十六年，略取陸梁地，爲桂林、象郡、南海。」〈南越尉佗傳〉亦云：「秦時已并天下，略定揚越，置桂林、南海、象郡。」則其事畢竟在二十六年分三十六郡之後，不應以充三十六郡之數。至黔中郡，則〈秦本紀〉昭襄王二十七年：「使司馬錯發隴西，因蜀攻楚黔中，拔之。三十年，蜀守若伐，取巫郡，及江南爲黔中郡。」《漢書》〈西南夷傳〉亦云：「秦擊楚，奪巴、黔中郡。」三十六郡既有巴郡，不應獨遺黔中。況以黔中、鄣郡爲秦郡，初不自裴駰始，司馬彪《續郡國志》已以武陵爲秦黔中郡，丹陽爲秦鄣郡矣。

然三十六郡，尚少其一，諸說紛錯，當從闕疑。無已，其惟東海郡乎？《漢書》〈高紀〉云：「漢六年，以郯郡封文信君交，文穎以爲東海郡是也。《史記》〈陳涉世家〉云：「圍東海守慶于郯。」則秦郡名東海，不名郯。以治郯，故守在郯，而應劭遂謂秦有郯郡，酈道元《水經注》承其誤耳。金輔之亦謂本名郯郡，史家以今名追書東海，非也！

駁室女不宜守志議

室女有受聘而夫死，守其志不改適者，既及歲，有司以聞於朝，請旌其閭，著在功令，而議者多非之，余竊以爲過矣。

禮：女子許嫁，纓，示有繫屬也。〈士昏禮〉「主人入，親說婦纓」，明所繫之不苟也。設不幸而未嫁而壻死，將改聘焉，必重繫之矣。陰性專壹，苟其一繫，不欲再繫也，庸何傷？議者曰：「女未廟見而死，歸葬于女氏之黨，示未成婦也。夫已嫁而未廟見猶反葬，則未嫁而守貞者，爲非禮矣。」噫！此所謂似是而實非者也。夫三月廟見，然後成婦者，先王所以重責婦順之道。何休《公羊注》云：「必三月者，取一時足以別貞信。貞信著，然後成婦禮。」此所以絕驕縱之萌，成肅雝之德。故三月而後致女，三月而後反馬，皆斯意也。非謂未三月，而夫婦之義尚可廢也。必援此以申其說，則使未廟見而夫死，亦可以改嫁矣乎？且其言曰：「夫婦之禮，人道之始，子得而妻之，則父母得而婦之，故昏之明日，乃見於舅姑。」若然，則又何以未廟見而仍反葬也？〈內則〉曰：「子甚宜其妻，父母不說，出。」又何也？晉江應元〈禮議〉曰：「同牢而食，同衾而寢，此居室衽席之情義耳。未廟見之婦死，則反葬於女氏之黨。」以此推之，貴其成婦，不係成妻，明拜舅姑爲重，接夫爲輕。今之議者，乃以接夫爲重，謂衽席未連而居夫之室，事夫之父母爲無恥。夫昏禮，成於納徵，其辭曰：「吾子有命，貺室某也。」既謂之爲室矣，何不可居室之有？〈曲禮〉曰：「男女非有行媒，不相知名。」既相知名矣，何不可事其父母之有？乃以是爲無恥，將必改適，而接他人之衽席者，然後爲有恥乎？〈曾子問〉「曰：『取女，有吉日而女死，如之何？』孔子曰：『壻齊衰而弔，既葬而除之。夫死亦如之。』」鄭氏曰：「未有期三年之恩也，女服斬衰。」夫既稱之曰夫，而爲之服斬矣，其曰「未有期三年之恩」者，正謂此居室、衽席之情耳。然不服三年者限於情，而猶必服斬者，蓋篤於義，且獨不聞婦人不貳斬乎？先王之制禮也，不強人以甚難，亦不禁人以獨遂。其所言者，皆人之所能行；其所不言，而苟有艱苦刻厲，以自遂其志者，雖聖人復起，猶將許之。必以先王所未言者即爲非禮，則《禮》云「夫死不嫁」矣，未嘗云「夫死亦死」也。彼烈婦之殉夫者，亦將以朝廷之表其墓、旌其閭爲非禮邪？吾甚怪夫議者不知先王之微意，而以其所未言者禁人之行。

烏虖！禮之不合於先王者多矣，而獨於婦人女子之艱苦刻厲者，齗齗持之不少假，此所謂好議論，不樂成人之美，豈非與於不仁之甚者哉！

《宋史》〈司馬夢求傳〉：「夢求，敘州人，溫國公光之後也。母程，歸及門，夫死，誓不他適，旌其母曰『節婦』。夢求，其族子，取以爲後。」據此，是宋時未昏守節已有旌例。

卷二

與朱蘭坡書

蘭坡足下：前偶言及《史記》〈夏本紀〉「雲、夢土爲治」，《索隱》引韋昭有「雲土今爲縣，屬江夏」語。歸檢《隋》、《唐》二〈志〉，皆載有「韋昭《漢書音義》七卷」。《索隱》于〈秦本紀〉以前所引韋昭《注》止二處：一「三江」，則《國語注》也，一即此文。韋昭不注《史記》，《國語注》又無之，其爲《漢書》〈地理志〉《音義》無疑。《毛詩》「不忮不求」，《音義》云：「忮，韋昭音『洎』。」此即《漢書音義》，非別有《詩音》。蕭該《音義》：《漢書》〈匡衡傳〉引韋昭「音忮爲洎」。則以「雲、夢土」爲「雲土、夢」者，乃《漢書》而非《史記》，是又增一疑竇矣！但韋注《國語》，仍以「雲、夢」連言，而《水經注》又引韋昭曰「雲夢在華容縣」，則仍與班固、鄭康成、應劭、高誘諸人同。且今本《索隱》引韋語於「屬江夏」下又有「南郡華容」四字，更不可解，則所引恐未可爲據也。但「夢土」二字之倒，《水經注》已然，知唐以前已有二本。自太宗詔改《尚書》，疑當時并《史記》改之耳。總之，「雲夢」古只一澤，其兼苞勢廣，跨江南北則有之。至雲在江北，夢在江南，則斷不可信。班〈志〉於「南郡」編「江夏西陵」下，皆注云有雲夢宮，（王西莊《十七史商榷》云「郡國縣道下所注若鐵官、鹽官、家馬官、工官、服官、發弩官、雲夢官」「之類，皆微末下吏」云云，此誤以「宮」爲「官」，不可從。）而獨於「華容」下則云「雲夢澤在南」，故鄭注《周禮》〈職方〉本之。考〈職方〉於九州川浸，多兼稱二水，惟藪澤則皆專舉一地。〈禹貢〉此句，雖鄭《注》已佚，其必不以「雲夢」爲二澤可知。王西莊謂《夢溪筆談》所云太宗時得古本，改爲「雲土、夢作乂」者，即馬、鄭本，抑何誕也！

又江北爲雲，江南爲夢之說，胡朏明辨之已悉，而王西莊謂《左傳》定四年吳人入郢，「楚子涉睢，濟江，入于雲中」。郢在江南，楚子自郢濟江而北入雲中，此則謬誤已極！班〈志〉於「江陵」下云「故楚郢都」，於「郢」下云「楚別邑」，《水經注》：「江水逕江陵城南，故楚也。又逕郢城南，子囊遺言所築也。〈地理志〉『楚別邑，故郢矣』。」此其在江北，可不必辨。且《左傳》明云涉睢而後濟江，睢在江南乎？在江北乎？可謂眯目而道黑白矣。杜《注》於「雲中」云「江南之夢」，此語最有分曉。若宣四年《傳》「棄諸夢中」，《注》以爲江南安陸縣，蓋䢵在江北故也。而又于昭三年《傳》注云「楚之雲夢，跨江南北」，明白如是。王氏於「棄諸夢中」，乃又指爲「江夏」，以一姦生初產之子，而使人打槳渡江，棄於數百里外之藪澤，則不待於菟之穀，而已索於枯魚之肆矣，有是理哉？附質之以博一笑。

復馬元伯同年書

承示大箸《毛詩解誼》各條，服膺無已，謹就鄙見所及，略爲申說，爲足下土壤細流之助。

「辰牡」條云：「辰當爲麎。『麎牡』與『騋牝』句法相似。」承珙案：襄四年《左傳》「思其麀牡」，亦以「麀」爲「牝鹿」，與「牡」對言，是古人確有此句法也。《豳風》「烝在桑野」、「烝在栗薪」，句法一類，《毛傳》一訓爲「窴」，一訓爲「眾」，未免兩岐，故鄭君皆釋爲「久」。然案之經文，仍不如尊說訓「烝」爲「乃」之確。

古書訓詁，有必以委曲通借而得之者。《爾雅》「孔、魄、哉、延、虛、無、之、言，間也」，間猶間隙，謂間廁言辭之中，猶今人云語助，《爾雅》此句皆語助辭。「魄」即「薄」字，《太玄注》：「旁薄，猶彭魄。」李善注《文選》，以「旁魄」爲「旁礴」。《毛詩》〈芣苡〉「薄言采之」，《傳》云：「薄，辭也。」鄭《箋》於《詩》云「薄言」者，多以「薄」爲語辭。惟〈時邁〉「薄言震之」，《箋》云：「薄，猶甫也。甫，始也。」而《後漢書》〈李固傳〉「薄言震之」，《注》引《韓詩章句》云：「薄，辭也。」是《詩》凡言「薄」者，皆得爲語助辭。《爾雅》之「魄」，即釋《詩》

之「薄」也。「延」疑即「誕」字之省，（《隸釋》載漢石經《尚書》「既誕」作「既延」。〈古今人表〉「赧王延」，《史記索隱》作「誕」。）《爾雅》有「誕，大也」一訓，《毛傳》於《詩》「誕」字多訓爲「大」，即如〈生民〉「誕彌厥月」，以爲大矣，后稷之生之易可也，其下「誕寘之隘巷」等皆訓爲「大」，如《正義》述《傳》「言可美大矣，棄此后稷」云云，語殊不順。至「實覃實訏，厥聲載路」，《毛傳》既以「訏」、「路」並訓爲「大」，《正義》又有「言后稷可美大矣，實始匍匐之時」云云，何「大」字之過多也？竊意「誕」爲語辭，《爾雅》之「延」即釋《詩》之「誕」耳。

或曰《爾雅》以「孔、魄」爲「間」，即云語助，當在句中。今《詩》「薄」、「誕」諸文多在句首，恐不可以爲間，則亦有說以解之。《說文》「哉，言之間也」，小徐以「遠哉遙遙」、「君子哉若人」爲證。其實文辭「哉」字，用於句末者爲多。蓋句中者謂之間，句末者亦謂之間。上句之末即接下句之首，「哉」之在句末者爲間，「薄」、「誕」之在句首者，獨不可爲間乎？《爾雅》又云：「間，代也。」間代猶間歇，前言已終，後言復始，間歇之頃，助以語辭，知不必盡在句中矣。因尊說連類及此，敢還質之，以爲何如？

「泌丘」一條，據中郎之舊篇，訂稚讓之誤字，大佳！王雪山云：「泌，在南陽泌陽縣。」今考《漢書》南陽郡有「比陽縣」，應劭曰：「比水所出。」《水經》亦作「比」，《呂氏春秋》作「沘」，皆不作「泌」。《水經》〈瀙水〉篇《注》又云「有泌水出潕陰縣旱山」，然亦未嘗引《詩》。王氏之言，殆未可信。

〈終南〉《傳》「條，槄也」，尊說謂《爾雅》「柚條」即「槄條」之異文，故《傳》知「條」即爲「槄」，以《說文》引《詩》「右抽」作「右搯」，證「由」、「舀」古字通用，且斥郭景純以「柚」爲「橘柚」之非，可謂諦矣。承珙則謂《毛傳》「條，槄也」者，非訓「條」爲「槄」，謂「條」即「槄」字之假借。「攸」聲、「舀」聲，古音同部。《論語》「滔滔」者，鄭本作「悠悠」，《廣韻》「絛」或爲「幍」，皆是毛公必以「條」爲「槄」借，而非即「柚條」者。自以橘柚非終南所產，未可賦上林，而言「盧橘夏熟」耳。叔然注《爾雅》，於「槄，山榎」下引《詩》「有條有梅」，可謂深通毛義。若郭氏「柚，條」之注，則操「橙」證「柚」，原本《說文》，似未可以「條」有同稱，遂合二科爲一也。

來示以疑未能定，自視欿然。淺瞀之見，知復無當，惟足下更進教之，幸甚！

與張阮林孝廉書

昨讀尊箸〈大別考〉，力申《漢》〈志〉大別在安豐，及《水經注》巴水、決水出大別之說。又以今河南商城、湖北麻城二縣接境之「長嶺」、「松子」、「虎頭」諸關，當《左傳》「大隧」、「直轅」、「冥阨」，並訂洪稚存編修以漢東三隘在信陽州及柏舉在黃、隨左右之非，其言可謂信而有徵矣！

承珙猶有進者，竊疑大別當在今商城西南，東去霍邱縣不止九十里；柏舉當在今麻城縣西，而非麻城縣東六十里之龜頭山。何也？《漢書》〈地理志〉安豐縣，〈禹貢〉大別山在南。《水經注》「安豐故城，今邊城郡治也」，考邊城郡，隋改爲期思縣，《隋》〈志〉云：「陳置邊城郡。」今據酈《注》已有，則當不始于陳。章懷《後漢書注》期思「故城在今光州固始縣西北」，樂史《太平寰宇記》「廢期思縣，在霍邱縣西一百八十里」，《隋》〈志〉期思縣有大別山，合之《漢》〈志〉大別在安豐西南，然則大別東去霍邱不止九十里明矣。梁劉昭注〈郡國志〉「廬江郡安豐」，引《左傳》昭二十三年吳敗諸侯之師于雞父，杜預《注》：「縣南有雞備亭。」《水經》「決水出雩婁縣南大別山，北過安豐縣東」，《注》云：「決水自雩婁縣北，逕雞備亭東。」案：今雞備亭在河南固始縣東，是則安豐、雩婁，正當今固始、商城二縣地。大別在其南，則當在麻城西南，商城之左右。《水經注》：「巴水出雩婁縣之下靈山，即大別山也。與決水同出一山，故世謂之分水山。」案：今商城西南有分水嶺，即善長所謂大別山一名分水山者也。定四年《左傳》云吳人「舍舟于淮汭」，杜《注》：「乘舟自淮來，過蔡而舍之。」此蓋因與蔡會兵之故，自必由霍邱之北，新蔡之南，取道光州固始間，而出于商城以南之隘道。下文云「自豫章與楚夾漢」，夫曰「夾漢」，則必已出隘而至漢東，如《墨子》所云「出于冥隘之徑」矣。故司馬戌欲毀吳舟，還塞三隘而擊其後，城口與三隘爲一地。史皇又云「司馬毀吳舟于淮，塞城口而入」，蓋自北來謂之「入」，既度隘則謂之「出」。要之，吳既出隘，必當西趨，而斷非東走。大別必在三隘之西南，吳師出隘就平，已屯于大別之側，故子常濟漢而陳，即轉戰于二別之間。若大別在霍邱西九十里，則在今麻城縣東尚八九十里，而謂吳師猶在其下，則是楚師沿流，方切投鞭之懼，吳師出隘，遽成反旆之行，有是理乎？

尊箸謂吳師自淮汭西南，沿大別，逕柏舉，入大隧、直轅、冥阨，始能與楚夾漢，此語微誤。吳師既過大別、柏舉，而與楚夾漢矣，楚師何由復與戰于大別、柏舉也？若柏舉又在大別之西，楚師三戰三北而後陳于柏舉，則柏舉更不當在今麻城縣東。考《水經》雖以舉水出龜頭山，未嘗言龜頭山即柏舉也。其云舉水「西北流，逕蒙籠戍南，梁定州治」（今麻城縣，梁置定州。）「又西流，左合垂山之水」（垂山在今光州南。），「又西南逕梁司、豫二州東」，「又西南逕顏城南」，「又西南逕齊安縣西」（齊安故城，在今黃岡縣西北。），「又東南歷赤亭下，謂之赤亭水」（赤亭故城，在今麻城縣西。），「又分爲二水，南流注于江，謂之舉口。南對舉州。《春秋左傳》定公四年，吳、楚陳于柏舉。京相璠曰：漢東地矣。江夏有洰水，或作『舉』，疑即此也」。據此，則善長乃以舉口之名指言水滋，非以「龜頭」之號妄附山椒。合諸高誘「楚南」之目，（高誘注《呂氏春秋》云：「柏舉，楚南鄙。」）京璠「漢東」之稱，方隅默符，灼然可識。蓋舉水發源麻城東北，西南流至黃岡縣入江。然則柏舉當在今黃岡、黃陂二縣之間。楚人三戰皆敗，由今商城、麻城漸退，而西南以至于柏舉。及柏舉大敗，子常奔，史皇死，然後更退而西，由今孝感、雲夢以至于涓口，《傳》所謂「吳從楚師，及清發」也。若以龜頭山爲即柏舉，則吳師出商城以南諸隘道，當已至于柏舉之下，子常何以從二別轉戰，而後至于柏舉邪？此則始于李吉甫《元和郡縣志》，謂麻城縣龜頭山在縣東南十八里，舉水之所出，《春秋》柏舉即此地。後人復以相近有柏子山，遂附會爲柏舉。見《名勝志》。其實皆非也。

尊箸云：吳自淮汭西南至于大別，又西南，則必由今之商城，南至于柏舉。又西南趨漢，則必由今商城之東南，逕長嶺、松子諸關，出于麻城東北之隘。後又云：柏舉在麻城東，則必出于今之陰山、虎頭諸隘道，乃能達于龜頭山下。前後語似矛盾，是亦泥于以龜頭山爲柏舉之說。不知《墨子》所謂「出于冥隘之逕，戰于柏舉」者，謂出隘而西，非出隘而反東行也。承珙因反覆尊箸，有不能瞭然于心者，故敢貢其所疑，祈更有以教之。

再與張阮林書

阮林大弟足下：開歲鹿鹿，未獲一晤，起居伏惟佳勝。大箸已細讀數過，原藁謹繳上。《儀禮闑西閾外說》申鄭《注》以匡《說文》，《辮說》據劉芳以明《毛傳》，此二篇最佳。《釋絿鉿》謂茅蒐之「茅」與「絿」爲雙聲，「蒐」、「蒨」聲類得出入。承珙謂《爾雅》「茹藘，茅蒐」皆疊韻。「絿」爲「茅蒐」二字合聲，「茅」讀爲「貿」。《春秋》「茅戎」，《公》、《穀》作「貿戎」。「茅蒐」二字合聲稍轉即成「絿」，故韋昭云：「急疾呼『茅蒐』成『絿』矣。」

補注《漢書》數十條，足爲班氏功臣。其〈陸賈傳〉「拜賈爲大中大夫」，而《楚漢春秋》賈自稱「趙中大夫」，足下因謂賈以高帝、文帝時先後說趙佗得爲大中大夫，故自署曰「趙」。竊恐無此稱謂，然別無他證，亦未敢遽定也。

〈大別考〉前承復書，仍以大別必當在霍邱西九十里，又不信《水經注》以「舉口」爲「柏舉」之說。承珙覆取《左傳》讀之，於尊說終不能無疑焉。司馬戌曰：「還塞大隧、直轅、冥阨。」史皇曰：「若司馬塞城口而入。」此皆自後擊吳師。然則吳師自當由城口而來，其時必已至三隘之西南，然後與楚夾漢。若大別、柏舉皆在三隘之東，楚師斷無由越之而東，與戰于其地也。至《墨子》所云「奔三百里而舍焉，次注林，出于冥阨之徑，戰于柏舉」者，此「奔」爲「奔赴」之奔。吳師自淮汭來，西南趨漢，約計在三百里內。其曰「出于冥阨之徑」，正《左傳》所謂「與楚夾漢」時矣。足下謂子常濟漢，轉戰吳，復舍漢出諸隘，奔于三百里外，而次于大別之東，則是以「奔」爲「退奔」矣。吳師無故退奔，有是理乎？是亦無解於《左傳》「夾漢」之言，在大別轉戰之先，故爲此舍漢而退屯大別之說，恐於古無所據也。

注林當在冥阨之東北，其地已無可考。足下據《水經注》「灌水出廬江金蘭縣西北東陵鄉大蘇山」之說，謂「灌」或作「注」。考《水經》此條，蓋以灌水爲即淮水，《漢書》〈地理志〉廬江郡「金蘭西北有東陵鄉，淮水出」是也。善長又引褚先生說，謂神龜出於江、灌之間，《史記》〈龜筴列傳〉「江灌」作「江淮」，俗本《水經》「淮水」又譌爲「注水」耳，似未可據此釋《墨子》「注林」也。承珙非欲必申己說，亦來書所謂「反覆商榷，必求底于至是」之意爾。順問近安，餘容晤悉，不具。

三與張阮林書

昨又奉書，仍以大別當在三隘之東，不信僕所解《墨子》之說。又廣設四疑，以開論難。既聞命矣，僕讀書疏略，性復孄惰，不欲逞其辨，似可默爾而息已。然以足下實事求是，非一意護前者比，若竟憖置之，轉非所以待良友，故復取所疑四事，一一剖析之，幸留意焉。

來示云：淮汭至漢已九百里，《墨子》云「三百里」，故疑不合。案：《墨子》云「三百里而舍」者，謂車馳卒奔，如史傳所云一日夜馳若干里，非古人師行三十里之常法。其下注林、冥阸，則又在三百里外，非謂淮汭至漢僅三百里也。此無可疑者一也。

來示又云：若自淮汭入三隘而西，墨氏當云「入于冥阸」，如《傳》云司馬「塞城口而入」，于文乃順。不知既爲隘道，則出彼入此，原可通稱。司馬由淮汭而來，將斷吳師之後，必由三隘，故謂之「入」。吳師既度隘而西，則謂之「出」。如《左傳》申鮮虞「行及弇中，將舍」，杜《注》：「弇中，狹道。」其下云「駕而行，出弇中」，與此「出」字正同。《左傳》、《墨子》，一指隘之東北，一指隘之西南，文義各殊，實不相背。此無可疑者二也。

且大別、柏舉皆在三隘西，不在三隘之內，故墨氏必先云「出于冥阸」，而後云「戰于柏舉」。吳師出隘而西，子常濟漢而東，正相遇于大別、柏舉之間。其所以敗者，不待司馬塞城口之兵，夾攻其後，而遽與吳戰，故吳人無反顧之憂，得以并力破楚耳。此無可疑者三也。

來示又云：班、鄭、司馬、桑、京諸儒，皆云在安豐西南，即《隋》〈志〉云「期思」者，亦隋改安豐爲期思。此言甚當。而以《寰宇記》所云「廢期思縣，在霍邱西一百八十里」者，爲漢之期思，而非隋之期思，則非也。案：樂史明云：「廢期思縣，陳置邊城郡。隋開皇三年，郡廢爲期思縣。」此與《隋》〈志〉「期思縣」注正合。而《水經注》又以「安豐故城」爲「邊城郡治」，故僕前書據此數徵，以隋之期思即陳之邊城，而邊城又即漢之安豐。大別在其西南，因斷以爲大別在今商城之西南耳。此無可疑者四也。

至尊書云：隋期思與漢期思異地，誠是。而謂僕據《隋》〈志〉云云，是以漢之期思爲隋期思，則僕但以隋之期思當漢安豐，未嘗以隋之期思當漢期思也。漢期思自在今固始縣西北七十里，與樂史所稱「廢期思縣，在霍邱縣西一百八十里」者不同，故樂史云：「此城蓋移弋陽，期思之名，於此置也。」《晉》、《宋》二〈志〉，俱載期思縣於弋陽郡下者，自是漢之舊縣。固始西北即商城，西北爲漢期思縣地，商城則漢雩婁縣地，故《淮南子》云：築期思之陂，灌雩婁之野。《隋》〈志〉謂「殷城，舊曰包信」者，包信乃宋僑置，既在雩婁界內，《舊唐》〈志〉以爲本漢期思地者，誤也。

寄姚姬傳先生書

姬傳先生閣下：南北暌隔，就正無由。昨晤陳碩士編修，以先生札見示，始知編修曾以拙箸《毛詩後箋》中數事錄呈左右。猥蒙先生許可，有「真讀書人」之目，且感且慙。又云：「說經者專講一經，首尾無可憾則大難。」旨哉言乎！甘苦之味，非深嘗者不能道也。竊謂說經之法，義理非訓詁則不明，訓詁非義理則不當，故義理必求其是，而訓詁則宜求其古。義理之是者，無古今，一也。如其不安，則雖古訓，猶宜擇焉。每見箸述家所造不一，類有數端：或捃摭細碎，非闚意渺旨之所存；或務爲新奇可喜之論，求勝於前人，而不必規於不易；或貴遐而賤邇，擇其最古者而堅持之，徇過遂非，悍然不顧。三者於義皆無當也。

伏讀先生經說，縣解冥悟，得諸自然，時復援據，動出意表。雖多撮舉最凡，而大含細入，融會貫通，非僅如尊札所云「數條之善，足補前賢所未逮」者。即如〈關雎〉一詩，《毛傳》實以「淑女」指后妃，而孔《疏》必欲強毛以同鄭，先生之說，明辨晢矣。至《傳》云「窈窕，幽閒也」，又云「是幽閒貞專之善女」，「貞專」之訓，同于薛君「幽閒」之稱，蓋言容德。自屈原、李斯、杜欽、劉酺、班固、邊讓，諸所稱「窈窕」者，大抵原本毛公，並不以爲「居處深宮」之說增自《鄭箋》，而孔《疏》亦傅之《毛傳》，誤矣！

尊說又據〈無逸〉有「受命中身」之語，〈大明〉有「初載」、「作合」之文，因以大姒來嬪文王，年蓋五十。謹案：許白雲已有此說，明鄒忠胤遂以〈大明〉之「纘女維莘」爲繼室。此雖未敢質言，然如「文王初載」，毛訓爲「識」，《疏》謂「幼小始有知識」，因據《大戴禮》文王十三生伯邑考，以爲大姒少於文王一、二歲，則僅年十一、二而生子矣。若「文定厥祥」，《疏》既引孫毓之言以爲有理，而又曲伸《箋》說，以爲此詩歌之《大雅》主於文王之身，不復繫之父母。遷就之詞，何所不可？案：《白虎通》〈嫁娶〉篇云：「人君及宗子無父母，自定娶者，卑不主尊，賤不主貴，故自定之也。《昏禮經》曰『親皆沒，己躬命之』，《詩》云『文定厥祥，親迎于渭』。」《白虎通》多用《魯詩》，此當亦《魯詩》之說。然則「初載」當爲文王即位之初年，漢人已有此誼矣。若「造舟爲梁」，《傳》、《箋》未明何水，嚴華谷以爲渡渭，陳長發則謂岐周與莘皆在渭北，「親迎于渭」，當是循渭而行。嚴說非是。先生又謂「造舟」當在洛上。竊意川流迂曲，循岸者亦非可盡徑直而行，況自周至莘約六、七百里，中間豈無山陵國邑之隔，或須取道渭南，始能至彼，造舟而濟，勢亦有之。況親迎而繫以于渭，于渭即繼以造舟，文義明白，故《傳》、《箋》不復言。若洛水經文所無，此則淺學所未敢遽信也。

外附拙文二首，儻不棄而更進教之，幸甚！幸甚！

復家竹邨孝廉燕寢室南無戶書（附胡培翬識語）

承珙白竹邨足下：前承示〈燕寢東房西室考〉，披讀數過，皆詳確不可易。所據〈斯干〉《箋》，謂天子燕寢左右房，諸侯以下東房西室。瑟庵侍郎雖疑《箋》未嘗明指諸侯、大夫、士燕寢止一房，然《箋》云「異於一房者之室戶」，正承上文「天子之寢有左右房」而言，則「一房」非諸侯以下而何？此似無可疑者。惟足下解「西南其戶」，云：「諸侯以下燕寢止一房，房在東，室在西，室則東向開戶以達於房，房則南向開戶以達於堂，由堂入房，由房入室，而室之南無戶。天子燕寢之室在中，有左右房，室南向開戶，比之一房者之室東向開戶者，爲在南而較西，故云『西南其戶』。」此則承珙不能無疑焉。蓋凡東西相較，必同向而後可，未聞以東向者與南向者相較爲東西也。《詩疏》云：「天子燕寢有左右房，故西其戶者，異于一房之室戶也。大夫以下無西房，惟有一東房，故室戶偏東，與房相近，此戶正中，比之爲西其戶矣。」此《疏》所言「東房」、「西室」，雖誤牽於正寢之制，而此數語似於《箋》義頗合。《大戴禮》〈保傅〉篇云：「古者胎教，王后腹之七月而就宴室，盧注：「宴室，亦曰側室。」太史持銅而御戶左，太宰持斗而御戶右。」觀此，則孔穎達「天子燕寢，室戶正中」之說，似有所本。天子燕寢，室戶南向而正中，較之一房者之室戶，南向而偏東者，自爲西南其戶矣。如此解《箋》，亦無窒礙，可不必別求新義也。

足下又謂〈士昏禮〉「同牢合巹」及「設衽」，皆成昏于燕寢之禮，當矣！而必以經云「主人出」，下即云「主人說服于房」，無「入房」之文，下又云「主人入」，無「出房」之文，遂謂房與室有戶相通，出者由室出房，入者由房入室，則室爲東向閉戶，而室之南無戶。此則承珙亦終不敢以爲然者。何也？《儀禮》經文云「主人出，婦復位」，未見其必出而在房也。其下尚有徹饌一節，而後云「主人說服于房」，既云「于房」，則「入」字可省，似不得因此處無「入房」之文，遂決上文之「出」，爲由室而出于房也。鄙意古人之室必有南向之戶，燕寢、正寢皆然。〈夏小正〉云：「漢案戶。」《傳》云：「『案戶』也者，直戶也，言正南北也。」此尚不知其所指者爲何寢也。足下謂成昏在燕寢矣，〈綢繆〉之詩非言昏姻者乎？其卒章曰：「綢繆束楚，三星在戶。」《傳》云：「參星，正月中直戶也。」毛公既舉婚姻之正禮，則「今夕何夕」自指初昏之夕。〈月令〉：「孟春之月，昏參中。」記初昏時所見，而云「在戶」，非燕寢室戶南向之明證乎？即以〈士昏禮〉明之，經文「三酳」之後，云：「贊洗爵，酌于外尊。入戶，西北面奠爵，拜，皆荅拜。」此蓋贊者自酢，故酌於外尊。「入」者，入室也。入而云「戶西」，則戶爲南向明矣。

足下又據〈內則〉：子生三月之末，見于側室，妻抱子出自房。以爲經不云「出室」，而云「出房」，不云「自房出」，而云「出自房」，以爲室南無戶，必由房乃得至堂之證。此亦未見爲必然。古制：房中半以北爲北堂，《詩》「言樹之背」，《傳》云：「背，北堂也。」《疏》引〈士昏禮〉：「婦洗在北堂。」〈有司徹〉：「致爵于主婦，主婦北堂。」以爲北堂者，婦人所常處。則此見子之時，或者妻本在北堂，故出自房。何以知其必由室而出于房也？若泥于「出自」之文，則《儀禮》〈鄉飲酒記〉薦「出自左房」，〈鄉射記〉「出自東房」，豈亦由室而出乎？至于室有南向戶之外，或別有東西向戶，則謂之「側戶」。襄公二十有五年《左傳》：「公問崔子，遂從姜氏。姜入于室，與崔子自側戶出。」此室有「側戶」之明證。鄙意不獨燕寢爲然，即正寢之室當亦有之，但經文不備耳。此時未暇博攷，姑就所見質之。以足下虛懷善下，前偶舉〈晁錯傳〉「一堂二內」語，已蒙采入，故復貢其所疑，希留意焉。

按：此及後篇，俱嘉慶癸酉歲余撰〈燕寢考〉時，君與余往復辨論之作也。余荅書，亦刻拙箸《文鈔》中，存以俟通人考定焉。培翬識。

再復竹邨書

前兩辱復書，力申大箸「燕寢室南無戶」之說，反覆讀之，終不足以解僕之惑而堅其信。何也？以足下所引徵者，仍未見其必然而不可易也。請就鄙見所及，還爲足下陳之。

足下所最據者，〈士昏禮〉、〈內則〉及《尚書大傳》三書耳。尊據《書傳》云「后夫人將侍於君前，息燭後，舉燭至於房中」，「然後入御于君」。又云：「鳴佩玉于房中，告去。」則燕寢之制，房與室有戶以相通，而由房入室，爲確不可易。且以《傳》云「后夫人」者，蓋連文言之，其實專爲諸侯之制，觀下言「君」及單言「夫人」可見。承珙案：古者后夫人進御，皆于君所居之室，往來皆當自北階，則房中其所必由，故云「至於房中」。又云「鳴佩玉于房中，告去」，似未可遂以此爲房室相通，室南無戶之證也。《列女傳》云：「宣王嘗早臥晏起，后夫人不出房。」此則天子之寢，足下所謂室南有戶者矣，何以不云「不出室」，而亦云「不出房」邪？其下又引《禮》后夫人進御之法，與《書傳》略同。然又云「后夫人鳴佩而去」，未嘗單言「夫人」，亦未可以《書傳》少一「后」字，遂決爲諸侯之制也。

尊說又據〈內則〉「妻抱子出自房」，僕前書謂「出自」之文，可不必泥。今來書仍執前說，謂《儀禮》經文凡實從房出者，皆云「出房」，無有云「出自房」者。〈士冠禮〉之將冠者，〈士昏禮〉之贊者，本在房中，故云「出房」。〈內則〉之妻抱子，本在室中，而由于房以出，故云「出自房」。承珙謂如此說經，近于時文家挑剔字面之法，本無可辨。以足下持之斷斷，故又有不得不言者。僕前書謂〈鄉飲酒〉、〈鄉射記〉之薦「出自左房」、「出自東房」者，其文與〈內則〉「出自房」一例。足下則謂此皆本不在房中，而饌具于房中以出。案：〈鄉飲酒〉之饌「出自左房」，《注》云：「房，饌陳處也。」疏云：「陳之左房，至薦時乃出之。」〔二〕然則此饌蓋自羹定速賓以前，陳于房中久矣。足下必欲究其由來，以為本不在房中，則將冠者及贊者，抑豈生而在房中者乎？且〈公食大夫禮〉「宰夫筵，出自東房」，《注》云：「筵本在房，宰夫敷之。」又何以稱焉？

來書又謂〈士昏禮〉「主人說服于房」，是主人在房也。下云「主人入」，何以又無「出房」之文？鄭《注》亦但云「入者，從房還入室」，而不云「從房出，還入室」，故決為室南無戶之制。承珙請即以《儀禮》解之。〈特牲饋食禮〉云：「主人出，寫嗇於房。祝以籩受。」與〈昏禮〉「主人說服于房，媵受」之文無異也，豈得因無「入房」之文，而謂主人之「出」為出而在房乎？且其下即云：「筵祝，南面。」《注》云：「主人自房還時。」與〈昏禮〉《注》「從房還入室」之文無異也，鄭君何以不言「從房出，還入室」乎？至〈昏禮〉：「贊洗爵，酌於戶外尊，句。入，句。戶西北面，奠爵，拜。句。」經文自當如此斷句，足下以「戶西」二字不便己說，遂欲斷「入戶」為句，又據張氏《儀禮句讀》刻本偶誤，而謂前人多如此讀。所稱「前人」者，果何人歟？

來書云「戶外尊」既為「房戶」，則「入戶」之戶，當亦是「房戶」，此不然。贊者既酌而入，既入而拜，皆室中事，非房中事也。經文凡單言「戶」者，皆指室戶。若「房戶」必連「房」為文，此「酌于戶外尊」獨不連「房」為文者，以上「尊于房戶之東」，既有明文矣。故「酌于戶外尊」不言「房」，而可知其為「房戶」，則「拜於戶西」不言「室」，而亦可知其為「室戶」。何也？以荅拜者皆在室，不在房也。足下謂經文兩「戶」字緊相承接，不應一戶而岐爲二，無論「酌于戶外尊」之「戶」，敖繼公疑爲衍字，李如圭《集釋》本刪去。即如尊說，則必先入房戶，後入室戶，而經文「入」下止有一「戶」字，又豈應二戶而混爲一乎？至「媵侍于戶外」，亦當指「室戶」。足下謂宋楊氏復作圖，以此爲「房戶」。僕所見《禮節圖》乃作「室戶」，不識足下所據者何本也？且經文：「贊洗爵，〔酌〕酳主人。主人拜受。贊戶內北面荅拜。酳婦，亦如之。」《疏》云：「贊荅婦拜，亦於戶內北面也。」其下文云「贊以肝從」，「卒爵，皆拜，贊荅拜」。《疏》云：「贊荅拜者，獻主處也。」謂戶內北面獻主人處。以至「再酳」皆然。是每酳主人，贊當有兩次荅拜。酳婦亦兩次荅拜，合三酳當十二拜，皆於戶內北面。若至自酢時忽轉而爲西北面之拜，則《注》、《疏》豈容略而不言？可見鄭、賈皆以自酢時戶西北面之拜，與上文戶內北面之拜同耳。此未可強離經文以就己說者也。

又考唐《開元禮》，有親王納妃禮，一品以下至庶人附。節次多依〈士昏禮〉爲之。其〈同牢〉篇云「王導妃」，「入于室，即席東面」，「妃即對席西面」。「三飯，卒食」。贊者「洗爵于房，酌于室內之罇。詣饌南，北面，一品以下戶西北面。以酳王及妃，皆興，再拜受爵。贊者北面再拜」。及三酳之後，「贊者降東階，洗爵，升，酌于戶外尊。入，詣于饌南，北面跪奠爵，一品以下戶西北面。興，再拜」。此可見唐以前人讀《儀禮》此文，無以「入戶」斷句、「西北面」連讀

〔一〕　校案：此語不見於賈公彥《儀禮疏》，係出於張爾岐《儀禮鄭註句讀》。

者。足下謂前人斷「西字」屬下讀確有精義，是厚誣古人矣！

大箸援據詳贍，獨此條不概於心。以足下通人，非護前矜己者比，故復陳其愚，惟終教之，幸甚！

考《儀禮》室中之拜，以西面為敬者，此惟廟祭則然。然亦止主人、主婦為然耳。若特牲士禮，則主婦亞獻亦北面拜送。其他如〈特牲〉主人「獻佐食，佐食北面拜受角」，又「嗣舉奠」，「北面再拜稽首」。〈少牢〉「獻上佐食，上佐食户內牖東北面拜」，又主婦獻佐食，「佐食北面拜」，又賓長獻尸，「尸西北面拜送爵」。〈有司徹〉「不儐尸」之禮，賓長獻尸，「尸西北面荅拜」。蓋廟祭於室中，主人多西面者，緣神位東向，餘人則多以北面為敬，此嘉禮，室中之事，當與廟異。壻席雖在奧，斷無以神道事之之禮，故贊惟告具，時西面。見鄭《注》。而三酳一酢，則皆北面。所以然者，緣壻席、婦席既東西相向，故惟北面可以相統。其北面也，非由于婦拜南面而相嚮，則亦不嫌于夫席東面而相背也。且「酢」之為言「報」也，凡受獻者，酌酒相報，謂之「酢」。其有不待報而自酢者，為例有二：一則尊者既獻卑者之後，知其欲報而不敢，故自酢以達其意。如〈特牲禮〉主人獻賓畢，「受爵，酌酢」，《注》：「主人酌自酢者，賓不敢敵主人，主人達其意。」〈有司徹〉獻長賓、眾賓畢，「乃升長賓，主人酌，酢于長賓」，《注》：「主人酌自酢，序賓意。賓卑不敢酢。」是也。一則卑者既獻尊者之後，不敢待尊者之報，而酌以自酢。如〈燕禮〉主人獻公畢，「洗，升酌膳酒以〔降〕，酢于阼階下」。〈有司徹〉不儐尸之禮，賓「致爵于主人」，「賓北面荅拜」，又賓自酢，「户西北面拜」，是也。此贊者自酢，正卑者之事，與賓自酢同。彼「致爵」與「自酢」，皆在室中北面拜，不易位。此「酳」與「酢」，亦斷無易位而拜之事。況贊者方不敢當主人之報而酌以自酢，則正當仍其酳時北面之位，何以忽轉為西北面之拜，儼然示與主人相向為禮乎？此必不然之事也。前説已明，因紙有餘幅，又附及之。

與洪檆堂明經書

檆堂十三兄足下：承示《夏小正疏義》，盥讀再過，疏通證明，出人意表。中如「鞠則見」之爲虚，「南門見」之爲東井，「一則在本」之非無中氣，「辰繫于日」之主言天體，「菽糜」、「隕角」之再見於經，「種黍」、「樹麥」之退入於傳，「當依」指於未申。案：戶見於南北，皆能通觀象之本原，識授時之微意。他如「公田」猶夫帝藉，「煮祭」所以開冰，「發孚」之爲「發寀」，「柔襌」之爲「睐單」，「取荼」爲薦蓐之備，「衣瓜」乃用巾之稱，「黑鳥浴」爲「偑」之譌，「玄雉入」爲「云」之誤，此則援據多本正經，訓詁一依古義，洵可以集諸家之大成，爲後來之定本焉。承珙於此，未能究心，竊就尊書，粗通其意。

如「鞠」爲「窮」訓，《爾雅》：「鞠，窮也。」「虛」有耗名。《左傳》：「玄枵，虛中也。枵，耗名也。」「公田」之義，同于「公桑」。「公田」即「藉田」。《禮記》：「必有公桑、蠶室。」又云：「桑于公桑。」「公桑」猶「公田」也。「舍采」之文，本於「服采」。鄭司農注《周禮》引或說：「舍采謂減損解釋盛服，以下其師也。」案：〈士冠禮〉：「將冠者，采衣。」《注》云：「采衣，未冠者所服。」古者人君、卿、大夫之子，十三入小學，二十入大學，當服采之時，故「舍采」謂「解釋盛服」，義或然也。堇有「旱芹」之號，「榮堇」之堇，謂當作「芹」。案：《唐本草注》云：「堇菜，野生，葉似蕺，華紫色。」李時珍《綱目》云：「此旱芹也。」然則堇亦名芹，不煩改讀。桑如「楓欇」之稱。「欇桑」讀如「楓欇欇」之欇。《說文》云：「楓，木厚葉弱枝善搖，一名欇欇。」又云：「欇，木葉搖白也。」案：《四民月令》引農家諺云：「三月昏，參星夕，杏花盛，桑葉白，爲耕候。」二月桑葉初生，枝弱搖白，即以紀時，故云：「攝而記之，急桑也。」山不必樊，而囿無不樊，故「者」字宜衍。「二月，囿有韭。」《傳》云：「囿也者，園之燕也。」「四月，囿有見杏。」《傳》云：「囿者，山之燕者也。」集賢本「園之燕也」，「燕」下有「者」字，非也。爲鼠不言化，而爲鴽言化，故「則」文不增。「三月，田鼠化爲鴽。」《傳》云：「變而之善，故盡其辭也。鴽爲鼠，變而之不善，故不盡其辭也。」案：「盡其辭」，謂鼠爲鴽，兼言「化」。「不盡其辭」，謂鴽爲鼠，不言「化」。或謂《傳》云「盡其辭」者，皆釋「則」字，經文當作「則化爲鴽」者，非。「突穴」并通于雞雉，故與「巢」相連。「來降燕，乃睇。」《傳》云：「百鳥皆曰巢突穴。」案：《小爾雅》：「鳥之所乳謂之巢，雞雉所乳謂之窠。」《說文》：「窠，空也。穴中曰窠，樹上曰巢。」此「突穴」，與「窠」同義。百鳥蓋并及雞雉之類，故以「巢突穴」連文爲句，「取」字屬下讀。「取與之室，何也」者，謂何所取而獨與燕以室名也。莊氏述祖謂「突穴取」三字當在上「昆小蟲」《傳》「不言取」之下，非是。「卵蒜」不產於冀、并，故以「納」爲義。「十有二月，納卵蒜。」案：卵蒜即大蒜也。《爾雅翼》云：「今并州無大蒜，朝歌取種，一歲之後，還成百子蒜。其瓣粗細，正與條中子同。」夏時并州合於冀州，是卵蒜非國都所產，故取而納之於君。「納」當讀爲「九江納錫大龜」之納。

此類瑣瑣，無當大方。其餘各條，疏於別紙，或有同異，伏希鑒裁！

附復洪□堂夏小正補義

「雁北向」，傳云：「『九月遰鴻雁』，先言『遰』而後言『鴻雁』，何也？見遰而後如之，則鴻雁也。何不謂之『南鄉』也？曰：非其居也，故不謂之南鄉。記鴻雁之遰而不記其鄉，何也？曰：鴻不必當〈小正〉之遰者也。」案：《爾雅》〈釋言〉：「茹，度也。」「茹」與「如」同。此謂遰者高飛，度之而知其爲鴻雁，所謂以目治者也。又云「記鴻雁之遰而不記其鄉」者，蓋據作〈小正〉者言之。〈小正〉一代之典，當以京師爲本。夏都安邑在北，《山海經》「雁門山，雁出其間」，亦在北。雁北謂之「鄉」者，作〈小正〉者言其於我乎嚮也。《禮記疏》云：「嚮，面也。」南不言「鄉」者，北來爲鄉，南往即爲背，自我之彼，則謂之「遰」，故曰：「鴻不必當〈小正〉之遰者也。」言鴻之遰，不必當作〈小正〉者之所在而遰，故不謂之南鄉也。傅崧卿本「遰者也」，「遰」下有「必」字，衍。

「農率均田」，傳云：「均田者，始除田也。」案：《小雅》〈信南山〉「畇畇原隰」，《毛傳》云：「畇畇，墾辟貌。」「墾辟」與「除」義同。《周禮》〈均人〉《注》引作「畇畇原隰」，「畇」、「畇」並即「均」字。《說文》：「均，平偏也。从土从勻。」除田者正所以令平偏也。

「初俊羔，助厥母粥」，傳云：「俊也者，大也。粥也者，養也。言大羔能食草木而不食其母也。羊蓋非其子而後養之，善養而記之也。或曰：夏有煮祭，祭也者用羔。是時也，不足善樂，喜羔之爲生也而記之，與羔羊腹時也。」案：「助」如字讀亦通，蔡德晉曰：「大羔能食草木而不食母乳，則羔母得自養矣，故曰助厥母粥。」承珙案：《爾雅翼》云：「羊之類易繁，一歲之間，母既生子，子復生孫，孫又復生子，號爲一歲三生。」據此，則此「俊羔」謂去歲所生之羔，今已大而生子。既養其子，并能助養其母所生之子，故曰：「羊蓋非其子而後養之。」羊，善養者，《說文》：「養，从食，羊聲。」疑亦兼取羊善養義也。又案：《齊民要術》稱：「正月生羔爲上種，十一月、十二月生者次之。母既含重，膚軀充滿，草雖枯，亦不羸瘦。母乳適盡，即得春草，是以極佳。」據此，則此俊羔斷乳之時，春草方生，自然肥美，可以供祭，故云：「喜羔之爲生也而記之。」其云「與羔羊腹時也」者，言此羔離母羊之腹，正得其時也。

「丁亥，萬用入學」。〈月令〉《正義》云：「干舞稱萬者，何休《公羊注》云：『周武王以萬人服天下，《商頌》「萬舞有奕」，蓋殷湯亦以萬人得天下。』此〈夏小正〉，夏時之書，亦云『萬』者，其義未聞。」承珙案：《墨子》〈非樂〉篇云：「於〈武觀〉曰：啓乃淫溢康樂，野於飲食，將將銘莧磬以力，湛濁于酒，渝食于野，萬舞翼翼，章聞于大，天用弗式。」此可爲夏用萬舞之證也。

「朱繁」。案：《左傳》隱三年《正義》引陸璣《詩疏》云：「繁，一名游胡。北海人謂之旁勃，故《大戴》〈夏小正〉傳曰：『蘩，游胡。游胡，旁勃也。』」承珙案：〈小正〉之有「傳」名，始見於此。此所引傳文，自屬可據。傳崧卿本脫「蘩，旁勃也」四字，非是。今《大戴》本「蘩，萬勃也」，「萬」乃「方」字之譌。蓋古本「旁」省作「方」，俗書「萬」

亦作「万」，與「方」形近易譌，傳寫因又作「萬」。《水經》汝水《注》「萬城」，或作「方城」，誤與此同。《廣雅》云：「蘩母，旁葧也。」即本〈小正〉此文。

「采識」，傳云：「識，草也。」金履祥以「識」爲即《爾雅》之「蘵，黃蒢」，郭氏彼注云：「蘵草，葉似酸漿，華小而白，中心黃，江東以作葅食。」《顏氏家訓》云：「《禮》云：『苦菜秀。』《易統通卦驗圖》曰〔二〕：『苦菜生於寒秋，更冬歷春，得夏乃成。』今中原苦菜則如此也。江南別有苦菜，葉似酸漿，其花或紫或白，子大如珠，熟時或赤或黑，此菜可以釋勞。案：郭注《爾雅》，此乃蘵黃蒢也。今河北謂之龍葵。梁世講《禮》家以此當苦菜，亦大誤也。」承珙案：顏氏雖以龍葵非即苦菜，其實蘵名黃蒢，「蒢」與「荼」通。《爾雅》「荼，苦菜」，黃蒢亦苦菜之一種。王砅《素問注》引〈月令〉「苦菜秀」作「吳葵華」，亦是以龍葵當苦菜。〈小正〉之「識」，即〈月令〉之「苦菜」，惟苦菜秀於孟夏，故三月尚可采，至四月則抽莖作華，不可食矣。〈小正〉以「采識」紀候者，當亦如周制，鉶芼用苦爲和，故記之。若「苦，蕒菜」，正《爾雅》之「荼，苦菜」，《嘉祐本草》云：「苦蕒，蠶出時切不可折取，令蛾子青爛。」據此，則三月正當妾子始蠶之時，〈小正〉之所采非

〔二〕 校案：《易統通卦驗圖》當作《易統通卦驗玄圖》。王利器《顏氏家訓集解》（北京：中華書局，二〇一三年增補本二版）引盧文弨曰：「《隋書》〈經籍志〉：『《易統通卦驗玄圖》一卷。』不著撰人。」（頁四九六）

此，明矣。

「拂桐芭」，傳云：「或曰桐芭始生，貌拂拂然也。」案：「拂」與「弗」同。《說文》：「弗，撟也。从丿从ㄅ〔三〕，从韋省。」故凡「拂戾」、「怫鬱」皆取拂義。此云「桐芭始生拂拂然」者，狀桐華難放之貌，如《說文》云：「乙，象春草木冤曲而出，陰气尚彊，其出乙乙也。」蔡邕《月令章句》云：「桐，木之後華者也，穉之故曰始。」《易緯稽覽圖》云：「桐枝濡毳，而又空中，難成易傷，須成氣而後華。」《齊民要術》云：「白桐無子，冬結似子者，乃是明年之花房。」據此，桐花冬已結蕋，至明年三月乃放，足見其花之難，故云：「貌拂拂然也。」

「唐蜩鳴」，傳云：「唐蜩鳴者，匽也。」《說文》：「鼂，匽鼂也。讀若朝，楊雄說匽鼂蟲名，杜林以爲鼂旦，非是。」承珙案：匽鼂即蝘蜩也。《說文》無「蝘」字，但當作「匽」。「鼂」與「蜩」通，《列子》〈黃帝〉篇「見痀僂者承蜩」，殷敬順《釋文》云：「『蜩』，一本作『鼂』。」是也。

「玄校」，傳云：「玄也者，黑也。校也者，若綠（傳本作「緣」，誤。）色然，婦人未嫁者服之。」案：〈玉藻〉：「麛裘，青豻褎，絞衣以裼之。」鄭《注》：「絞，蒼黃之色也。」《說文》：「綠，帛青黃色也。」然則絞色近綠矣。此「校」與「絞」通，故云「校也者，若綠色然」。〈小正〉以紀候者，蓋謂玄、校二色，於時可染。《豳風》「載玄載黃」在八月，今時染綠者，亦必待八、九月，風露冷時，始可染也。《傳》又云「婦人未嫁者服之」者，《鄭風》「縞衣綦巾」，《毛傳》：「綦巾，蒼艾色，女服也。」《說文》：「綥，帛蒼艾色。从糸，畀聲。《詩》曰『縞衣綥巾』，未嫁女所服。」案：蒼艾亦近綠色，此可爲婦人未嫁者服校之證。

「鹿人從」，傳云：「或曰人從。『人從』也者，大者於外，小者放於內，率之也。」案：「小者」，謂鹿子也。〈曲禮〉：「春田，士不取麛卵。」〈月令〉：「孟春，毋麛毋卵。」是鹿以春時乳養，至秋已成。《周官》〈庖人〉「秋行犢麛」，《注》云：「犢與麛，物成而充。」《傳》言此時小鹿能從大鹿之所爲，有人道焉，故曰「人從」。其從之也，則大者於外，使小者效之。「放」讀如〈檀弓〉「吾將安放」之放。放者，法也、依也。率之者，循之也。《埤雅》云：「《字統》曰：鹿性善警，分背而食，以備人物之害。」蓋鹿萃善走者，分背而食，食則相呼，羣居則環其角，外向以防物之害己，即此「大者於外，小者放於內」之義也。

「榮鞠」，傳云：「鞠，草也。榮鞠而樹麥，時之急也。」案：宗懍《荊楚歲時記》云：「夏至日，取鞠爲灰，以止小麥蠹。」是菊與麥，氣有相通，故經言「榮鞠」，而傳即以「樹

〔三〕 校案：當爲「从乀」。

麥」申成之也。

「嗇人不從」，傳云：「不從者，弗行。於時月也，萬物不通。」案：「嗇人」即「嗇夫」。《春秋》昭十七年《左傳》引〈夏書〉曰：「嗇夫馳。」〈覲禮〉「嗇夫承命」，《注》云：「嗇夫，蓋司空之屬。」〈甘誓〉有「六卿」，則夏時「嗇夫」或亦屬司空。司空主平水土，至十一月，萬物閉塞，土功不興，故曰「嗇人不從」。《國語》引〈夏令〉曰：「九月除道，十月成梁。」正謂至十一月水土之功已畢，嗇夫不當有事。〈月令〉：「仲冬之月，命有司曰：土事無作，慎毋發蓋，毋發室屋，及起大眾，以固而閉。」亦其候也。

與潘芸閣編修書

芸閣先生足下：承示《小爾雅駮議》三篇，匆匆涉旬，未獲報命。昨復枉過，失迓為罪。《小爾雅》，僕向曾為之疏證，在家玉鐎之前。此書自由綴輯而成，非《漢》〈志〉原本。然其中古義古訓，尚有存者。即如〈廣名〉篇「請天子命」云云，《尚書正義》引《鄭志》荅趙商問曰：「君父疾病方困，忠臣孝子不忍默爾，視其歔欷，歸其命于天，中心惻然，為之請命。周公達于此禮，著在《尚書》。若君父之病不為請命，豈忠孝之志也？」據此，則請命之禮，其來甚古，不見他書，而獨見于此。〈金縢〉周公曰：「未可以戚我先（生）〔王〕。」

東晉《孔傳》訓「戚」爲「近」，即本此書。則雖係綴輯而成，非無裨于經義。若以爲王肅僞造，則難鄭者之所爲，不應又合於《鄭志》也。

大箸《駮議》，原本正經，持論甚正。其中有因此書而并訾及鄭氏《禮注》者，則僕猶有說焉。《儀禮》〈聘禮〉「釋幣，制玄纁束」，鄭引〈朝貢禮〉「制丈八尺」，〈既夕禮〉「贈用制幣」，《注》「丈八尺曰制」。《周禮》〈內宰〉「出其度量淳制」，《注》又引〈天子巡守禮〉云：「制幣丈八尺，純四䌆。」案：朝貢、巡守諸禮，在《儀禮》古文三十九篇之內，未可厚非。鄭說經詳慎，專引《逸禮》以釋「制」義，當非苟然。賈《疏》謂：「禮幣用制，取儉易共。」其義淺陋。近時惠氏《禮說》云「丈八尺曰制」，「禮神之幣皆然。一丈象陽，八尺象陰。十制、六玄、四纁、五兩、三玄、二纁，鬼神之道，陰陽不測，故用陰陽之數求之」。「康成云：凡爲神之衣服，必沽而小。故制幣，〈曲禮〉曰『量幣』」云云，似爲得之，未審尊意以爲然否？

〈士喪禮〉「歠粥，朝一溢米，夕一溢米」，《注》：「二十兩曰溢，爲米一升二十四分升之一。」《釋文》云：「王肅、劉逵、袁準、孔倫、葛洪，皆以滿手曰溢。」尊說謂寢苫枕凷，晝夜哭，豈能朝夕食二升餘米之粥？故以鄭義爲疏，王肅等說較勝。今案：古量甚小，閻百詩云：「漢二斗七升，當今五升四合。」沈果堂云：「漢量有容六升者，當今一升二合。」考〈舜典〉《疏》云：「周、隋斗秤，於古三而當一。」〔四〕茲據閻、沈所言，則今之斗秤，於古五而當一，二十兩曰溢，五分之一則四兩耳。是古所謂「一升」者，當今「二合」。鄭氏與王、劉諸人之說，似不甚懸殊，未可執彼以非此。況準〈廩人〉下年「人二鬴」推之，則一人日食米四升二合有餘，已爲下歲之食。今喪禮食粥，日僅二升，止及下年之半，正所謂「不能人二鬴」者。札喪從凶荒之食，不必以居喪飽食爲嫌也。

他如「四尺曰仞」，《說文》：「仞，申臂一尋八尺。」此語疑有脫誤，似當云：「仞，伸臂四尺，倍之，一尋八尺。」故「尋」下云：「度人之兩臂爲尋，八尺也。」《淮南》〈天文訓〉「音以八相生，人脩八尺，尋自倍，故八尺而爲尋」，此亦今本脫誤。人脩八尺，倍之則丈六尺，非其誼矣。《一切經音義》引《淮南》云：「人臂四尺，尋自倍，故八尺曰尋。」此雖不見「仞」名，然古度似本有四尺之仞。仞之度出于伸臂，尋之數生于倍仞，但未可用以解〈匠人〉之「仞」耳。

「藪二謂之缶，缶二謂之鍾」，尊說謂《左傳》「豆、區、釜、鍾」文相連，〈聘禮記〉「籔、秉」文相連，無容中間忽參以瓦器之「缶」。今案：《莊子》云：「以二缶鍾惑，而所適不得矣。」則亦以「缶鍾」連文，陸氏《釋文》以「缶鍾」爲「垂踵」，非也。

至於「鍰鋝」之解，古文、今文，兩家本殊，斷難畫一。漢儒說經，各有師承，且有一人之注，而彼此不相合者，鄭氏注《禮》、箋《詩》，是其明證。蓋羣書錯出，固有難以齊同者。僕雖曾治《小爾雅》，未嘗曲爲回護，謹就尊說，略識所聞，祈更有以進之。

與潘芸閣書

雪窗無事，盥讀大箸《魏晉諸經立博士考》，沿波討源，致爲詳核。朱竹垞《經義攷》「立學」一門，有錄無書，足下更加討論，上溯兩漢，下括六朝，以補其闕，豈非快事！

晉荀崧於元帝時上書：世祖武皇帝「崇儒興學」，「太學有石經古文，先儒典訓，賈、馬、服、鄭、杜、孔、王、何、顏、尹之徒」，「眾家之學，置博士十九人」。此所言「孔」，究不知何指？尊說謂僞《孔傳》出於東晉，疑此是以鄭注《尚書》傳自孔辟，故謂之「孔」。承珙案：僞《孔傳》雖出於東晉，其實西晉時早已有之，王西莊但據郭璞注《爾雅》引〈太甲〉中篇及《孔傳》「犬四尺爲獒」等以爲證，而不知司馬彪〈駁六宗議〉已云：「安國案：祭法爲宗，而除其天地于上，遺其四方于下，專取其中以爲六宗，可乎？」此所駁，即今《孔傳》「六宗」之解。彪此議在武帝初年，彼時僞《孔傳》已有其書矣，但立學與否，則未能肊斷耳。

〔四〕校案：此語當出自《左傳》定公八年之孔穎達《疏》語。原文作「周、隋斗稱，於古三而爲一」。

至王肅撰箸諸經，雖成于魏，而盛行必在于晉。尊考謂晉初沿魏制十九博士之舊，又有所增，如荀崧所偁賈、馬、孔、杜之流，其所廢者，大約王肅之學爲多，此語似尚未諦。《南齊書》〈劉瓛陸澄傳〉論云：王肅「爰興《聖證》，據用《家語》，外戚之尊，多行晉代」。此正指西晉時肅書盛行，揆之情事，爲得其實，不應立于魏而轉廢于晉也。

尊考又云：元帝立《易》王氏，是「弼」非「肅」，此語未知所據？齊陸澄〈與王儉書〉云：「晉太興四年，太常荀崧請置《周易》鄭玄《注》博士，行乎前代，於時政由王、庾，皆儁神清識，能言玄遠，捨輔嗣而用康成，豈其妄然？」案：荀崧未上議以前，已有《周易》王氏，陸澄所言「捨輔嗣用康成」者，似謂當時鄭及王弼《易》皆未立學，及增置時，乃舍王而取鄭耳，則其先所本有之《周易》王氏，疑猶是王肅之《易》也。惟澄書又言：「泰元（孝武帝年號。）立王肅《易》。」則又似太興本有之王氏《易》，非王肅《易》。此殊疑不能明，祈更考之。

《晉書》〈職官志〉：國子博士，「江左初減爲九人，元帝末增《儀禮》、《春秋公羊》博士各一人，合〔爲〕十一人」，而〈元帝紀〉「太興四年三月，置《周易》、《儀禮》、《公羊》博士」，此自因荀崧所請而增置。當時詔書但云《穀梁》不足立博士，餘皆如崧所奏，則當是《儀禮》、《周易》、《公羊》三經，合前九人爲十二人。〈職官志〉疑脫「周易」二字，又誤「十二」爲「十一」耳。又《齊書》〈陸澄傳〉云：「《左氏》，泰元取服虔，而兼取賈逵。」「《穀梁》，泰元舊有麋信《注》。」此亦東晉所立，出於初置九人之外者。但其時博士不復分掌五經，無漢儒專門之學，此經術所以日衰歟！鄙見所及，敢並質之大雅。天寒惟珍重，不具。

與竹邨書

夏間兩奉寸箋，亮塵清覽。江鄉橙黃橘綠，秋色甚佳，遙稔文祺，定增綏暨。前承示里堂所撰〈汪孝嬰先生傳〉，有云〈士虞記〉「沐浴不櫛」，鄭《注》「今文曰『沐浴』」，是今文無「不櫛」二字。此說最直捷，邵二雲則云「本云『沐浴』，而鄭《注》乃云『今文曰沐浴』，則是鄭氏從古文，元無『沐』字也。今本〈記〉與《注》首皆云『沐浴』」，「蓋傳寫誤衍爾」。承珙案：櫛爲沐飾，不爲浴設。《說文》云：「櫛，梳比之總名也。」若古文元無「沐」字，則「不櫛」二字，更成贅旒矣！邵說洵不如汪說之當也。因思鄭《注》於《儀禮》經文，或從今，或從古，《疏》雖云「逐義強者從之」，卻有未能盡是者。每欲據本經文及他書爲《儀禮古今文考》以明之，匆匆未就。足下熟于十七篇，倘有心得，祈不吝指示爲幸！承珙雖終日塵襍，稍暇尙理故業，偶有采獲，但零星不足奉質耳。

與郝蘭皋農部書

承珙頓首，蘭皋先生足下：辱視大箸《晉宋書故》，淹雅詳贍，誠足沾溉藝林。最精者，如「策命」一條，以《韓詩外傳》「太宗、太史、太祝，授天子策」證〈康王之誥〉，爲注《尚書》者所未及。「塗步神」一條，以《周禮》〈族師〉鄭《注》「蝝螟之酺」證〈校人〉《疏》「玄冥之步」，「玄冥」乃「蝝螟」二字之譌；又引《史記》〈封禪書〉「諸布」，以見「酺」、「步」音義相近，皆神之爲人物害者。此則貫穿經史，尤爲卓然。其他亦多精核。

承珙竊有進者，書內如「宗稷」一條，謂六朝人多作「宗稷」，不知何時更作「宗社」。案：《文選》王仲寶〈褚淵碑文〉「嗚控絃於宗稷」，李善《注》：「宗，宗社也。」引蔡邕《獨斷》曰：「天子立宗社，曰『泰社』。稷，宗社之稷。」據此，則宗社舊有斯稱。「宗」爲尊義，後人以指宗廟、社稷則誤耳。

又「子卯」一條，謂鄭《注》言甲子、乙卯，《宋書》〈禮志〉云：「忌日不樂，甲乙之謂也。」與鄭說同。甲乙、子卯，並單舉一邊，省文耳。案：昭九年《左傳》「辰在子卯，謂之疾日」，專以「辰」言，似非單舉省文之意，恐不如〈翼奉傳〉所言爲得也。

「門生」一條，顧甯人《日知錄》已劇言之。然《前》、《後漢書》〈儒林傳〉諸所稱

「門生」，多係執經傳授之徒，未可執一而論。蓋至六朝，乃更爲冗賤耳。

「都督」一條，據《宋》〈志〉，謂起於黃初二年。案：《南齊書》〈百官志〉云：「魏、晉世州牧隆重，刺史任重者爲使持節都督，輕者爲持節督。起漢順帝時，御史中丞馮赦討九江賊，督揚、徐二州軍事，而何、徐《宋》〈志〉云『起魏武遣諸州將督軍』，王珪之《職儀》云『起光武』，並非也。」據此，則都督緣始，與沈〈志〉異，沈〈志〉又本何、徐，究未審孰是耳？

「彭排」一條，謂晉、宋以來，史書多有。案：《釋名》〈釋兵〉云：「彭排，彭，旁也，在旁排敵禦攻也。」則漢時已有此名矣。

又「旄稍」一條，引《宋》〈志〉「槊旄不得用孔雀白鷺」，知槊上有旄，即《鄭風》所謂「二矛重英」，《魯頌》謂之「朱英」。是古飾以朱，後世或用孔鷺、鷺雉也。〈江夏王義恭傳〉作「鶩」者，非。案：《鄭風》「二矛重喬」，《箋》云：「喬，矛矜近上及室題，所以縣毛羽。」孔《疏》謂：「如今之鶩毛稍。」《釋文》云：「喬，雉名。《韓詩》作『鷮』。」據《鄭箋》云：「以縣毛羽。」蓋從《韓詩》之義，謂以雉毛縣于矛上，亦即此槊旄也。

又「塗步神」一條，《宋書》〈文九王傳〉：「休若既死，上與驃騎大將軍桂陽王休範書曰：外間有一師，姓徐名紹之，狀如狂病，自云爲塗步郎所使。」塗步郎雖未知馬步、蝝螟與人鬼所由，要其神爲人物災害無疑。承珙案：《周禮》〈司巫〉祭祀，則司巫「共匰主及道布」，鄭《注》：「道布者，爲神所設巾。」據此，疑塗步即古之道布。《淮南子》「羿除天下之害，而死爲宗布」，則是人鬼之神也。

又「凶門柏歷」一條，云凶門柏歷未審何狀，若如范堅云古有懸重，形似凶門，則如今之引魂旛。然所需費固無多，何至晉成后喪，以大煩費停之？又據〈孔琳之傳〉「請罷凶門之式」，謂自大明以後禁斷。案：凶門柏歷雖未的知形狀，據《通典》云：「東晉安帝隆安四年，太后李氏崩。詔於西堂，設菰蘆神武門，施凶門柏歷。」《宋書》〈禮志〉：「文帝元嘉十七年，元皇后崩。兼司徒給事中劉溫持節監喪，神虎門設凶門柏歷，至西上閤。」此是因陳設延袤，故爲煩費。如今之貴家大族治喪者，以席爲門庭、戶牖，陳設具備，亦有費至千餘金及數百金者也。又案：《隋書》〈禮志〉云：「後齊定令：親王、公主、太妃，儀同三司已上及令僕，皆聽立凶門柏歷。開皇初，太常卿牛弘奏『凶門豈設重之禮，請革茲俗弊』，詔可。」蓋至是始禁斷也。

又「祕器」一條，據《宋》〈志〉，以「祕器」爲盛冰之器，「東園溫明」即藏冰之地。案：《漢書》〈霍光傳〉：「光薨，賜東園溫明，如乘輿制度。」服虔《注》：「東園處此器，形如方漆桶，開一面，漆畫之，以鏡置其中，以懸尸上，大斂并蓋之。」又顏師古注〈佞幸傳〉引《漢官儀》云：「東園祕器作棺梓，素木長二丈，崇廣四尺。」據此，則祕器似非夷槃。或者宋制即以祕器盛冰，則是漢、宋同名而異用耳。至師古以「東園」爲署名，蓋作器之所。《東觀漢記》云：「梁商薨，賜東園轜車、朱壽器、銀鏤、黃金匣。」似晉之東園溫明猶仍漢署舊名，非淩室也。又《北堂書鈔》九十二引《晉公卿禮秩》云：「諸侯及從公薨者，賜東園祕器。」則是當時本有儀注，未可以《晉書》安平獻王等傳但言「賜祕器」，而〈禮志〉不載，遂謂有其事而無其禮也。

以上數端，不足爲塵壤涓流之益。謹摭所知，就正大雅，當必有以教之！

卷三

復潘芸閣書

前奉到大箸〈金舄解〉二篇，不信《詩疏》「金舄」即「赤舄」及「加金爲飾」之說，援《禮》證《詩》，於他傳記之文概斥之，以爲不足信，此誠說經之正軌也。顧承珙讀之，尚有未盡釋然者，不復旁引單文，第以經證經，略舉數端，貢所疑焉。

尊說謂會同服韋弁服，與兵事同服。又云韋弁服當纁裳，纁裳則纁屨。金舄爲黃朱色，即韋弁服之纁屨，而非冕服之赤舄。承珙案：《小雅》〈車攻〉《序》曰：「復會諸侯於東都，因田獵而選車徒焉。」《疏》云：「言因者，以會爲主，因會而獵也。」此詩首章言王徂東都，次章言東都有可田之地，三章言選徒而往田，四章始言諸侯來會，其下則皆正言田獵之事，經文序次甚明。「赤芾金舄」自爲會同而設，非因田獵而陳也。尊說云：「會同之服，經無明文。」然又云：「鄭氏說經，多從比例。」請即以比例明之。

《周禮》〈大行人〉言朝覲之禮甚備，公、侯、伯、子、男，圭璧、冕服、車旗之制，皆各如其命數。〈司儀〉則專言會同之禮，其傳擯、奠圭、將幣諸事，既與朝覲相同，則車旗、服冕之同於朝覲，此可比例而明者也。〈覲禮〉「爲宮方三百步」以下，又與〈司儀〉互備。其上文云：「侯氏裨冕，釋幣于禰。（先鄭以鷩爲裨衣。後鄭以裨冕爲上服之次。）乘墨車，載龍旂，弧韣，乃朝。」即〈玉藻〉所謂「裨冕以朝」也。會同不謂之朝，可乎？其於會同又云：「上介皆奉其君之旂，置于宮，尚左。公、侯、伯、子、男，皆就其旂而立。」夫此所就之旂，即前〈覲禮〉所載之龍旂，則所服之冕，亦即前所服之裨冕，此又可比例而明者也。〈覲禮〉又云：「天子乘龍，載大旂，象日月、升龍、降龍。出，拜日於東門之外，反祀方明。」鄭《注》：「此謂會同以春者也。」「大旂，大常也。」又引〈朝事儀〉曰：「天子冕而執鎮圭尺有二寸，繅藉尺有二寸，搢大圭，乘大路，建大常，十有二旒，樊纓十有二就，貳車十有二乘，帥諸侯而朝日于東郊，所以教尊尊也。退而朝諸侯。」案：〈司常〉云：「王建大常，諸侯建旂，祭祀各建其旂，會同賓客亦如之。」此與〈覲禮〉天子會同「載大旂，象日月」正合。（賈《疏》「既象日月，則是大常。而云『大旂』者，九旂亦有通名，是以諸侯建交龍爲旂，而大行人五等諸侯亦曰建常」是也。）〈節服氏〉「掌祭祀朝覲，袞冕六人，維王之大常。諸侯則四人，其服亦如之」，鄭云：「服袞冕者，從王服也。」綜此數者，參觀互證，則知會同天子服袞冕，載大常，諸侯必載大旂，服裨冕矣。此皆可比例而明者也。然則金舄者，冕服之赤舄，會同之禮，諸侯各申其上服，有明徵矣，而謂會同服韋弁服，可乎？

尊說又云：《周官》每以會同與軍旅師田連文，近于兵事，故宜服兵服。案：古者軍行師從，卿行旅從，況會同《周禮》又謂之「大朝覲」，自以此爲國之大事，又有于方嶽行之者，故有馬牛、車輦、旗鼓、兵器之共，未可即以爲兵事而服兵服也。且《周官》所載，〈大宰〉有玉幣、玉獻、玉几、玉爵之贊，〈司几筵〉有黼依、〔筦〕〔莞〕筵、繅席、次席之設，〈大史〉協禮事，〈司儀〉詔王儀，又豈得爲兵事乎？

至韋弁服之裳，鄭氏本無定解。〈采芑〉《箋》及〈司服〉《注》以韋弁服爲朱裳，則當赤舄。〈聘禮〉《注》及〈雜問志〉以爲素裳，則又當白舄矣。足下引〈雜問志〉，用其淺赤韋爲衣之說，而不用所謂素裳者，惟取以白舄配皮弁素積，黑舄配玄端，則韋弁纁裳當纁舄，爲經之通例，而韋弁白舄則非例耳。案：冕服稱芾，他服稱韠。疏家引《左傳》「袞冕黻珽」，《易》「朱紱方來，利用享祀」及皮弁素韠，玄端緇韠，此禮之通例也。足下方以韋弁白舄爲非例，而乃謂「金舄」即韋弁之「纁舄」，不知「金舄」與「赤芾」連文，弁服而稱芾，又豈得爲例乎？況以韋弁爲爵弁，始于陳祥道，不過謂《禮記》言爵弁不言韋弁，《周禮》言韋弁不言爵弁耳，然《儀禮》則爵弁、韋弁皆有之矣。《周官》〈司服〉云：「士之服，自皮弁而下，如大夫之服。」則是士不得服韋弁明甚。而《儀禮》冠、昏諸篇，士之有爵弁又明甚。必以爵弁即韋弁，則公之服不必自袞冕而下，而侯、伯亦可服袞冕，子、男亦可服鷩冕，《周官》之文，皆不足據矣！且鄭《注》明云「赤舄爲上冕服之舄」，而足下乃憑空增出「弁服之赤舄」，又豈得爲鄭義乎？鄭於〈瞻彼洛矣〉「韎韐有奭」《箋》云：「此諸侯世子也。除三年之喪，服士服而來。」「韎韐，祭服之韠，合韋爲之。其服爵弁服，紂衣纁裳也。」《疏》云：「若在三年喪中，則凶服不得有韎韐。若已爵命，則當服諸侯之赤韍，不得服士服。故知除三年之喪，服士服而來。」若如尊說，以韋弁即爵弁，赤芾金舄即爵弁服之纁裳，而纁屨則是會同者，皆新除三年之喪而來也，此又得爲鄭義乎？

尊說又云：冕服之赤舄，當是純赤，人君乃得履之，故〈狼跋〉《傳》曰：「人君之盛屨也。」弁服之赤舄，當是黃赤，天子既以爲舄，士亦以爲屨，由尊達卑，故《傳》曰：「舄，達屨也。」毛既解其義，鄭又明其制，故曰：「黃朱色也。」以此爲《毛傳》、《鄭箋》之明文，不應舍而他據。承珙請即以《毛傳》、《鄭箋》證之。〈候人〉《傳》云：「芾，韠也。（《正義》曰：「言『芾，韠』者，以其形制大同，故舉類以曉人。其禮別言之，則冕服謂之芾，他服謂之韠，二者不同也。」）大夫以上，赤芾乘軒。」言「大夫以上」者，以大夫始服冕也。是毛明以赤芾爲冕服矣。〈采芑〉《傳》云：「赤芾，黃朱芾也。」案：《詩》云：「服其命服，朱芾斯皇。」古者命將于廟，當服冕服，故《箋》云：「命服者，命爲將，受王命之服也。」今案：〈大宗伯〉「再命受服」，鄭謂「此受玄冕之服」，故知必冕服，乃謂之命服矣。此「朱芾斯皇」，與〈斯干〉文同。彼《箋》云：「芾者，天子純朱，諸侯黃朱。」「宣王將生之子，或且爲諸侯，或且爲天子，皆將佩朱芾煌煌然。」此蓋爲頌禱之詞，自當舉其服之尊者，則毛、鄭必皆以朱芾、赤芾爲冕服明矣。〈采芑〉《箋》又云：「天子之服韋弁服，朱衣裳也。」專言「天子」者，正恐人見方叔所服之朱芾爲韋弁服之韠，而不知爲冕服之芾，故云「惟天子之服韋弁服，朱衣裳」耳，而方叔之朱芾，自爲受命之冕服，不言可知矣。然則〈車攻〉會同，正言諸侯之服。如〈韓奕〉王所以錫韓侯者曰「玄袞赤舄」，此諸侯來會王者曰「赤芾金舄」，皆是服其命服，即鄭氏〈屨人〉《注》所云：赤舄，冕服之舄，諸侯與王同者。故《毛傳》之「達屨」，當以上達爲義，不知何與於士之纁屨？而足下乃以由尊達卑釋《傳》「達屨也」。鄭氏《禮注》明以爵弁、韋弁爲二，而乃牽合《詩箋》所云黃朱色者，以爲韋弁服之纁舄即爵弁服之纁屨，是誣鄭氏矣。況《鄭箋》「天子純朱，諸侯黃朱」，芾既如是，舄亦宜然。而如尊說，則天子、諸侯冕服之舄皆純朱，弁服之舄皆黃朱，仍於《傳》、《箋》未有合也。

以上諸誼，皆就尊說檢尋經注，諸多格閡，故未敢附會焉。

再復潘芸閣書

前奉上拙著〈金舄解〉一篇，鄙意「赤芾金舄」即「赤芾赤舄」，作詩者以赤舄金鉤，故以鉤表舄，變文言金舄耳。於經無證，故旁引《小爾雅》、《晏子春秋》以明之，得足下不然而進教之，幸甚！顧鄙說非盡無稽者，前書專引正經，茲復汎及他書，非欲必申己說，亦所謂察士無思慮之事則不樂耳。

《逸周書》〈序〉云：「周室既甯，八方會同，作〈王會〉。」其所言天子、諸侯，堂上堂下無不絻者，此會同服冕服之確證也，金舄非冕服之赤舄而何？足下謂絇本爲拘舄而設，其爲用必與綦同。絇獨用金，他飾則否，似爲不類。若援絇繶純一色之文，則必令縫中之紃、口邊之緣亦皆用金，不知夏葛冬皮之制，又何法以飾之？承珙案：絇與綦雖相連結，然屨自有無絇者。〈檀弓〉云：「繩屨無絇。」〈玉藻〉云：「童子不屨絇。」然則絇爲屨之重飾。《漢書》〈王莽傳〉「莽再拜，受衮冕句履（句即絇。）」，孟康曰：「今齊祀履舄頭飾也。」以句履與衮冕並稱，又專以絇表履，（《獨斷》亦云：「履絇履。」）然則金舄者，以金絇表赤舄，不必謂繶、純皆金也。即如足下所云，則《周禮》〈弁師〉：「王之皮弁會五采玉璂。」鄭云：「會，讀如大會之會。會，縫中也。璂，讀如薄借綦之綦。綦，結也。皮弁之縫中，每貫結五采玉十二以爲飾，謂之綦。」然則皮屨之縫中，又何不可飾金之有？然〈狼跋〉「赤舄几几」，《傳》亦衹獨狀其絇，似乎絇有殊制，未必繶、純皆然耳。

與劉孟塗秀才書

孟塗先生足下：辱示大箸《詩經補傳》二卷，援據疏鑿，動出意表。其於地理尤多核實，足以補鄭《譜》之闕遺，訂深甯之疏舛。謹錄副墨，藏之篋中。鄙懷所疑，尚有一事，不揆固陋，竊願陳之。

「椒聊」之「聊」，本非辭助，推原其誤，實始陸《疏》。尊說以「朻者聊」當之，極是。而牽合「朹，繫梅」爲朻，以椒與聊爲二木，則所未安。夫「朻者聊」之即釋「椒聊」，阮芸臺侍郎已有此說，而未暢厥恉。承珙嘗反覆《爾雅》、《鄭箋》而得一解焉。《爾雅》「椒、樧，醜莍」，《詩》《正義》引陸璣《疏》云：「椒，樧之屬，其子房生爲梂。」案：「莍」、「梂」並與「朻」通，（《詩》「兕觥其觩」，《說文》引作「其觓」。）「朻者聊」，蓋謂椒之梂耳。《神農本草》「蔓椒，一名家椒」，《名醫別錄》陶《注》云：「俗呼爲樛。」樛亦與朻同。《毛詩》「南有樛木」，《韓詩》作「朻木」，是矣。《鄭箋》云：「椒之性芬香而少實，今一梂之實，蕃衍滿升，非其常也。」《箋》意正以梂釋聊耳。不然，經文並無「梂」字，鄭何由定知爲一梂之實乎？至尊說以「朻者聊」爲即「朹，繫梅」，據郭《注》形狀，斷爲山樝，則請徵之《楚辭》。〈九歎〉云：「懷椒聊之蔎蔎兮。」王逸《注》云：「椒聊，香草也。《詩》曰『椒聊且』。蔎蔎，香貌。」夫山樝固未可言香也，然據此愈益知聊之非語助矣。叔師以椒爲香草，殆草木散文得通耳。

芻蕘之愚，幸裁擇焉。大箸駢體文，乃才人之餘事，盥誦再過，文逮其意，情餘於言，骨采鬱律，風氣遒上。中間阮林詠詞，乃弟數年來所蓄而未能吐者，淒感頑豔，振觸不禁掩卷欷歟，殆難卒讀，謹附繳上。少遲當踵候，忮聆雅教，不一。

復朱蘭坡問爾雅書

承詢：《爾雅》「天气下，地不應曰雺。地气發，天不應曰霧。霧謂之晦」，《說文》「霚，地气發，天不應」，「雺，籀文省」，「天气下，地不應曰霿。霿，晦也」，與《爾雅》相反。承珙案：此當以《爾雅》文爲正。《爾雅》之「雺」乃從籀省，本亦有从篆作「霚」者，故《釋文》云：「雺或作霚，字同。亡公、亡侯二反。」今本《釋文》云：「雺，或作霧。」此傳寫之譌耳。《文選》〈甘泉賦〉「霧集而蒙合兮」，李善《注》引《爾雅》曰：「天气下，地不應曰霧。霧與蒙同。」此「霧」字亦必「霚」字之誤，〈甘泉賦〉當本作「霚集而蒙合兮」，故引《爾雅》天气下之「霚」，而曰「霚與蒙同」。若是「霧」字，不得云「與蒙同」也。若「地气發，天不應曰霧」，「霧」乃俗字，《爾雅》當本作「霿」。《文選》顏延年〈北使洛〉詩，李善《注》引《爾雅》曰「霿謂之晦」，是所見本不誤也。《釋文》云：「《字林》作『霿』者。」又「霿」字之省俗耳。《爾雅》先天气，後地气，次序分明。《說文》亦先「霚」後「霿」，霿亦訓晦。此皆正用《爾雅》，不應地气、天气獨與《雅》誼互易。蓋「霚」、「霿」二字形近易混，傳寫者從而舛譌耳。《玉篇》云：「霚同雺，天气下，地不應也。霿，武付反，地气發，天不應也。」此正與《爾雅》合，可見今本《説文》之必爲誤倒矣。矛聲近蒙，故「雺」或作「蒙」。霿有「亡付」、「武付」之音，故俗有從「務」之「霧」字。然「雺」與「霧」，斷不容合。《五經文字》云：「霚、雺、霧三同，竝莫候反。」徐鉉於《説文》「霚」字下云：「今俗从霧，皆非也。」至〈洪範〉之曰「蒙」，伏生《大傳》作「雺」，鄭彼《注》云：「雺，冒也。」此從今文作也。其注《尚書》，未知爲「雺」與否？若《史記》多用古文，〈宋世家〉引〈洪範〉「曰雨，曰濟，曰涕，曰霧」，又「曰霧，常風若」，此二「霧」字，必皆「霚」字之誤。〈河〉〈何〉以明之？徐廣於「曰涕、曰霧」，注云：「一曰『洟』，曰『被』。」案：「涕」、「洟」聲相近，「被」蓋「敄」字之譌。霚从敄聲，古字省借。《史記》本必有作「曰敄」者，故又譌爲「曰被」。據此，疑今文作「雺」，古文作「霚」，一篆一籀，雖所作不同，要本爲一字。若兩《漢書》〈五行志〉之以「蒙」爲「霿」，則別爲一字，恐於古今文皆未有當也。《大傳》「王之不極」、「厥咎瞀」，此「瞀」疑即「霿」字之省。〈劉歆傳〉以「眊」訓「瞀」，今兩《漢》〈五行志〉遂皆以「眊」代「瞀」，又誤之誤者矣。

再復朱蘭坡書

承示「霚」、「霿」皆從敄聲，而「霿」有「莫弄」一切，正與「蒙」近，因謂「霧」字从「務」，「務」之古音亦當近「蒙」。故〈棠棣〉〔一〕「務」與「戎」叶，「亡付」之音，乃今音耳。鄙意《說文》从敄得聲之字，大抵「亡遇」、「莫候」二切為多。亡亦可讀芒，「芒」、「莫」音轉，皆可為「蒙」。然上音「亡」、「莫」聲轉可通，而下韻「弄」、「遇」部分究異。今本《說文》「霚，亡遇切」，「霿，莫弄切」，此之音切，徐鉉所加。《說文音隱》既不可見，惟《字林》去許尚近，當有所承。《爾雅》《釋文》於「天不應曰霧」下，云：「亡弄反，又亡付反。《字林》作『霚』，音同。」此謂《字林》於「霧」字，乃「亡付」反也。然則「亡付」之音，非今音矣。

竊疑今本《說文》「霚」、「霿」二字音切亦係傳寫互易，不獨注文之「天气」、「地气」誤倒也。至〈棠棣〉「務」與「戎」韻，「戎」亦可轉為「汝」，如〈常武〉之「戎」與「父」、「祖」韻是也。若《釋名》之「霧，冒」，此今本之譌。徐鍇《說文繫傳》於「霚」字下引《釋名》云「霚，冒也，今俗作霧」，此條最佳，畢尚書校《釋名》，並未及此，何也？

總之，「霰」、「霧」聲近而義各殊，在《爾雅》、《說文》固不可混，若〈鴻範〉但取隱闇之兆，則上蒙下霧似皆可通。足下爲《尙書》異文作考，其《大傳》作「雺」，班〈志〉作「霿」之處，縱說經必當專主，而列字不妨並存。草草奉復，伏俟雅裁，不具。

答陳碩甫明經書

碩甫先生足下：都門一晤，不奉教者七、八年矣，每想丰儀，殊深欽挹。客臘，辱惠良書，藉稔履候，曼福善甚。承珙自一障乘邊，閒關渡海，窮荒僻陋，廓落而無友生。昨者以病乞歸，喙息年餘，始稍稍自力，而學殖荒落，炳燭無及，奈何！

承示欲發明《毛傳》，聞之躍然。懋堂先生所輯《毛傳故訓》大旨，略示椎輪，足下飫聞緒論，從而闡幽抉奧，罔厥指歸，必有以大過人者。承珙雖嘗從事於此，而作輟不恆，至今因循，未能卒業。竊謂毛公詳於故訓，而其故訓爲《爾雅》諸書所無者，在於好學深思，心知其意。或於變聲求之，或於疊韻求之，或於假借、轉注求之，旁見側出，義非一概，而大約假借爲最多。懋堂先生深明假借，《詩傳》及《小學錄》，往往獨闢蠶叢，開益後學不淺。

〔一〕　校案：即《小雅》〈常棣〉詩。

尊札謂秦人故訓與漢人不同，誠哉是言也。語云：「村疃失火，州人數日乃聞之，不如其邑人翌日聞之之未遠也；縣聞雖近，又不如其鄰人登時親見之審也。」以秦人而視三代，猶邑人也；以漢視秦，則州人矣。然較之唐宋以後，不啻其在數千里之外者，則州人猶爲近之。是故篇章大義，風諭微言，《傳》之於經，《箋》之於《傳》，離合之間，同異之際，求而不得當，則證之以他經；又不得，則證之以秦漢古書，往往有晻然合符，渙然冰釋者。若唐人《正義》以下，則猶之數千里之外，傳聞異辭，其可據者尠矣。

敝鄉治此經者，汪起潛《毛詩異義》聞已付梓，尚未得見。同年馬元伯，曩在京師，嘗共晤言，時多創論，别來未知已成書否？魏默深聞刻有《詩古微》二卷，不知其去歲曾到杭州，頃已寄書都中，向索所箸矣。我朝說《詩》家，所見十餘種，善讀《毛詩》者，惟陳氏長發與懋堂先生二人而已。《四庫》所箸錄者，尚有《詩稗疏》、《詩疑辨證》、《讀詩質疑》數種，未見其書，足下曾有此本否？近日安研武林文瀾閣上，倘可借觀乎？承珙前在海外，箸有《儀禮古今文疏義》一種，拘墟之見，無當大方，謹寄呈一部，惟足下不棄，而示以闕遺，正其紕繆，則所賜多矣。

風便率復，即候台祺。鐫璧尊謙，惟爲道自愛，不宣。

復陳碩甫書

碩甫先生足下：五月之杪，從舍親蘭坡宮贊處，接展賜椷，藉悉道履增綏，爲學日益，甚善！甚善！去夏損惠良書，竟未奉到，不審於何地浮沈？僅於秋間得魏默深孝廉都中寄書，具道足下古心樸學，專精《毛詩》，殊深欽企。頃讀手教所示《故訓傳》各例，剖析異同，冰釋理順，可謂好學深思，心知其意者矣。承珙治此經亦墨守毛義，凡有故訓，必思曲折以求其通。來教謂《爾雅》望文生訓，毛公則必研求古義，箸爲明訓，故往往不合。鄙意《爾雅》通釋諸經，其有釋《詩》者，則撮舉詩詞爲訓，使人瞭然於作詩之大旨而已。毛公就《詩》爲《傳》，必當依文切義，斯爲確詁。孔《疏》以爲《傳》解字訓，《雅》言作詩之故，此其所以不同也。《爾雅》訓詁，本多假借，而毛於此例，尤用之不窮，懋堂先生所得已多，承珙年來亦時有采獲，遽數之不能終其物，姑舉一二言之。

〈鵲巢〉「方，有之也」，謂「方」爲「荒」之假借。《爾雅》「幠、厖，有也」，郭《注》引《詩》「遂幠大東」，今《毛詩》作「遂荒大東」，《傳》云：「荒，有也。」蓋「幠」、「荒」聲之轉，「方」與「荒」聲有輕重耳。《廣雅》「方，有也」，即本《毛傳》。《釋文》云「方，有之也。一本無『之』字」者，是也。〈終南〉「條，槄也」，謂

「條」爲「槄」之假借，攸聲、舀聲，古音同部。《論語》「滔滔」者，鄭本作「悠悠」是已。毛必知「條」爲「槄」借，而非即「柚條」者，殆以「橘柚」非終南所產歟！孫叔然注《爾雅》，於「槄，山榎」下引《詩》「有條有梅」，可謂深通毛義矣。〈碩人〉《傳》云「敖敖，長貌」，謂「敖」爲「贅」之假借。《說文》「贅，顤高也」，此以訓義連篆文讀之，云：「贅贅，顤高也。」《廣雅》亦云：「顤，高也。」贅爲頭高，此字之本義，引申爲頭長，故《廣韻》云：「顤，頭長。」又引申爲長貌，亦如「頎」本頭佳貌，而引申爲長貌也。〈芄蘭〉云：「垂其紳帶悸悸然。」此以「悸」爲「萃」之假借，《釋文》：「悸，《韓詩》作萃。」悸从季聲，季从稺省，稺亦聲。稺、萃聲相近，故「悸」可借「萃」。《韓詩》以萃爲垂貌，從《爾雅》言：「崒者，厜㕒也。」毛云：「垂其紳帶悸悸然。」亦是以悸爲垂貌。則「悸」爲「萃」之借字無疑。〈汝墳〉訓「墳」爲「大防」，當爲「坋」之假借。《說文》「坋，一曰大防也」，《漢》〈志〉「汝南郡汝陰縣，故胡國。莽曰汝墳」，而〈考工記〉作「汾胡」，「汾」亦「坋」字之借也。〈竹竿〉「瑳」訓「巧笑貌」，當爲「齹」之假借。「瑳」一本作「磋」，《眾經音義》：「磋，古文齹同。」《說文》：「齹，齒參差也。」《詩》不必定作是解，但當爲笑而見齒之貌耳。此鄙說假借之大略也。

又有故訓奧衍，必展轉以通之者。〈泉水〉「聊與之謀」，「聊，願也」。願與甯同，《說文》：「甯，願詞也。」甯者，聊且之意。經傳凡上言「與其」，下言「甯」者，皆謂

「姑且如此」，故訓「聊」爲「願」，猶訓「聊」爲「甯」也。《小雅》〈十月〉《釋文》引《小爾雅》「憖，願也，強也，且也」，《左傳》「不憖遺一老」，杜《注》：「憖，且也。」〈晉語〉伯宗妻曰：「盍亟索士憖庇州犂焉。」言且庇州犂也，〈楚語〉曰：「不穀雖不能用，吾憖寘之于耳。」言吾且置之于耳也，而韋《注》皆云：「憖，願也。」韋蓋猶知古訓「願」與「且」同意，「憖」爲「且」，即爲「願」，故「聊」爲「願」，亦爲「且」也。《箋》云：「聊，且略之辭者。」正所以表明毛意。〈出其東門〉「聊樂我員」，《傳》云：「願室家得相樂也。」亦以「聊」爲「願」。願得相樂者，言如雲之女，非可思存，甯自樂我室家耳。《箋》云：「且留樂我員。」亦非與毛異義。唐人《正義》不能通此故訓，而謂鄭與毛異，誤矣。〈干旄〉「彼姝者子」，《傳》云：「姝，順貌。」姝之訓順，未見所出，竊疑毛以「姝」爲「孎」之假借。《說文》「嫱，孎也」，「孎，謹也，讀若人不孫爲不孎」。〈考工記〉「水屬不理孫，謂之不行」，鄭《注》：「屬，讀爲注。孫，順也。」《說文》之「孎」與「屬」同義。「不孫」爲「不孎」，宋本「孎」上無「不」字者，非是。則孎爲孫順之意，「孎」可假作「姝」者，猶「蹢躅」轉爲「踟跦」也。毛於〈靜女〉訓「姝」爲美色，於〈東方之日〉云「姝者，初昏之貌」，與此各異。猶「周行」有三，而〈卷耳〉與〈鹿鳴〉異訓，〈大東〉雖無傳，然以「佻佻」爲獨行，則是以「周行」爲道路。此正來教所云「毛公作《傳》，必研其古義，箸爲明訓」者也。

至故訓之例，又有二端。〈北風〉「虛，虛也」，當從《釋文》「一本作『虛徐』也」。蓋「虛邪」者古語，「虛徐」者今語。毛以「虛徐」釋「虛邪」者，以今語釋古語也。《爾雅》作「虛徐」者，用今語；《管子》作「虛邪」者，猶古語也。毛無破字之例，鄭恐人疑《傳》「徐」字非爲經設，故爲比方其音曰「邪，讀如徐」，并引《爾雅》釋之，則更明白曉暢矣。班固〈幽通賦〉「承靈訓其虛徐兮」，曹大家注引《詩》作「其虛其徐」。孫炎註《爾雅》，亦以「虛徐」二字連讀，可知經師音讀有自來矣。〈桑柔〉《傳》「作祝詛也」，四字連讀，與此略同。此故訓之一例也。〈芣苡〉「捋，取也」，捋不當泛訓取，蓋云「捋，捋取也」，與〈大叔于田〉「揚，光也」當作「揚，揚光也」同。此故訓之又一例也。

發《傳》之例，亦有三科。有先經以起義者，〈靜女〉首章云：「女德貞靜而有法度，乃可說也。」「法度」謂彤管，「可說」謂說懌，乃探下文豫言之，故末章云：「非爲其徒說美色而已，美其人能遺我法則也。」〈相鼠〉首章云：「無禮儀者，雖居（高）〔尊〕位，猶爲闇昧之行。」案：《傳》云「無禮儀者」，乃合首章「無儀」、末章「無禮」，而以四字該之。「雖居尊位」二語，統括全篇。或謂「禮儀」當爲「禮義」，鄭乃訓爲「威儀」以別於《傳》，非也。有後經以終事者，〈采蘋〉末章引〈昏義〉文，〈木瓜〉末章引孔子語之類是也。又有互見其義，互足其詞者，〈騶虞〉「豕牝曰豝」，「一歲曰豵」。案：《說文》「一曰豝二歲」，先鄭注《周禮》、《廣雅》〈釋獸〉並同。《玉篇》云：「豯，小母豬。豯與豵同。」然則「豝」亦豕之小者，「豵」亦豕之牝者。毛於「豝」言其牝，而於「豵」言其小，義相互耳。〈椒聊〉首章云：「條，長也。」次章云：「言聲之遠聞也。」或謂首章，經本作「脩」，《傳》云：「脩，長也。」二章乃作「條」，《傳》曰：「言馨之遠聞也。」若兩章皆「條」字，毛不應別爲傳。或又謂「言聲之遠聞也」六字，當在「條，長也」之下，後人移《傳》入經，誤析之耳。今案：上章《傳》是合兩「條」字釋之，次章《傳》是合兩「遠」字釋之。上章解詩，言椒氣之長；次章解詩，喻桓叔聲聞之遠。此故訓互相足之例，不嫌於經同而《傳》異也。至〈衡方碑〉「燿此聲香」，彼「聲」字自是「馨」字之借，若〈漢郊祀歌〉「造茲新音永久長，聲氣遠條鳳鳥翔」，此歌上文多言樂聲，則「聲氣」必非「馨氣」，況「遠條」二字，即用《詩》文。則此《傳》「聲」字，似不必改作「馨」耳。

然亦實有字句譌脫者。來教云：「淢，成溝也。成當作城。」誼極精確。鄙見所及者，如〈子衿〉《傳》云：「挑達，往來相見貌。」上經方云「不來」，此《傳》不當言「相見」。觀《正義》云「故知『挑達』爲往來貌」，可識《傳》本無「相見」二字。《釋文》「挑達，往來見貌」，無「相」字，此必陸氏本作「往來貌」，傳寫誤「皃」爲「見」，淺人復於「見」下加「貌」字耳。「挑兮」，《初學記》引作「佻」，〈大東〉「佻佻公子」，《傳》訓「獨行」。此「佻達」訓「往來」者，亦謂「獨往獨來」，與《韓詩》〈大東〉《傳》「嬥嬥，往來貌」同，與《說文》「達，行不相遇」亦合也。〈葛生〉末章云：「室，猶居也。」

其四章「居，墳墓也」四字，今本作《箋》語，惟章懷注《後漢書》〈蔡邕傳〉引此作《傳》文。考《傳》例，於下章言「某，猶某者」，上章某字，不必皆有故訓，然大抵其義易明者耳。至此詩所稱「居室」，與凡言「居室」者不同。若「居」字無訓，而下忽云「室，猶居也」，似非其例，故當從章懷《注》爲是。《箋》更申之曰「室，猶冢壙」者，以「居」爲「兆域」，「室」爲「窆穴」別之耳。其他似此者尚多，來教所云，必於一字一義，原其所本，正其所譌，庶乎故訓思過半矣。

總之，諸經傳注，惟《毛詩》最古，數千年來，三家皆亡而毛獨存，豈非以源流既真，義訓尤卓之故？後人不善讀之，不能旁引曲證以相發明，而乃自出己意，求勝古人，實則止坐鹵莽之過耳！每有全章故訓從來誤解者，承珙竊準之經文，參之《傳》義，反復尋繹，以意說之。今試舉其一焉。〈中谷有蓷〉「暵其乾矣」，《傳》云：「暵，菸貌。陸草生於谷中，傷於水。」諸家皆誤認「暵」爲燥義，故以「乾」爲乾燥，「溼」爲皐溼。或又以「溼」當爲「㬎」，亦爲乾義，不知《說文》「暵」下訓「乾」，但引《易》「燥萬物者，莫暵乎火」，並不引《詩》。惟〈水部〉「灘，水濡而乾也」，引《詩》「灘其乾矣」，其不同「暵」但訓「乾」，而曰「水濡而乾」者，以「灘」字从水，說其本義。「濡而乾」，亦與乾燥異義，當如「外強中乾」之「乾」，謂菁華已盡，乾竭徒存。許書此種訓義，最爲微妙。《毛詩》字亦當作「灘」，假借爲「暵」。《傳》不訓「暵」爲「乾」，而曰「菸貌」者，正「水濡而乾」

之意。《說文》：「菸，鬱也。一曰矮也。」菸鬱者，兼乾與溼言之。乾謂槁瘁，濕謂浥爛，百草經此皆菸鬱而無色。《傳》因經於「乾」、「脩」、「溼」皆以「暵」言之，故訓「暵」爲「菸貌」，知非徒乾燥之謂。又承上「中谷」言之，故以爲「谷中傷水」。蓋谷中，水之所注，草生於水而病，則或成槁瘁，或成浥爛，皆有菸鬱之形。次章「脩」爲「且乾」者，又介於槁瘁、浥爛之間者也。《正義》云：「先舉其重，然後倒本其初。」此亦泥於乾燥卑溼之義，而不知其同爲草病之狀。乾固菸貌，脩與溼亦皆爲菸鬱之形耳。宋人以爲先燥其乾者，終更燥其溼者，旱由漸而甚，與夫婦之以漸而薄。然經文「暵」字略逗，下三字一氣讀，與下文「嘅條啜」句法一例，非以「暵其乾」、「暵其脩」三字連讀也。王氏《經義述聞》謂「暵」爲狀乾之詞，非狀溼之詞，可云「暵其乾」，不可云「暵其溼」，故以「溼」爲「隰」之假借。今案：《傳》於三章云「離，遇水則溼」者，此「溼」並非「乾溼」之「溼」。《說文》：「乾，上出也。从乙。乙，物之達也，倝聲。」〈土部〉：「𡑞，下入也。从土，㬎聲。」據此，是與乾對稱者，字本作「𡑞」。〈水部〉「溼，幽溼也」，與「湆」訓「幽溼」同。「幽」即「豉爲幽尗」之幽。《廣雅》「鬱，幽也」，「幽」與「鬱」同義，是「溼」亦爲「菸鬱之貌」，與泛言乾溼者不同。不然，遇水則溼，凡物皆然，何獨於離？且此復何煩故訓，而謂毛公乃作此駮語乎？總由從來解《詩》者，不細繹菸貌之訓，而妄以乾義當之，或申或駁，皆誣古人而已。

以上所說，都未敢自信。惟曩來朋好中，與談六義者，多有所出入，不專宗毛。今得足下專治《故訓傳》者，而就質焉，知必有以益我也。承惠《毛詩小學》，謝謝！舊所見臧在東刻本，刪節十之三、四，本非完書，此刻實勝臧本。即如「素絲五紽」，臧本云：「《傳》：『紽，數也。』『總，數也。』《釋文》：『數，皆入聲，音促。』」檢《釋文》但有「所具反」，並無「音促」之語。《傳》「數也」者，謂絲之量數，猶《說文》引《漢律》「綺絲數謂之絩，布謂之總」也，亦不當以爲如數罟之數。今刻此條已刪，善之善者也。他如「隰有苓」云：「《爾雅》、《毛傳》：『苓，大苦。』《說文》：『蘦，大苦。』從《爾雅》、《毛傳》爲正。」今《爾雅》亦作「蘦」，不作「苓」，此則偶然失檢，無關要義耳。

率泐布復，即候文佳，秋暑未殘，千萬珍重，不宣。

再復陳碩甫書

碩甫先生足下：客冬接讀手書，備承教益，佩服勿諼。昨又奉到惠函，藉悉足下閉戶覃精，讀書養志，文祉並勝，翹羨無佀。辱示大箸《詩義》一冊，剖析同異，訂證闕訛，有功毛氏不淺。〈葛覃〉《傳》「父母在」以下九字，爲《箋》語竄入，引〈泉水〉《箋》爲證，其說甚諦！與〈我行其野〉篇「宣王之末」以下十九字，爲《傳》誤入《箋》者，皆確不可易。

毛於「言告言歸」下，既云「婦人謂嫁曰歸」，於此則第訓「甯」爲「安」，蓋「歸甯」即《序》之「歸安父母」，謂已嫁而可以安其父母之心，即所謂「無父母遺罹」也。《潛夫論》〈斷訟〉篇云：「不枉行以遺憂，故美歸甯之志，一許不改，蓋所以長真潔而甯父母也。」此正足以發明《序》、《傳》之義。

〈燕燕〉「頡之頏之」，《傳》上下互譌，懋堂先生所辨極精。承珙謂《爾雅》「亢，鳥嚨」，《釋文》引舍人《注》云「亢，鳥高飛也」，此亦可爲「飛而上曰頏」之證。又三章「下上其音」，即承此「下頡」、「上頏」言之。《傳》云「飛而上曰上音，飛而下曰下音」，亦係傳寫誤倒其句，《傳》當依經釋之，作「飛而下曰下音，飛而上曰上音」。如《箋》云「下上其音，興戴嬀將歸，言語感激，聲有小大」，今本誤作「大小」，惟小字本、相臺本不誤。〈雄雉〉「下上其音」，《箋》云「興宣公小大其聲」是也。蓋小謂下，大謂上，皆依經釋義，不宜倒亂者也。

大箸如「堂涂」當爲「庭涂」，「成溝」當爲「城溝」，前已聞命矣。至以「煩撋」解〈生民〉之「蹂黍」，「里旅」證〈公劉〉之「廬旅」，皆確有依據。而以《爾雅》之「不遹不蹟不徹」爲一句，以釋〈日月〉、〈沔水〉、〈十月之交〉三詩，尤爲精絕！其他多以經證經，以《傳》證《傳》，精心孤詣，冰解的破。惟其中尚有一二未能釋然者。

〈小星〉「寔命不猶」，《傳》「猶，若也」，與〈鼓鐘〉「其德不猶」《傳》同。〈小星〉之「不猶」，即上章之「不同」，《箋》云「不若，亦言尊卑異」是也。〈鼓鐘〉之「不猶」，則謂其德迴不猶人。《正義》申毛，謂「古之善人君子」，「其德不肯，若今之幽王失所也」，語本平易，無庸更求別解，如必以「若」爲「順」，則〈小星〉「命有不順」，語已難通，至〈鼓鐘〉而曰「其德不順」，文義皆窒閡矣！

〈伯兮〉「言樹之背」，《傳》云：「背，北堂也。」此詩「伯兮」，《傳》爲「州伯」，《正義》以〈內則〉之「州伯」當之，鄭注〈內則〉「州長，中大夫一人」，則此「背」乃大夫之「北堂」。大箸以專屬士、庶人，未知何義？且古人房室之制，中央爲室，東西皆有房，鄭君「大夫以下東房西室」之說，本非確解。東西房之北，皆有北堂，同年生焦里堂有考，愚亦別有說。在房之北者爲北堂，對房南之堂而言，必非房中之半。《詩疏》謂「房半以北爲北堂，房半以南爲南堂」，尤誤。古堂基近階者，謂之階前，北堂當亦如之。階前之地，未始不可種艸，不必定在階下。況詩本託詞，「諼草」尙非艸名，何用泥於所樹之地乎？

〈遵大路〉「不寁故也」，《傳》「寁，速也」，「速」即「速客之速」。鄭注《儀禮》「宿尸」云：「宿或作速，《記》作肅。」古宿、速、肅三字皆通，〈釋詁〉曰：「肅，疾也。肅，速也。」〈釋訓〉曰：「肅肅，恭也。」故〈兔罝〉《傳》曰：「肅肅，敬也。」〈小星〉《傳》曰：「肅肅，疾也。」凡經、《傳》言「宿尸」、「宿客」，皆兼疾敬之義。此詩言莊公失道，不能用君子，如速客之疾敬耳。至「故也」二字，《正義》讀爲「是故」之

「故」，則由誤會《箋》語。《箋》云：「我乃以不速於莊公之道〔二〕，使我然。」鄭蓋以先君之道釋「故」字，「使我然」三字於經無當，孔《疏》衍之，乃云：「以莊公不速於先君之道故也。」是泥《箋》末「使我然」三字，以爲釋經「故」字耳，殊不知下章《箋》云：「好，猶善也。」「我乃以莊公不速於善道，使我然。」則明明以「先君之道」釋「故」字，以「善道」釋「好」字。「不寁故也」，不當解爲「不寁之故矣」。鄙意「不寁故也」，謂君不速於故舊之人；「不寁好也」，謂君不速於好德之人。《唐風》〈羔裘〉「維子之故」、「維子之好」，《箋》以「故」爲「故舊」，「好」爲「愛好」，文義相稱，與此正同。不比於〈狡童〉單言「維子之故」也。

〈雞鳴〉「無庶予子憎」，《傳》云：「無見惡於夫人。」大箸云：「予，我也。我，夫人自謂也。猶言庶其無惡我耳。」此解經可通，但謂夫人如字讀，則凡爲人所惡者，謂之見惡。若云見惡於君夫人，是言爲夫人所惡，而非惡夫人矣。似不如《釋文》音「夫」爲「符」者之順也。

〈東山〉「勿士行枚」，《傳》云：「枚，微也。」大箸讀如「微服過宋」之「微」，與懋堂先生「兵事神密」之說略同。鄙意《傳》蓋訓「枚」爲「徽」，鄭注《周禮》〈大司馬〉

〔二〕　校案：「我乃以不速於莊公之道」，《鄭箋》原文作「我乃以莊公不速於先君之道」。

云：「枚，如箸，橫銜之〔三〕，有繣結項中，《軍法》止語，爲相疑惑。」又注〈銜枚氏〉云：「銜枚，止言語嚻讙也。枚狀如箸，橫銜之，爲之繣結於項。」賈《疏》云：「繣以組爲之，繫箸兩頭，於項後結之。」顔注《漢書》云：「繣者，結礙也。」《説文》無「繣」字，〈攴部〉：「鼔，戾也。」《玉篇》：「㦤，乖戾也。」合言之則爲「鼔㦤」。《廣雅》：「鼔㦤，乖刺也。」〈離騷〉作「緯繣」，馬融〈廣成頌〉作「徽嫿」，皆「違戾結礙」之意。枚之爲物，橫口絜項，亦所謂違戾結礙者也。故《傳》讀「行」爲「衡」，訓「枚」爲「徽」，「徽」取「徽繣」，亦有「止」義。〈釋詁〉：「徽，止也。」枚，所以止言語嚻讙者也。今本《傳》作「微」者，「徽」、「微」字通，《廣韻》二十一「麥」云：「徽繣，乖違也。」而十五「卦」又云：「繣微，乖違。」《集韻》「繣」有古賣、胡卦、胡麥三切，並云：「徽也。」《類篇》則皆云「微也」是已。蓋「制彼裳衣」，謂已釋介冑，更制在涂及歸家之服，而亦無事於行枚矣。《箋》以「裳衣」爲「兵服」則非，以「行枚」爲「銜枚」則是也。

〈蕩〉「顚沛之揭」，《傳》云：「揭，見根皃。」案：《説文》「揭，高舉也」，引申之義爲「長」。〈碩人〉「葭菼揭揭」，《傳》「揭揭，長也」，高長者，欲拔之勢。《淮南》〈兵略訓〉「擠其揭揭」，高誘《注》「揭揭，欲拔也」，「拔」與「跋」同。此《傳》云：「顚，仆。沛，拔也。」艸木頓仆拔倒，則挺揭根露，故以「揭」爲「見根皃」，似不必改「揭」爲「楬」。

「潛有多魚」，《傳》：「潛，槮也。」「槮」，《釋文》从舊本作「米」旁，《正義》从郭注《爾雅》作「木」旁。大箸是陸非孔，以作「糝」爲長。承珙謂此詩之「潛」、《傳》之「槮」，皆本非其字，依聲託事。微獨《小爾雅》「橬」爲俗字，即作「槮」、作「糝」皆非其義。惟《說文》〈网部〉「罧，積柴水中以聚魚也」，此當爲「槮」之本字。段《注》謂：「與槮皆俗字。」非是。又〈木部〉「栫，以柴木雝水也」，《文選》〈江賦〉「栫澱爲涔」，與《韓詩》「涔」爲「魚池」者合，要皆爲積柴取魚之義，以米養魚，恐非事實。

以上拘墟之見，聊貢所疑，謹繳上尊箸，附塵經席，祈更有以教之！

與沈小宛書

小宛先生足下：前奉還雲，備紉垂注，就稔攝衛維宜，寢興多福爲頌。大箸《左傳》已錄副珍藏，覆斠之下，見其中引證地理，尚有前後複見者，將來付梓，尚須刪并歸一。弟於《左傳》訓詁，亦有采獲，尚未成書，今偶舉一二，就正左右。

〔三〕　校案：「橫銜之」句中之「橫」字衍。

僖二十二年：「楚人伐宋以救鄭。宋公將戰，大司馬固諫曰：『天之棄商久矣，君將興之，弗可赦也已。』」杜《注》：「言君興天所棄，必不可，不如赦楚勿與戰。」此似以「弗可」絕句，下三字殊不辭。案：「赦」與「免」同義。《公羊》昭十九年《傳》〔四〕：「赦止者，免止之罪辭也。」《周禮》〈鄉士〉「若欲免之」，《注》云：「免猶赦也。」蓋謂君將興天所棄，則違天，將不免於禍也。

又成十六年〔卻〕〔郤〕至曰「敢告不甯」〔五〕，劉炫引魏犨曰：「不有甯也。」以「甯」爲「傷」。此說是也。案：《方言》：「憖，傷也。」《廣雅》同。「楚、潁之間謂之憖。」文十二年「兩君之士皆未憖也」〔六〕，「憖」與「甯」聲同，亦是以「憖」爲「傷」。杜《注》訓「缺」，不如訓「傷」爲順。郭注《方言》引《詩》「不憖遺一老」爲恨傷之言，非是。

文十七年「鹿死不擇音」，顧亭林引《莊子》「獸死不擇音」以證服說。今案：《後漢書》皇甫規上疏自訟，末云：「鹿死不擇音，謹冒昧略上。」此亦與服《解》同。鄙陋之見，希進而教之。幸甚！

前賜書云：「所注韓昌黎、王半山集，多唐宋掌故，爲當時人所未能詳者。」聞之不勝欣躍，急思先睹爲快，可否以藁本暫借，讀畢奉繳。弟家居伏案，俗務閒之。拙箸《毛詩》正事繕寫，常數日不登一紙，近始寫至《王風》，容俟再加審諦，尚思隨時就正耳。茲將《左傳》

二冊、詩藁一冊奉璧。

日來餞歲懷人，必多新作，嶺雲溝水，良覿無繇，夢與神馳，曷其有極！風便率請節禧，惟爲道自愛，不宣。

與沈小宛書

小宛先生足下：秋中奉書，諒蒙省覽。重九前日復辱惠函，藉悉道體勝常，動定多豫爲頌。前承示大箸《韓集補注》，義據深通，搜抉奧隱，以作唐一經之才，注起衰八代之筆，煌煌乎不朽之盛業也！本欲錄副珍藏，以鈔胥不善，乃自擇其尤者，度於所藏廂沙本《韓集考異》之上。鈔撮之下，偶有所見，不揆檮昧，略陳一二。

〔四〕校案：此句之「昭十九年」，原刻本誤作「昭十八年」，今據南昌府學本《公羊注疏》校改。

〔五〕校案：此句之「成十六年」，原刻本誤作「昭十六年」，今據南昌府學本《左傳注疏》校改。

〔六〕校案：「兩君之士皆未憖也」之「君」，原刻本誤作「軍」，今據南昌府學本《左傳注疏》校改。

〈感二鳥賦〉，據《說文》：「永，一作羕。」案：《說文》「永」、「羕」各字，並引〈漢廣〉詩，一从《毛》作「永」，一从《韓》作「羕」。許書如此者甚多，非由「永」一作「羕」。古人以「羕」有「永」義，故鐘鼎文即借「羕」爲「永」。惠定宇謂「羕」即「永」字，非是。

〈醉贈張祕書〉，案：上下文義，仍當從舊注作「張徹」爲是。雖古人贈荅，不嫌斥姓名，然此詩上云「君詩多態度」，下云「張籍學古淡」，則所謂「君」者，必非籍可知。

〈城南聯句〉，以《宋書》〈沈懷文傳〉爲「聯句」之名始見。案：聯句始見〈謝晦傳〉，在沈懷文前，即《杜集》尚有〈夏夜李尚書筵送宇文石首赴縣聯句〉，又有〈與李之芳宇文或三人聯句〉，不止《唐詩紀》所載也。

〈虢州劉使君三堂二十一詠〉，引〈張融傳〉「臣陸處無屋，水居非舟」。檢《南齊書》、《南史》皆作「陸處無屋，舟居非水」，以參差更見語妙，未知所見本不同，抑寫者偶誤也。

〈和僕射相公朝迴見寄〉，案：《張籍集》有〈和裴僕射朝迴寄韓吏部〉詩，起云「獨愛南關裏，山晴竹杪風」，末云「惟應有吏部，詩酒每相同」，皆與此詩相應，則「僕射」自是裴度，不必以元本無「裴」字爲疑。

〈改葬服議〉「以水齧其墓」，引《呂覽》〈開春論〉。案：《國策》已有其事，不始於

《呂覽》也。〈與鄂州柳中丞書〉「以祭踶死之士」，《通鑑考異》已引韓公此書，證爲觀察鄂岳時事，亦見《五百家注》本。書中如此者，尚有數處，似當標明之，以示不相襲也。

〈送孟東野序〉「其趨也或梗」之「梗」，當讀如《周官》〈女祝〉「招梗」之「梗」。鄭《注》：「梗，禦未至也。」此言水本趨下，而或禦之，則有聲耳。草木刺傷之梗，於水不合。

〈袁氏先廟碑〉「以贊辨章」，謂《說文》脫「釆」字。案：《說文》〈廾部〉：「𢍺，从廾，釆聲，古文辨字。」此「釆」即象獸指爪分別之「釆」字，彼云「釆，辨別也」，與此義相足，非於正文脫此字也。

〈柳子厚墓誌銘〉「無辭以白其大人」，引《漢》〈高祖紀〉稱父爲大人。案：《史記》〈越世家〉：「朱公長男曰：家有長子曰家督。今弟有罪，大人不遣。」此又在〈高紀〉之前者。

以上瑣瑣，皆足下之唾餘，而猶拾之者，欲令足下知弟於此書，如王勝之於《通鑑》讀一過耳。今將原本繳上，即希檢入。風便佈候，台祺惟鑒，不宣。

與竹邨書

竹邨農部棣臺足下：久不奉音問，山居僻陋，行理罕逢，徒惓惓耳！遙想足下薰衣襆被，動定增綏為頌。農部為天下財賦總匯，國計出入，當知其概。嘗讀《唐》、《宋會要》及明人諸奏議，歷朝大勢，其用之也，皆本儉而末奢；其取之也，皆始寬而終急。即如宋之郊費一項，踵事增加，以後較前，常至數倍。及南渡偏安，土地劣及北宋之半，而賦稅所入，過於太祖、太宗時，不翅倍蓰。豈非其用愈繁，取之不得不悉歟？然國計終於見詘，而是時民生之困，亦可知矣！我朝開國規模，度越唐宋，所不待言。嘗見國初人箸述，言及當日經費，大抵有耕九餘三之制，迄今幾二百年，理大物博，度支自必倍前，然而田不加賦，商不加征，閭閻晏然，飽食而安寢，深仁厚澤，雖堯舜之世，豈有逾於是哉！每獨居深念，徒懷食德服疇之感，而於國家出入都數，杳冥莫知其原，心竊懵焉。足下倘於儤直之暇，取天下財賦所入，度支所出，關本部者識其詳，不關本部者亦訪其要，洪纖揚搉，勒為一書，亦當今有用之學術也。如已有成竹，希即以最凡見示，藉益見聞，幸甚！幸甚！

承珙歸田後，終日為無用之學。《毛詩》錄稿，僅畢《國風》、《小雅》，近覲鈔胥別錄一副，才寫完《二南》、《邶風》，已及十萬言，似未免過繁，尚擬手錄蒇功，再加刪削耳！

承珙此書，專主發明《毛傳》，爲之既久，然後知《箋》之於《傳》，有申毛而不得毛意者，有異毛而不如毛義者。蓋毛公秦人，去周甚近，其語言文字、名物訓詁，已有後漢人所不能盡通者，而況於唐人乎？況於宋人乎？姑以一事言之。《召南》「厭浥行露，豈不夙夜，謂行多露」，《傳》：「興也。厭浥，溼意也。行，道也。豈不，言有是也。」《箋》云：「我豈不知當早夜成昏禮歟？謂道中之露太多，故不行耳。」案：此詩首章三語，初讀之，似與《王風》之「豈不爾思，畏子不奔」，《小雅》之「豈不懷歸，畏此簡書」，文法相類，故《箋》語云云，《正義》即用以述《傳》。但此女方被訟不從，而開口乃云「豈不欲之」，作此婉辭，不合語意。且他處言「豈不」者，下皆言有所畏而不敢，此則是「謂」非「畏」。蓋此「謂」字，與下章「誰謂」之「謂」一律，皆訟者誣衊之辭，眾不能察，而欲歸於召伯之聽之者也。故此云「厭浥」者，道中之露，然必早夜而行，始犯多露，豈不早夜者，而亦謂多露之能濡己乎？以興本無犯禮，不畏彊暴之相誣也。毛於他詩「豈不」無傳，而獨於此言之，明其詞旨不同。「豈不，言有是」者，謂有是早夜而行者，乃可謂道中多露。經反言之，《傳》正言之耳。

故不熟讀經文，不知《傳》文之妙；不細繹《傳》文，不知《箋》說之多失《傳》旨。鄭學長於徵實，短於會虛，前人謂其按跡而語性情者以此。唐人作疏，每欠分曉，或《箋》本申毛，而以爲易《傳》；或鄭自爲說，而妄被之毛。至毛義難明，不能旁通曲鬯，輒以「《傳》

文簡質」四字了之而已。宋人鹵莽尤甚，竟有肆駮毛、鄭，而實則於《傳》、《箋》並未卒讀，且有似注疏從未寓目者。自通志堂刻外，承珙所見宋人說《詩》，尚近十種，然皆一丘之貉耳。拙箸從毛者十之八九，從鄭者十之一二。始則求之本篇，不得，則求之本經；不得，則證以他經；又不得，然後泛稽周秦古書，於語言文字、名物訓詁，往往有前人從未道及者，不下數十百條。擬俟通錄一本，後乃摘出別鈔，以便就正。但近人箸述，如陳長發《稽古編》者，不可多得，朋輩中又尠爲此學者，里中絕無可與語，惟吳郡陳碩甫，段氏高足，學有師承，專孳毛義，時有新得。上年曾寄一冊見示，其中甚有精者，亦有與鄙見不合者，然不害其爲同志也。惜相去頗遙，末由晤語。足下又南北隔絕，請益無從，賞析之懷，何時可慰？茲因通問之便，略述大旨，以當請益。

外有魏默深書一件，並懇覽畢封遞爲荷。懷祖先生書，如《國策》、《管子》、《淮南》校本，并《讀書雜志》，不知刻成幾種？如可購覯，萬祈留意。附上《儀禮》一部、《小爾雅》一部，希檢入。草草布候，升祺惟珍重，不既。

與魏默深書

默深先生足下：自丙戌奉書後，曠焉三載，山川間之，無繇通問，雞鳴風雨，我勞如何！

前承示大箸《詩古微》一冊，發難釋滯，迴出意表。所評四家異同，亦多持平，不愧通人之論。至於繁徵博引，縱橫莫當，古人吾不敢知，近儒中已足與毛西河、全謝山並驅爭先矣。

承珙於《詩》，墨守《毛傳》。惟揆之經文，實有難通者，乃舍之而求他證。如「弗躬弗親，庶民弗信」，《傳》謂「庶民之言不可信」，而《左傳》、《國語》、《淮南》、《說苑》引此詩，皆謂民不信上。此《箋》說之所本，而於經文尤順，故宜舍《傳》從《箋》。然似此者，才十之一二而已。其於三家，則惟與毛合者取之，不合者置之，亦李申耆所謂「懷獨是之見，而學不足以濟之」者。故於篇次世系，皆不敢橫騖別驅，憑肊斷決。其說甚長，難以更僕。讀足下之書，不欲爲異，亦不敢爲苟同。惟書中有一二失檢者，如引翼奉〈疏〉「幽王即位，日月告凶」，檢《漢書》〈奉傳〉實無此語，殆因孔顨軒《經學卮言》中，推四始五際，述翼奉之言「觀性以歷，觀情以律」。其下又云「幽王嗣位于卯酉之際，適當卯酉，而日月告詾」云云，乃孔氏自申其說，而足下誤以爲奉〈疏〉耳！

又引《琴操》云：「尹吉甫子伯奇，亡走之野，其鄰大夫閔其無罪，爲賦〈小弁〉。」案：《琴操》本無完書，其見於《文選》〈長笛賦〉《注》、《世說》〈言語〉篇《注》、《御覽》《宗親部》、郭茂倩《樂府解題》。所引者雖皆有伯奇事，然絕無作〈小弁〉語。惟明人僞撰《詩傳》、《詩說》，乃有「伯奇被逐，其鄰大夫閔之，爲賦〈小弁〉」之語。范家相《三家詩拾遺》遂以此二語合《琴操》之文而引之，足下得毋襲其誤歟！

繙閱之下，偶見及之，其他尚未暇徧考。以大箸如七寶裝成，不欲稍留罅隙，故以陳之，期無負千里垂示之意。倘別有所徵，仍希明以告我也。比來造述若何？並祈見教爲荷！風便率布，即候文禧，惟爲道自愛，不宣。

與林小巖書

小巖年兄足下：客歲一接都中惠函，今年又兩承關中賜書，數千里外，惓惓衰老之人不置，其爲篤摯，感何可言！就稔足下動定佳勝，政績日新，甚慰。州牧任大而責愈重，當今大吏奉法事上，尚非所難，其難者，治民與率屬耳。今之言當官者，動曰爲國忘家，此虛爲美談耳。其實必先治家事，乃能治官事。《左傳》稱子木曰：「夫子之家事治。」此理古今同之。治家事者，當合一署中上下內外，由親朋至臧獲，各安其事，而稱其食、汰浮冗、祛骩骳、徹壅蔽、塞漏卮，使度支有經，罅竇不啓，庶幾在官無內顧，棄官無遺累，夫然後能一其心於官事。吾未見有棼於家，而尙理於官者也。蕭山汪年丈煥，曾著有《學治肊說》一書，雖多爲作令者言，然有可通於凡爲官者，往往足當龜鑑，未識足下曾見之否也？

前承示新詩一冊，想見一行作吏，不忘風雅，誠高致也。然詩之爲道，難言之矣，僕自束髮學詩，迄今三十餘年，其於歷朝風氣之遷變，各家體製之異同，頗嘗泝沿其源流，涉歷其疆域，然而執筆爲之，每苦文不逮意，力不足以起其詞，爽然失、茫然迷者數矣！蓋非入之深、履之久者，不知其艱也。然有可爲足下言其略者。詩主性情，此存乎詩之先者也，學詩者則必得其興象，而後運以法度，得其風骨，而後傅以藻華。三百篇尚矣，樂府之興象，漢魏之風骨，其超者也。次之則習其法度，而又不可拘於墟也；玩其藻華，而又不可篤於時也。六朝、三唐以暨宋明諸家，有能用法而不縛於法，敷藻而不溺於藻者，則皆所謂「轉益多師」者也。足下之詩，意境未融，聲律不協，苟以爲偶然抒興，無意求工則可耳。如有意乎此，尚宜刳心輯志，先取《文選》及盛唐人詩，反復玩詠，心識其微婉之神，宕逸之趣，雄渾之氣，清麗之詞，本源既正，然後博觀唐以後之作，知其變以得其正，繇其異以見其同。其自爲詩也，則理爲主而法以輔之，意爲經而詞以緯之。理貴醇，法貴化，意貴新，詞貴雅，學詩之要，如此而已。至乎其心之精微，口不能言，深造自得，存乎其人，足下勉之可矣。足下天資甚高，曩時見所作八股，稍近平易語，以學天、崇之文，不數月而深刻矯健，一變故常。嗣是，即掇第以去。竊謂足下但能以學八股之精力學詩，何患其不至哉？

僕在官，毫無展布，旋以病廢。量己揣分，不足以有裨於世，退而思與古人爲徒，藉以遣日。歸田後，專精《毛詩》，自注疏外，所見唐宋及近代說《詩》之書已七十餘種，大抵鑿空者多憑肊之談，徵實者亦未免好異之獘。平心而論，問高、曾者必於祖父，談失火者必先里鄰。漢世四家，魯、齊、韓皆立學官，何以更歷魏晉六代，惟毛獨存？此其源流甚正，歷久愈尊，已可概見。拙著自謂頗有功於毛氏，今脫稿將畢矣，以卷帙過繁，將來無力付梓，尚須再加刊削耳。又前僅刻《儀禮》一種、《小爾雅》一種，尚有《爾雅古義》、《春秋三傳文字異同考證》等，見存篋中，未能雕板。所作詩古文辭，刪薙之餘，尚有二十餘卷，亦已錄本。而數載以來，患憂相仍，前年殤其二孫；今春內子又患中風，遂成偏廢；大小兒屢試不售，次小兒亦以家事廢學。故雖窮愁著書，而頭白有期，汗青無日，徒悒悒耳！鄉居鮮可與道古者，聊爲足下一述之，楮短意長，不盡縷縷。風便布候，升祺惟鑒，不宣。

與李申耆同年書

申耆二兄同年足下：春仲晤言，飫我道腴，服之無斁。承賜拙箸序一首，通人之論，光價頓增，謝謝！

弟嘗謂注古人書與自箸書不同。自箸一書，當斟酌古今，乃爲盡善。注古人書，必先求其去古甚近者，所謂問高、曾之事，必於祖父，非不信後人，亦無事好與後人駮辨也。即如韻書之類隔，術似迂拙；易而音和，脣吻利順；更易而直音，童蒙皆曉矣，然音和已間有失真者，直音則尤多乖舛焉。故漢人注經，於名物制度、語言文字之間，頗有迂曲奧衍難通之處，誠有如類隔之取音者。然其見聞尚近，授受有自，得者爲多。後儒疑其不近情，而易而說之，一切奮其胸臆，不顧其安，彌近是而大亂真，幾何不如直音之僅足誘童蒙，而實無與於《切韻》之條理哉！弟之治經，墨守此恉，其說甚長，更僕難數，犅舉梗概，尙希有以教之。

小宛賫志沒地，可爲傷心，舊有《兩漢書疏證》初藁七本存弟處，故人手澤，急欲寄付乃郎。恐致浮沈，尤非所宜。再四思維，惟有託吾兄覓便轉致，千萬妥帖，今特附椷，總寄尊處。小宛之書，閎博不待言，稍患才多。考漢制而闌及元明，似可不必。且詞繁亦艱於授梓，若取而刪節之，當不減惠氏《後書補注》也，吾兄其有意乎？弟亦思勉助挍讐之役耳。

卷四

儀禮釋官序

《儀禮》一經，詳於節文度數，而官名、官制即錯出其間，其稱謂糾紛，猝不可理。細繹之，則分職聯事，井然有條，且中多侯國官制，尤足補《周禮》所未及。顧治此經者，往往忽而不講，則于行禮之人，尚未能辨其等秩職掌，而於禮之節文度數，又何由以明？吾家樸齋先生，研覃經術，箸書滿家，嘗刺取十七篇中所陳各官，條舉件繫，一準《周禮》爲差次，明其所以分職聯事之意，成書六卷。又取《左傳》、《國語》、《戴記》諸官名，爲《儀禮》所未有，而有合于《周禮》者，別輯爲《侯國官制考》二卷、《侯國職官表》一卷，總名曰《儀禮釋官》。文孫竹邨出以示余，且屬爲序。余讀之卒業，歎其剖決昭晰，考徵精詳，信治《儀禮》者斷不可少之書，而訂譌補闕，尤有功於《注疏》。

如〈燕禮〉《疏》謂大樂正、小樂正皆當天子樂師，先生則謂大樂正當天子大司樂，小樂正當天子樂師。案：〈月令〉有樂正，又有樂師，知樂正與樂師別。《注疏》謂命樂師者，輕于樂正。《周禮》樂師，下大司樂一等。蓋天子大司樂，亦名樂正，則諸侯大樂正，當天子大司樂明矣。〈大射儀〉「僕人」，《注疏》不明何官，而〈燕禮〉《注》云「後二人徒相，天子大僕二人也。小臣、祭僕、御僕，皆同官」，《疏》引〈大射〉「僕人正徒相大師」云云，謂「〈大射〉別尊卑，故僕人正等相工；〈燕禮〉輕，故小臣相工」。據此，似以僕人當天子大僕。案：〈檀弓〉「扶君，卜人師扶右，射人師扶左」，《注》云：「『卜』當爲『僕』，聲之誤。」《周禮》〈射人〉「大喪，與僕人遷尸」，彼注以僕人爲大僕。蓋天子大僕，亦名僕人，則諸侯僕人，宜當天子大僕。但鄭注〈燕禮〉既謂小臣兼大僕之職，不應又以僕人爲大僕，故不若先生據《春秋內外傳》，以僕人當《周禮》「御僕」爲諦耳。〈燕禮〉《注》以司宮爲小宰，先生則謂司宮乃《周禮》宮人而非小宰，並及襄九年《左傳注疏》解司宮爲內小臣、奄人之誤。案：昭五年《左傳》：「楚子曰：若吾以韓起爲閽，而以羊舌肸爲司宮，足以辱晉。」杜《注》云：「加宮刑。」是春秋時司宮容有以奄人爲之者，要不足以解《儀禮》之「司宮」，則仍當以先生之言爲是。〈覲禮〉「大史是右」、「大史述命」，《注》謂「讀王命書」，先生據《周禮》〈大史職〉「大會同、朝覲，以書協禮事」，是讀命書正其職。案：〈洛誥〉史佚命周公、伯禽，而服虔注文十五年《左傳》，以史佚爲成王大史，正足爲大史讀命書之證。〈玉藻〉孔《疏》既引此，而反以大史是右爲攝行內史事，故居右，妄矣！

他如〈覲禮〉「嗇夫」，不見《周禮》，以爲足補〈冬官〉之闕。案：〈聘禮〉「管人」，亦不見《周禮》，鄭《注》以掌舍、掌次、幕人等當之，又云「古文『管』作『官』」。考《穆天子傳》，有「官人陳牲」、「官人設几」，與此經古文正合，則管人乃天子諸侯同有之官，亦足補《周官》之闕。〈士喪禮〉有「卜人」，先生謂大夫、士有筮無卜，以卜人爲公臣來給事者。又據〈玉藻〉「卜人定龜」，謂諸侯無龜人，以卜人掌之。案：昭十八年《左傳》〔一〕：鄭火，「使公孫登徙大龜」，杜《注》：「登，開卜大夫。」登掌開卜而使徙龜，則諸侯卜人兼龜人，于茲益信。至《侯國官制考》，據〈喪大記〉「虞人設階」，知諸侯有虞人。案：定八年《左傳》「林楚御桓子，虞人以鈹盾夾之」，則是大夫亦有虞人。據《左傳》「校人乘馬」，知諸侯有校人。案：《孟子》「子產使校人畜之池」，則大夫亦有校人。據〈內則〉「卜士負之」，知諸侯掌卜者爲士，而桓六年《左傳》亦有卜士之職。據〈檀弓〉「閽人弗內」，知大夫有閽人，而昭七年《左傳》又有無宇之閽。

凡此諸誼，皆不足發明先生之書，而猶有言者，欲以見服膺之至。雖不及見先生，而得與竹邨交，知其擩染祖訓，治經有家法。方爲《儀禮賈疏補正》，闡先生之緒蘊，故就所見序之，冀附先生書後，並以質竹邨云。〔二〕

〔一〕 校案：原作「文十八年《左傳》」，今據《左傳》原文改正。

〔二〕 校案：《儀禮釋官》所載此序，文末署云「時嘉慶十有六年歲次癸酉二月涇胡承珙拜撰」。

儀禮古今文疏義自序

《後漢書》〈儒林傳〉云：「前書魯高堂生，漢興，傳《禮》十七篇。後瑕丘蕭奮以授同郡后蒼，蒼授梁人戴德及德兄子聖，於是德爲《大戴禮》，聖爲《小戴禮》。」又云：「鄭玄本習《小戴禮》，後以古經校之，取其義長者〔三〕，故爲鄭氏學。」是則鄭《注》所謂「今文」者，乃小戴本；所謂「古文」者，則前書〈藝文志〉云「古經出於魯淹中」者也。《六藝論》云：「得孔子壁中古文《禮》凡五十六篇，其十七篇與高堂生所傳同，而字多異。」蓋鄭君作注，參用二本，從今文者，則今文在經，古文出注；從古文者，則古文在經，今文出注，此其大較也。然尚有不止此者。今文、古文，各有一字兩作者，如「膱」爲今文，「胾」爲古文，而又云今文「膱」或作「植」；「纚」爲古文，「璪」爲今文，而又云古文「纚」或作「藻」。且有不言今古文，但云「某或作某者」。殆當時行用，更有別本，斯可謂博稽廣攬者矣。

典籍流傳，字多通借，《周禮》「故書」，《禮記》「他本」，《論語》「異讀」，凡皆審定聲義，務存折衷。此經之注，亦同斯旨。最其略例，蓋有數端：有必用其正字者，取其當文易曉，從「甒」不從「廡」，從「盥」不從「浣」之類是也。有即用其借字者，取其經典相承，從「辯」不從「徧」、從「瞼」不從「噞」之類是也。有務以存古者，「視」爲正字，「示」乃俗誤行之，而必從「視」是也。有兼以通今者，「升」當爲「登」，「升」則俗誤已久，而仍從「升」是也。有因彼以決此者，則別白而定所從，〈鄉飲〉、〈鄉射〉、〈特牲〉、〈少牢〉諸篇是也。有互見而並存者，可參觀而得其義，〈士昏〉從古文作「枋」、〈少牢〉從今文作「柄」之類是也。至於句字多寡，語助有無，參酌異同，靡不悉記。疏家視爲犄略，尠有發明，不知當日禮堂寫定，隻字之去取，義例存焉，閎意眇旨，有關於經者實夥。

曩治《禮經》，竊見及此，遂取《注》中疊出之字，並「讀如」、「讀爲」、「當爲」各條，排比梳櫛，考其訓詁，明其假借，參稽羣經，旁采眾說，一一疏通而證明之。他如〈喪服傳〉《注》，或彌縫傳文，或駮正舊讀，雖無關今古文，而考義定辭，致爲審覈，亦爲引申端緒，附箸於篇。仍其次第，都爲十七。凡皆墨守鄭學，罔厥指歸，蘄爲治此經者，撮壤涓流之裨助云爾。

〔三〕 校案：「取其義長者」句，原作「取其義長者順」，求是堂本《儀禮古今文疏義》同。「順」字疑衍，據上海涵芬樓景印宋紹興本《後漢書》（收入商務印書館《百衲本二十四史》）、武英殿本《後漢書》及北京中華書局點校本《後漢書》校刪。

時道光五年青龍乙酉四月既望，自識于求是草堂。〔四〕

小爾雅疏證序

《小爾雅》一卷，見於《漢》〈藝文〉、《隋》〈經籍志〉者，孔鮒之本，李軌之解，已不可復見，今所傳者，具載於《孔叢子》第十一篇，世遂以《孔叢》之僞而并僞之。戴氏東原謂是後人皮傅撮拾而成者，非古小學遺書也。以予考之，漢以後傳注家徵引此書者，王肅之說，見於《詩》、《禮》《正義》，杜預之注《左傳》，訓詁多與之合。至酈注《水經》，始明箸書名。其後陸氏《釋文》，孔、賈經疏，釋玄應《一切經音義》，李善《文選注》，徵用尤夥，持較今本，則皆燦然具在，其逸者不過數條，則安知非僞造《孔叢子》者勦取入之，而諸儒所見之本，固猶無恙邪？

若戴氏所疑，則亦有說。如云「鵠中者謂之正，正方二尺」，以爲「正」、「鵠」無辨。案：「二尺曰正」，見《毛詩傳》，至賓射射正、大射射鵠，經無明文，注疏家自生區別耳。正與鵠安知不共在一侯乎？況鄭眾、馬融亦皆云「二尺曰正」，此必有所受之矣。「四尺謂之仞」，與諸儒「八尺曰仞」異。案：《說文》「仞，伸臂一尋八尺，从人刃聲」，此文當有脫佚，蓋人伸兩臂以度，則爲尋，八尺；半之則爲仞，四尺。《說文》「仞，伸臂」者，謂伸一臂也。若以仞爲伸兩臂，則下文何不即曰一仞八尺，而必曰一尋八尺乎？況鄭注《儀禮》「七尺曰仞」，應劭《漢書注》又以五尺六寸爲仞，古量度之法，容有數科，不足怪也。「豆四謂之區，區四謂之釜」，本諸《左傳》；「釜二有半謂之藪」，合於《儀禮》。其下云「藪二有半謂之缶，缶二謂之鍾，鍾二謂之秉，秉十六斛」，戴氏疑此乃晏子所謂陳氏之新量者，不知此文之有衍有脫耳。《太平御覽》引《小爾雅》，正作「藪二謂之缶，缶二謂之鍾，鍾二有半謂之秉，秉十六斛」，蓋傳寫者以「有半」二字誤衍於上，而脫於下，不然，即令掇拾而成，亦何至兩法雜施，自相刺謬若是乎？戴氏又云：「『倍舉曰鋝』，賈景伯所稱『俗儒以鋝重六兩』是也。不稽古訓，故目之曰俗儒云爾。」案：《周官》〈職金〉《疏》引夏侯、歐陽說云：「『墨辟疑赦〔五〕，其罰百率』，古以六兩爲率。」（〈周本紀〉亦作「率」，徐廣曰：「率即鍰也。」）據此知六兩爲鍰，本《尚書》今文家說。賈逵習古文者，所云「俗儒」，猶言「今儒」，非雅俗之謂也。（《書》〈酒誥〉「成王若曰」，《釋文》引馬融《注》云：「言成王者，未聞也。俗儒以爲成王骨節始成，故曰成王。」《書疏》引三家云：「王年長，骨節成立。」是馬所云「俗儒」者，指今文歐陽、大、小夏侯三家，與此正同。）《書》《釋文》引徐邈云：「鍰，六兩也，鄭及《爾雅》同。」考《尚書大傳》云「一鐉六兩」，鄭《注》云：「所出金鐵也。死辠出三百七十五斤，用財少爾。」此注明從「六兩爲鍰」之說。鄭注《尚

〔四〕校案：求是堂本《儀禮古今文疏義》於「自識于求是堂」上有「墨莊胡承珙」五字。

〔五〕校案：「墨辟疑赦」句，賈公彥《周禮疏》原文引作「墨罰疑赦」。（南昌府學本《周禮疏》，卷三十六，頁八B。）

書》雖亡，陸元朗猶及見之，故《釋文》云然，不必盡如《考工記》《注》用《說文》「鍰重六兩大半兩」之解也。

凡戴氏所難，皆無可疑者。其他訓詁名物爲《爾雅》所未備，而有補於經義者尚多。予曩時晤陽湖洪北江先生，曾屬爲一書，疏通而證明之。譚君正治，北江弟子也，亦爲是學。今出所箸《疏證》示予，其中訂正譌闕，抉剔疑滯，具有條理，是能得北江先生小學之傳者。予故取曩所以釋戴氏之所疑者，序而歸之。

小爾雅義證自序

《小爾雅》者，《爾雅》之羽翼，六藝之緒餘也。《漢書》〈藝文志〉與《爾雅》並入「孝經家」，揚子雲、張稚讓、劉彥和之倫，皆以《爾雅》爲孔門所記，以釋六藝之文者，然則《小爾雅》猶是矣。漢儒訓詁，多本《爾雅》，毛公傳《詩》，鄭仲師、馬季長注《禮》，亦往往有與《小爾雅》合者，特以不箸書名，後人疑其未經援及。然如《說文》所引《爾雅》之「⿰镸京」，則固明明在《小爾雅》矣。其中如「金舄」之解，「公孫」之偁，「請命」之禮，「屬婦」之名，合符《詩》《書》，深裨經誼。沿及魏晉，援據益彰。李軌作《解》，今雖不存，而所注《法言》，「曼、無」、「邵、美」，即用《雅》訓，是固足以名其學矣。

唐以後人取爲《孔叢子》第十一篇，世遂以《孔叢》之僞而并僞之。而酈氏之注《水經》，李氏之注《文選》，陸氏之《音義》，孔、賈之《義疏》，小司馬之注《史》，釋玄應之譯經，其所徵引，核之今本，粲然具存。此可見《孔叢》本多剌取古籍，而所取之《小爾雅》，猶係完書，未必多所竄亂也。曩見東原戴氏横施駁難，僅有四科，予既援引古義，一一辨釋，因復原本雅故，區別條流，又采輯經疏、《選》注等所引，通爲《義證》，略存舊帙之仿佛，間執後儒之訾議，將有涉乎此者，庶其取焉。

時道光丁亥五月朔日。

四書管窺序

治經之法，義理非訓詁則不明，訓詁非義理則不當，二者實相資而不可偏廢。自有謂漢學詳於訓詁、宋學晰於義理者，遂若判爲兩涂。而於是講訓詁者拘於墟，談義理者奮其肊，沿流而失源，騖末而忘本，黨同伐異，入主出奴，護前爭勝之習興，幾至以門戶禍經術，而横流不知其所紀極。吾則謂治經無訓詁、義理之分，惟求其是者而已；爲學亦無漢、宋之分，惟取其是之多者而已。

漢儒之是之多者，鄭君康成其最也；宋儒之是之多者，新安朱子其最也。《大學》、《論語》、《孟子》、《中庸》之併爲「四書」，自宋淳熙始。朱子之《章句集注》，積平生之力爲之，其用功深，取裁者廣，故其是者較諸儒爲多，亦較其所箸他書爲多。即如《論語》首章「學，效也」之訓，本於《書大傳》；「習，鳥數飛」之訓，本於《說文》；《中庸》「戒慎乎其所不睹」四句，實采用鄭注《禮記》之意；「雖有其位」一節，則并全取其文。此其爲訓詁，爲義理，皆確乎其不可易，犂然其有當乎人之心者矣。

趙甥鷟在，年少力學，所箸《四書管窺》，其訓釋字義，仿於陳北溪，其發明《章句集注》，多融會全書，彼此互證，得古人以經解經之法，而其言皆明易簡括，無講章家支離糾繞之弊。誠由是而進焉，博求訓詁而審擇其是，則於古人之微言大義，必更有所得者。豈惟《四書》，充之以治諸經，皆是法也，鷟在勉乎哉！

王隱晉書輯本序

王處叔當中朝喪亂之後，江左玄風競扇，而獨勤勤以國史爲念，可謂有志之士。故自陸機《三紀》，束晳《十志》，當時已亡，其以晉人記晉事者，必以處叔書爲乘韋焉。本傳稱虞預亦譔《晉書》，數訪於隱，并竊寫所箸書，則嗣後孫安國、干令升諸人之書，必皆據爲藁本。《史通》謂王書稱「諸葛亮挑戰，冀獲曹咎之利」，而裴注《三國》《魏志》引《晉陽秋》

語，正與之同，可概見矣。自唐人重修晉史，十八家舊本並就湮沒，後人每深惜之。即如馬敦立功孤城，死于非罪，房玄齡等不爲立傳，惟《文選注》引王書有〈追贈敦牙門將軍詔〉，蓋必已爲立傳，故臧榮緒書本之，此其卓卓有關係者。若何楨、許詢不過文雅之士，劉子玄謂王氏遺而不編，以爲網漏呑舟，過矣！至陶長沙折翼化鶴之事，處叔雖曾載之，在當時必實有此傳聞，然亦不過以爲貴徵，未必遂誣其覬覦非望。觀其載長沙臨終遺表，並未嘗沒其忠義之實，宋陳瑩中謂庾元規以筆札啗處叔，故與杜延業共爲此語以謗陶公，不幾與受金索米同其景響乎！

余前年從事晉史，輒欲網羅十八家遺文軼事，放裴注《三國》之例，用以參伍異同，考鏡得失，人事牽率，未遑卒業。今張君阮林有搜輯漢、晉逸史之役，手寫王書各條既成，出以示余。余讀之，歎其援據該備，條貫明晰，其用力之博且勤，勝余倍蓰。而以余有同志，命爲之序。余向讀經訓堂所刻《晉書地道記》，病其多所漏略。即如《詩正義》引「河東郡垣縣有召亭」，此春秋時召公采邑，可以補杜注《左傳》之闕。《書正義》引「畢在杜南，與畢陌別」，此見周文、武葬處不在咸陽，可以正樂史、宋敏求之誤。至《索隱》注《史》〈表〉，多引《地道記》，雖不足以證漢封，要自可以考晉制。如崩城之屬北地，厭次之屬平原，皆與今《晉書》〈地理志〉異。至滎陽有令縣，則今《晉書》并無其名。不僅如畢尚書所云吳興有陽羡，安國作安樂，爲足訂今《晉書》傳寫之脫譌已也。阮林於畢書亦有所是正，余因略拾所遺，序而歸之，他日諸家書鈔撮皆畢，更樂觀其成也。

晉宋書故序

培翬按：郝蘭皐農部，名懿行，著《晉宋書故》，又著有《宋瑣語》、《補宋書刑法志、食貨志》，此篇蓋其總序也。〔六〕

沈休文《宋書》七〈志〉，頗爲詳贍。蓋江左制度，多沿魏晉，尋波討原，不特足補陳承祚《國志》之闕，並足以訂唐修《晉書》之譌。惟是孟堅舊例，綴孫卿之詞以序〈刑法〉，采孟軻之語用裁〈食貨〉，而休文於此二者，獨付闕如。夫宋氏元嘉之政，號爲小康，其後魏騎南侵，財力日耗，至於滎陽、蒼梧，殘民以逞，法制之壞，抑又甚焉。休文不此之志，而鋪陳符瑞，累牘連篇，可謂傎矣！

吾友蘭皐農部〔七〕，養痾餘暇，緝成二篇，雖取裁不出本書，而鉤稽聯貫，井井有條，綜其損益，尋省瞭然，誠足爲讀史者之助。又以沈書文人之筆，詞采可觀〔八〕，乃爲標舉風格，搴剟藻華，成《瑣語》若干卷。夫二〈志〉，則錢文子《補漢兵志》之流，《瑣語》又余仲信《南北史世說》之類也。〔九〕承珙不敏，猥與校字之役，刻既成，因述其梗概如此。

邵氏續修家譜序

邵氏出於姬姓，與召爲同族，《穀梁》所謂「燕，周之分子也」。《元和姓纂》云：「信臣之後，青州刺史邵休，其先避事，加邑爲邵氏。唐有汝南、安陽二望。」宋邵子文《聞見前錄》述其父康節先生與丹陽之邵必不疑敘宗盟，伯溫又與蜀之邵充字美孺者中外論親，故有河南、丹陽、成都之邵。然自宋以前，其世系分合斷續，有不可悉明者。即如《後漢書》〈召馴傳〉云「曾祖信臣」，而鄭樵《通志略》乃云「信臣生馴」，則其他可知已。故近世修譜者，自當以闕所不知，無冒無濫爲正。

〔六〕　校案：郝氏《晉宋書故》所載此序，有「嘉慶丙子六月望前二日涇胡承珙頓首拜序」句。（見安作璋主編：《郝懿行集》〔濟南：齊魯書社，二〇一〇年〕，第五冊，頁四〇一五。）

〔七〕　校案：安作璋主編《郝懿行集》所載此序，「農部」作「先生」。

〔八〕　校案：「又以沈書文人之筆，詞采可觀」句，《郝懿行集》作「又以沈書文采可觀」。

〔九〕　校案：余仲信當爲李仲信，據王應麟《困學紀聞》卷十三云：「李仲信㝎爲《南北史世說》，朱文公謂《南北史》凡《通鑑》所不取者，皆小說也。」又郝氏《晉宋書故》所載胡氏此序亦作「余仲信」，疑胡氏原稿即作余仲信。

吾郡太平縣邵氏，明初由石埭遷縣之淳村，爲康節先生後裔。由康節而溯之至宋，初有諱令進者，以後世次，皆歷歷可紀。淳村之譜，修于康熙壬午，今百有二十餘年矣，其族愈繁，人文愈盛，將續有事於譜，而來問序於余。余謂宗法亡而譜牒興，官牒廢而家譜盛。歐、蘇以後，譜法益備。士大夫家自爲之，非惟以奠世系，辨昭穆，即所以敬宗收族，使人油然生其孝弟之心者，胥於是乎在。

太平本唐天寶間析吾涇所置，麻潭、龍門間，吾宗人居焉。嘉慶戊辰嘗一至其地，見其山川奥秀，風尚樸淳，心竊愛之。今觀邵氏之譜，其所述略例，於生卒、葬埋、昏殤、遷徙之類，條理秩然，法綦善矣。而其意尚有不止此者。君家子文稱其上世范陽，以「忠直篤實，讀書謹禮」爲家法。吾願邵氏恪守此言，父告兄勉，以無忘彝訓。本其山川風俗之美，措爲惇睦謹信之規，知其後必有勃興而未艾者。斯譜之續，方且傳之于無窮也，故不辭而樂爲序之。

施氏宗譜序

嘉慶四年，余居憂里門，友人有貽余施處士墓銘者，緜邑趙氏治圃得此碑石，泐甚，諦視之，有云：「施君諱昭字昭。曾祖獻，祖言，由吳興遷涇川。中更天寶之亂，以元和四年卒，有一子一女，葬于涇之南坡。」其文可識者，如此而已。培翬按：此碑詳載趙琴士《金石續鈔》。然因此知吾涇之有施氏，由來舊矣。今涇之白塔、楊柳、琴溪、豐源、葛山、陶冶、閬山諸處皆施氏，其繁衍於邑稱箸姓，而皆以鰕坑爲本貫。鰕坑者，其始祖質齋公之所居也。茲葛山上舍允彥、豐源文學廷桂，有合修宗譜之舉，而索序於余，且以世系節略相示。余閱之，知質齋公在李唐之季，今奉以爲始祖。

蓋譜學惟六朝及唐人最詳，故施士丐以吳人，而昌黎爲之墓銘，能歷溯其先爲魯大夫，爲孔門弟子，爲漢博士、太尉，並及朱然父子之本爲施氏者。唐後經五代兵燹，圖譜散亡，士大夫已不能悉其宗派所自，至有誣託前修，妄援貴冑，爲通人所譏。施氏之譜，惟溯源唐末，不復追稱其前，如所謂施處士者，已在疑則闕之之例，蓋其慎也。然而慎於前者，又能詳於後。質齋公之裔，不獨吾涇也，其徙居宛陵、春穀、姑孰、烏江者，幾徧大江南北。舊譜修于康熙間，共十八派，今復萃十七派重修之，昭穆分合，井然有條，地暌而情聯，世邈而誼摯，以視今人數傳之後，輒茫然若行路不相識者，相去爲何如矣！余既重其惇宗收族，足動人油然孝弟之心，又嘉其譜法之詳略得宜，足以爲後式也，因樂爲序之。若其人文代嬗，即在吾涇者，已彬彬稱盛，則有家琴川太守、宣城梅爾止中丞諸舊序詳言之，不復贅云。

至語要錄名賢約錄序

萃古人嘉言懿行以成一書者，莫如《韓詩外傳》及《說苑》、《新序》爲最古。其時書始萌芽，諸子百家稍出，韓太傅、劉中壘采而編之，雖或彼此複互，時有牴牾，而大旨歸於繕性飭躬，範世勵俗，故流傳至今，殊可寶貴。唐宋以還，編輯益夥，雖所得有淺深，所采亦有醇駁，而要以明法戒，備勸懲，有關世道人心，固愈於連篇累牘，爲支離曼衍之辭，以驚愚炫俗者多矣。往余在京師，與董小槎編修商訂蕺山《人譜》。及官閩中，爲葉健菴中丞序所作《諭俗文》等編。歸田以來，自省寡過未能，又目覩鄉閭風氣日薄，漸不如前，亦思集所聞見爲一書，以教子孫，而卒卒未暇。

趙君馨齋，爲先兄女夫，其家仍世長者，閨門肅雍。馨齋爲人，醇和而有守，讀書不事鞶帨，而好瀏覽古籍，蘄大裨於身心。久之，乃取古聖賢言行之平易切實者，爲《至語要錄》、《名賢約錄》二編，而問序於余。或以所采未廣，又間廁彼教因果之說爲疑。余則謂馨齋之爲是錄也，有二善焉：一以自警，一以醒世。夫自警，則語不在多，惟其要，如賈黯得「不欺」二字於范文正公，司馬溫公教劉器之「自不妄語始」是已。醒世，則宜有以感發其天良，而怵之以可畏，故雖因果報應，儒者不言，而砭愚訂頑，自不可廢。然則馨齋所錄，皆布帛菽粟之文，有龜鑑藥石之用，不違乎古人，而有益於今人，尚何疑於其采擇之未能醇且備哉！

闈貞集序

風人之旨，忠孝爲大綱，其次則莫如貞節。《鄘風》之〈柏舟〉，《毛詩序》以爲共姜所自作，千載下猶令人讀而哀之。劉向《列女傳》曰：「衛寡夫人者，齊侯之女也，嫁於衛，至城門而衛君死。保母曰：『可以還矣！』女不聽，遂入，持三年之喪，畢，弟立，請願同庖，乃作詩曰：『我心匪石，不可轉也；我心匪席，不可卷也。』君子美其貞壹，故舉而列之於《詩》。」此蓋《魯詩》之說，雖與《毛》異，亦必有所受之。夫共姜誠節婦，而衛夫人則猶然貞女也，然而兩〈柏舟〉，聖人並取之者，亦可以見其無殊義矣。

侍講朱君蘭坡母汪宜人，幼許字崑山先生，未昏而寡，矢志不貳，躬紡績，養舅姑十年，始以從子爲崑山先生嗣，即蘭坡也。宜人撫之如己出，日夕勤篤，以養以教，俾至於成人。及蘭坡貴，陳情得旌，又受封如令典，遂以其事徧徵士大夫，爲歌詩以揚之。積歲成帙，授之梓，名曰「闈貞」。夫貞者，正也，茍其得正，雖賢知之過，猶足以不朽，況實未嘗過邪！古來忠臣孝子，大抵士大夫習《詩》、《書》禮義者之所能，然已不少概見，況以鄉閭一弱女子，無保傅之助，宮室之教，獨毅然一斷于內，不以歲月艱苦易其志。當其一意孤行，其於能存不能存，有子無子，與子之成立與否，皆所不計，而其勞身忍性，銜悲茹苦，自青年以至白首，必有非他人所能知其一二者。烏虖！天地間可歌可泣之事，孰有逾於此者邪？然則宜人之志，雖旌典尚非其始願之所存，又何假於詩？而其堅貞淬厲，精神不可磨滅，轉有足以爲詩重者。集中諸作，多有合於風人之義，續有投贈者，將以時編次焉。是集也，其不與彤管之光並煒也乎！

消寒詩社圖序

嘉慶十有九年之冬，董琴南編修始約同人爲消寒詩社，間旬日一集，集必有詩。嗣是歲率舉行，或春秋佳日，或長夏無事，亦相與命儔嘯侶，陶詠終夕，不獨消寒也。尊酒流連，談噱間作，時復商榷古今上下，其議論足以祛疑蔽而泯異同，不獨詩也。然而必曰「消寒詩社」者，不忘所自始也。歲月積久，會者滋多，而得詩亦愈富，黃霽青編修將裒而輯之，都爲一編，而先爲圖以紀其事，且命余爲之序。

夫吾人繫官於朝，又多文學侍從之職，非有簿書期會，卒卒無少暇，而得以其餘從事於文酒唱酬之樂，斯足幸矣。然而數年之間，會中之人或以使出，或以假歸，或以憂去者，已不克常聚。而即望衡對宇，朔別晦期，咫尺之違，一宿之約，每至燭上會食，停杯以竚，尚有牽率他故而不能至者，此可見人事之錯迕，離合之不常，而行樂之不可不及時也。由是思之，不又有足慨者乎？霽青以爲會中之人終必有散，而惟圖可以聚之；即圖亦未必不毀，而惟文可以存之。顧余文恐不足當此，而必以相屬者，則以數年來惟余足跡未出國門，每歲輒與于會，每會則多在座以爲常，蓋尤悉其原委焉，烏可不識！

是會也，始於甲戌之冬，圖成于己卯夏。自琴南、霽青暨余外，先後與會者，則有周肖濂觀察，陳石士、劉芙初、謝向亭三編修，朱蘭坡侍講，陶雲汀給事，梁茝林儀部，錢衎石農部，吳蘭雪、李蘭卿兩舍人也。

憶初為此序，時在己卯六月，陶雲汀前輩已補授川東道，尚未出都，以溯敘入社之始，故仍以給事署銜。未幾而霽青編修亦出為廣信太守，至歲暮而承珙復以分巡延建邵道行矣。半載之中，去者三人。他日諸君子姢集，羣雅騷壇之盛，未必不勝于往日，而低佪舊雨，感慨停雲，天上人間，渺不可接，得無有言之默然者乎！茝林前輩出素箋，命書前序，因復識數語，以當留別。

立經堂詩鈔序

玉鐎不欲以詩鳴者也，故雖總角與予學爲詩，予心知其難，而玉鐎易言之。蓋其年少氣盛，志於學之涂甚奢，以爲詩其餘事耳。然其詩，機趣橫溢，清氣流行，已卓然能自拔於俗。嗣後出游燕、齊、吳、楚間，與當世名流馳騁壇坫，而詩日益進。間與予郵筩往來，每言及詩，輒舉東坡所云「此伎雖才高，然非久習不能工」者〔十〕，以爲至言。予應之曰：「昔人謂如華嚴樓閣，彈指即見者，此第詩中有此興象耳。若學詩，則必如所謂七級浮屠，瓴甓磚石皆從平地累起者而後可。學問之道，知其難，則易者將至。子雖不徒以詩鳴，然於詩，思過半矣。」及通籍後，由庶常改令山左，旋罷歸。與予相見里中，昕夕過從，相與劇談古今詩人源流遷變所由，及其淺深得失之處。嘗慨然於風雅之道，作者迭興，代不數人，人不數篇，其難也若此。間促其出全藁共賞，則又蹙然曰：「生平作詩雖多，然求其比興微婉，事辭精切，題目佳境，不可刊置者，蓋戛戛乎難之。」此其中歲後，見愈超，心愈下，將更陶汰蘊釀，鎔鑄變化，而後出之。而未幾以疾暴卒。

夫以玉鐎之才與其志，始欲奮於功名，繼欲以文章經術著，乃所遭偃蹇，仕宦不遂，所著書亦未遑卒業，徒以其生平窮通得喪，哀樂欣戚之感，一寓於詩，良可悲矣！歿後，其姪小山、子餐仙出篋中稿見示，則點竄塗乙，叢亂不可卒讀。予既抱莊生郢人之歎，又念敬禮定文之言，遂爲審定抉擇，取其尤者，鈔爲四卷，授其家梓行之。因并述吾兩人疇昔論詩之旨，綴於簡端。使讀玉鐎詩者，知其抒寫性靈，標舉興會，視若對客迅揮，而實由於閉門苦索者，庶毋易視此編爲也。

凌九公文稿後序

吾族自先高祖參議公以名進士起家，歇歷中外，從祖世父給事公繼之，嗣後以文章取科第者踵相接，而每言先正風範，必以給事公爲法。承珙生晚，不及見給事公，僅從族長者聞公軼事。稍長，讀公文，乃知公於經史根柢，得之桐城方望溪侍郎，並受古文義法，以其餘發爲制藝，亦有以大異乎人人之所爲者。洎承珙官京師，竊聞公由翰林出宰陝西之興平十年，行取入都時，垂橐蕭然，隻身寓邑邸。洊陞科道，每朝會，輒徒步入正陽門。歸則坐一室，閉戶下簾，邸中人過其牖下者，惟聞度紙聲颯然而已。此其靜穆高潔，當時固以爲難，而在今日，尤渺不可睹。識者以爲其文章如其爲人，豈不信哉！

先是，公制藝已鋟版，其家不戒於火，并他箸述之未刻者，皆付煨燼。公第五孫先守，年八十矣，將謀復梓，以貧無力，欲減去三之一，而屬承珙爲識其緣起。余既悲先守之意，重念夫昔之人，竭其精力，從事文辭間，所存僅此，而尚不免意外之厄，幾幾乎若滅若沒，過此以

〔十〕　校案：東坡此語出自《答陳傳道》五首之三，原文作「此技雖高才，非甚習不能工也」。（見孔凡禮點校《蘇軾文集》，卷五十三，「尺牘」，北京：中華書局，一九八六年。）

往，將使後生小子欲求高曾之規矩，而已不可得，此所以執筆觑欷，而不能自禁也。

查敷五遺文序

余年甫成童，即以試事出與同邑諸君子游，其中年長於余，有品而能文者，心識之，得數人焉，查君敷五其一也。查君爲人，性伉爽，善持論，顧重然諾，不苟取與，其爲文修潔，一如其爲人。每學使試，輒高等，獨省試屢詘於有司，不獲售。君好言星命之學，嘗於宛陵白下寓舍，見同輩校藝罷，多就君決科第得失，君亦娓娓樂道，不少倦。余時年少氣盛，素不信日者言，以爲科第視乎其所業耳，命何與焉？故雖雅知君，而未嘗與言及此。及壯而游四方，久居京師，見當世之取科第者，其所業初未嘗有以大異乎人，然往往飛騰逴邁，不可紀極，而曩所識諸君子，多槁項黃馘，窮老盡氣，而終不得一當。即余之所識者而推之，所不識者，不知其幾。即一邑而推之天下，又不知其幾矣。然後歎窮通得喪之故，雖不可知，而當知其無可奈何而安之者，命也夫。

道光甲申，余以病得告，自海外歸里，蓋去鄉二十餘年矣，諸君者皆賫志以歿，而君亦以是年冬物故。今夏，其令子仙舫輯君制藝若干首，介其家瑤圃大令寄示余，而乞爲之序。其文理達氣鬯，既明且清，非故爲枯淡詘屈以戾乎時，亦不苟爲穠纖詭靡以合於俗，是固可與命爭而卒不勝。抑又聞君以明經屢攝太湖、潁上諸邑，司訓課士賑民，條教備具，亦稍稍展抒其所學以有裨於人。然則君惟知命乃能安命，而其爲文與爲人，則有不隨命爲轉移者，遇雖終窮，又何遺憾焉！

朱咸中時藝遺藁序

文章之興，莫近於八比，始元延祐，盛于明之中葉，國家用以取士，爲祿利之路。士童而習之，父兄之督責，師友之講貫，皆在於是。然而爲之有工有不工，何也？八比雖異于古文辭，亦所以使人自抒其所得，其有所得則工，其無所得者，不能工也。淵渟則浸廣，根蟠則蔭繁，世未有促源而濬流，纖本而巨末者也。

朱生咸中，弱冠從余遊，既補博士弟子員，益溺苦于學。自諸經傳注，旁及《史》、《漢》、百家，宏旨奥詞，手披口吟，兼收而並蓄之。如工之聚材，賈之陳肆，既該且美。而一用之于八比。其用之也，乃鍊乃鑠，千辟萬灌，故其文英偉瑰特，光氣騰上，澤于古而不戾于今。貌戌削，若不勝衣，而心精力果，勇兼數人。誦讀至夜分不輟，天未明，已披衣坐牖下。余嘗謂其秉質之美，用力之勤，試使搦管爲古文辭，亦必工，且使潛心箸述，以之成一家言不難。顧以方志進取，未暇也。然即其所已工者，固已可掇巍科，取高第，速飛以去。乃屢試於鄉不售。及售矣，復以微疵中副車，用是鬱鬱踰年，以瘵疾死。

夫猶是八比也，爲之而有工有不工者，才也；爲之而不工而售，命也；爲之而工而不售，亦命也；爲之而工而不售而遽死，又命之無可如何者也。余惜其工而不售，曾不如聚材之工、陳肆之賈之可以操劵致也，且重惜其年之不永，所工之僅在乎此也。然而昆侖之流，未及百里而伏；豫章之木，未及七年而折，而其可以歸墟之勢，陵霄之姿，固不必泝游而後知，循榦而後見也。以視夫童而習之，無得於實而轉有得於名者，又何如邪？今生叔春谷孝廉裒其遺文，得若干首，將梓而存之，披閱之下，猶憶昔者寒燈空館，咿唔相對時，序之輒不禁悄然而悲也。

董母吳太宜人六十壽序

往歲辛酉，承珙舉於鄉，婺源董氏從父昆弟同舉者三人，而柳江爲最少。次年計偕至都，又因柳江識其胞兄小槎，相過從甚懽。竊歎其兄弟之所學與其爲人，其篤雅有過人者。是歲柳江成進士，入詞館。又三年乙丑，承珙復同小槎成進士，改庶吉士。秋八月，同以假歸，舟車之暇，敘述家世，乃始恍然于其兄弟之力學行義，所以大過人者，則皆得于其繼母吳太宜人之教爲多也。

太宜人生而端淑，年二十二歸于董，未再期而喪所天。時前母遺三子一女，小櫨最長，年甫十有一，其少者才六歲耳，太宜人矢志撫孤，雖有忧之，不爲動，攜諸子女，依舅姑以居。其事舅姑，一如其在室時事父母，能委曲承朝夕歡。其撫恤諸孤，不翅過于所生，而至于督勵之則，又未嘗以嫌疑之間，有纖芥之避。迄于今，不惟子女婚嫁已畢，而且名成行立，小櫨、柳江皆連掇科第，其季弟亦有聲黌序間。太宜人既以節得旌，又以子貴，受封如令典。人之見之者以爲榮矣，而不知數十年前，夫亡子幼，子又非其所出，而以一身兼養與教，成毀尚未可卜，恩怨皆難以自明，而卒殫心瘁力，終始如一，以遂其志者，其所處之危疑艱苦，爲何如也！

承珙嘗學《禮》矣，經曰：「繼母如母。」傳曰：「繼母之配父，與因母同，故孝子不敢殊也。」雖然凖以配父之義，繫以有母之名，此先王所以教爲子者則。然而爲母者，苟情之不屬，雖名義，徒虛縻耳。故如珠崖之義母，梓潼之季姜，往籍且不易覯，況近世乎？吾鄉風俗淳厚，士大夫家於假繼之間，頗不至賊恩傷義，如《顏氏家訓》之所譏。然求如太宜人之劬勞鞠育，內外無閒言，亦豈可多得哉？小櫨官京師十年，歲俸外，惟恃館穀奉甘旨，常以無力，不獲迎養，又屢奉太宜人書，不令歸省爲歉。今年八月，太宜人六十壽辰，欲爲文表揚母德，而猥以相屬。承珙文雖無似，然由識小櫨兄弟之賢，益以知太宜人之德，而更樂得而祝太宜人之壽，非獨爲董氏慶，蓋將書之以爲州里矜式也，祝頌之辭云乎哉！

誥封奉直大夫江樸亭封翁七十壽序

道光丙戌，旌德有續修邑志之舉，王明府柳樵延予主其事。同局江君馥堂，暇日邀予過其家，因識其尊人樸亭封翁，藹言睟容，望而知爲有德人也。江於旌爲甲族，封翁又其族之魁艾長者，其所居在縣治西五、六十里，山水明瑟，風氣樸淳。其族中祠屋宏壯，儲峙豐盈，耕者力於田，讀者奮於學，生者有所養，歿者有所藏，經畫措置，大抵封翁之力爲多。而予所最心韙者，獨以其平糶一事爲尤盛。

道光甲申，吾鄉久雨澇甚，農田不登，穀價翔湧，翁率其從子首捐白金二千兩，買米平糶，其周親貧乏者，輒出倉粟散給三閱月，於是疏戚皆賴以濟。嘗謂當今承平歲久，生齒日繁，偶遇偏災，朝廷亟行蠲賑，深仁厚澤之外，尚賴鄉閭士君子好善樂施，有以助所不逮。故予於續修《旌志》時，與同事諸君定議〈蠲賑〉一門，舉凡邑人施粟平糶諸義舉，詳悉登載，以勸來者。而翁之好行其德，乃益昭灼人耳目間。

昔富鄭公奉使虜廷，力爭歲幣，論者謂其有安社稷功，而公每不欲言之，惟自述其在青州時設法救荒，活流民數十萬人，以爲足當二十四考中書令。夫當官而行，猶藉國帑以行其惠，而鄉人士之自出己貲，以急病而卹災者，可不謂盛德矣乎！

今年夏，馥堂書來，言翁以十月八日七十誕辰，索予文爲稱觴佐。予謂翁之孝於親，友於兄，惠於戚黨，其見於吾邑趙肖岩舍人所爲記序者甚備，而予又因修志之役，得以識其人而稔其行事，其植嫩貤慶，固有寖昌寖熾而未艾者。而即目前以論，翁有丈夫子八人，皆游庠序，入成均，孫曾繞膝，雍穆名堂。予所見者，玉樹芝蘭，扶翹競秀。《後漢書》載穎川荀淑閑居養志，產業每增，輒以贍宗族知友。有子八人，並有名稱，時人謂之「八龍」。穎陰令至，改其所居西豪里爲高陽里以旌之。由今準古，吾知翁之子若孫必有蔚然振興者，翁且頤神養和，臻於上壽，以目覩夫爲善之報也，將於吾文券之矣，頌禱之詞云乎哉！

卷五

弇州文鈔小引

嘉、隆七子，王、李並稱，而李遜於王，奚翅十倍。《滄溟集》略一繙擷，令人易厭。弇州山人以世家文獻諳習掌故，又博綜典籍，才富學贍，《明史》偁其「聲華意氣，籠絡海內」，蓋有由也。惟是網羅既宏，意氣過盛，往往不暇檢校，致貽口實。如〈讀亢倉子〉不知為王士元所作，〈讀元命包〉誤以為衛元嵩之《元包》，不止〈庚午元日詩〉謂嘉靖甲寅元正日食與史志不相應，如錢竹汀詹事所摘也。

馮君繡谷銳志學古，於勝代文苑獨愛弇州，若有夙契者然。暇取《四部正續稿》，擇其心賞者，鈔為一編，以便行篋。游五都者識其寶，搴眾芳者拔其尤，轟葳既剔，精華自露。昔彭子殷惜《四部稿》篇帙太富，使人不能去取，而元美亦自悔其《藝苑卮言》行世已久，不能復秘，惟有隨事改正，勿誤後人。然則繡谷此鈔，真足為弇州之功臣，而可以閒執彈射者之口矣。

募修妙覺禪院引

自佛法入中國，上而公卿大夫，下至士庶人，布金舍宅之事，不絕於世。或通邑大都，或名山勝地，崇飾美觀，窮極侈靡。其欲因之以求福田利益者，皆妄也。無以，則有二焉：一以助有司施濟之所不逮，一以爲士大夫游觀之所宜。唐宋以來，橋梁隄堰之役，義漿仁粟之規，或乞度牒，募錢米，官且以僧主其事。韓昌黎在潮州與大顛游，且造其廬，東坡〈游孤山訪惠勤〉詩云「名尋道人實自娛」，皆此物此志也。然即是二端，尚有爲之而不成，招之而不至者，則以彼教之誠於其事，而不志乎利者之難其人也。

吾鄉黃泥岡，當宣、歙孔道，其上有妙覺禪院精舍數椽，地近而景勝，行李負販之往來者，倦而憩，渴而飲，胥於是乎賴。而士大夫之出於其涂者，或時眺望流連，徘徊不能去。往時觀補亭學使留詩壁間，邑明府陳公又爲建不厭亭於寺後，此其於施濟、游觀二者，庶乎可以兼之矣。

先是，惺堂上人嘗應李太守之召，募金修葺，趙星閣侍御爲之序引。歲久圮廢，其法嗣道權將復爲託缽之役，其果誠於其事而不志於利者乎！然而其地之不可無寺也，設茗可以濟道暍，下榻可以息勞蹤，豈非仁人君子所爲欣然動念，欲觀其成者乎？余故以道權之請也，而樂以一言爲之導。

大通鎮募設救生船局引

古語云「療飢不期於鼎食，拯溺無待於規行」，言其不可緩也。孟子論不忍人之心，而獨舉孺子之入井，誠由是擴而充之，則雖古聖賢豪傑，所以思由己溺，道濟橫流者，庸渠不基於是歟！

國家於津步所在，立法綦備，故《律》載冒險渡人及中流勒索者皆有禁，而救生之船，或未能偏及。是在仁人君子，體好生之德，存可逝之心，僉謀定畫，眾力樂成，而後能弭患於不測，援手於阽危者也。

近時江甯、漢陽皆設有救生船局，歲活數十百人，具著成效。而長江數千里，險介之地尚多。銅陵縣大通鎮者，亦沿江一市集，其地近《水經》所謂「江水又東至石城縣」者也。江中有荷葉洲，廣袤幾十里，岐江水而二之，下有洋山磯，江水於此復合。南岸宣、池諸郡，山谿之水入焉，旁流湍湱，中泓淵汯。其江俗名六百丈，至與京口之黃天蕩並稱，險可知已。然自楚、蜀、吳、越，以至於閩、粵、滇、黔，資舟楫之利者，靡不繇此上下焉。時或狀風起惡，決帆摧檣，波濤山積，嗢噱林沸，魂魄越於天淵，性命懸於頃刻，此豈非仁人君子所當亟動其惻隱之良，雖挂冠躧履之不顧，而思所以濟之者哉。

洋山磯有生生庵，曩曾於此設局救生，以費絀中止。近時吾鄉諸君之往來大通者，勸輸本鎮設立樂義堂，爲掩骼埋胔計，行之有年矣。今將復置救生船局，因地制宜，仿江甯、漢陽成規而稍變通之，期於可久而無弊。惟是體大費繁，非一手一足之爲烈，所望四方好善之士，以不忍人之心，行不可緩之事，各出贏貲，共襄義舉，豈惟克充其惻隱之心已哉，即功德亦莫大於是矣！

毛詩稽古編後跋

陳啓源《毛詩稽古編》三十卷，向未見刻本，頃在京師，朱蘭坡借四庫書副本鈔藏，因得借讀一過。其精到處，足補《箋》、《疏》之所不及。其小有舛誤者，如〈旱麓〉篇「民所燎矣」，謂《說文》「尞」、「燎」別字，陸氏引《說文》「柴祭天」，非《鄭箋》「熂燎」之義。案：《釋文》「尞」、「燎」二字並引，并及音切之異，其意明以放火之訓當《詩》「燎」字，陸氏未嘗誤也。〈假樂〉篇「民之攸塈」，謂「呬」《說文》作「齂」。案：《說文》「齂」在〈鼻部〉，「呬」在〈口部〉，不得合爲一字。〈民勞〉篇「柔遠能邇」，引《書》《孔傳》云「言當安遠乃能安近」，王肅云「能安遠者，先能安近」，以爲二說相反，而釋「能」字則同。不知王及僞孔皆以「柔」與「能」並訓爲「安」，非以「能」釋「能邇」也。又附錄〈摽有梅〉，引《說文》或作「拋」，《注》訓「棄也」，與《毛傳》「摽」訓「墮落」義同。不知《說文》無「拋」字，「拋」乃徐鉉新附。蓋是時《說文解字》「始一終亥」之本尚未盛行，僅據李燾《五音韻譜》，又誤仞燾書爲徐鉉本，顧亭林《日知錄》亦同此誤。又謂《釋文》引《韓詩》「飲餞于坭」，《呂氏讀詩記》引作「泥」，而《玉海》及《廣韻》皆作「坭」，意似以《呂記》爲誤。案：鄭注〈士虞禮〉引亦作「泥」，《呂記》當本此不誤。

唐王府君神道碑跋

此碑歐、趙諸家皆未箸錄，王少司寇《金石萃編》載其額有「王府君神道碑」字樣，而錢詹事《金石文跋尾》乃以銘詞稱「有嬀之後，言育于姜。陳宗不守，命氏惟王」，知其人姓王氏，則是錢所見無此碑額六字矣。又王、錢俱云「侯晃撰」，而此本並無之，蓋此碑下半已亡，而此本較《萃編》所載文更多殘闕。碑內「縃」字，當是「緝」之別體。惟古字「胥」多作「咠」，顧氏《金石文字記》歷引漢、魏諸碑書「胥」爲「咠」，又云「壻」字一傳爲「埍」，再傳爲「⿰土咠」。《詩》《釋文》引《字林》「壻」作「⿰土咠」，《戰國策》、《書大傳》「胥」皆作「咠」。此「緝」字从「咠」，而又寫作「肙」，唐人字體往往無定耳。又碑內旌表，「表」字明白無闕，《萃編》作「別」，蓋誤。

虞恭公墓誌跋

〈虞恭公墓誌銘〉，首題「大唐故特進尚書右僕射上柱國虞恭公溫公墓誌，銀青光祿大夫歐陽詢譔并書」，此誌金石諸家皆未箸錄，惟有〈虞恭公碑〉已多斷缺，姓字里居皆泐，諸家僅就碑文事跡，揣測得之。此誌則字畫清晰，闕泐尚希，參校碑文，多可考證。

碑云「祖裕，魏大中大夫」，爲《新》、《舊唐書》〈溫彥博傳〉所未載。誌云「祖裕，魏大中大夫。澄波萬頃，竦粤千仞，屈跡中」云云，（下闕。）又云「皇朝贈魏州諸軍事，魏州刺史，文爲德表，範爲士則」云云，此蓋謂其父君悠，史但載其爲北齊文林館學士，隋泗州司馬，大業末爲司隸從事而已。

碑云「乃授通（闕一字。）舍人」，《金石萃編》據《隋書》〈百官志〉，謂「通」下必是「事」字。此誌云「隋開皇中，有詔舉士，公首應嘉招，以對策高第（下闕。）禮省，尋除通事舍人」云云，足補碑文之闕。

碑云「擁節無功於月氏，又以公爲東北道招慰大使」，《金石評攷》以「無功月氏」即史所載戰敗沒於突厥事，《虛舟題跋》謂其與史不合。《金石萃編》云：「碑以公爲東北道招慰大使，下云『屬天地橫闕。』，又云『遷夏商之鼎』云云，皆指隋亡唐興之事，則『無功於月氏』仍屬隋末事，傳皆不詳。」按：此誌云「屬煬帝巡歷六合，征伐八荒，鷹揚之將載馳，鳳舉之使結闕一字。公伏軾遼左，則夷貊革心，張闕一字。薊北，則姦宄改過」，此即碑所云「爲東北道招慰大使」事也，則「無功月氏」，其在隋末無疑矣。

史云「隋亂，幽州總管羅藝引爲司馬。藝以幽州歸國，彥博贊成其事，授幽州總管府長史。未幾，徵爲中書舍人，俄遷中書侍郎，封西河郡公」，誌則云「授公上柱國、幽州總管府長史，封西河郡開國公，食邑二千戶闕一字。，爲中書舍人，遷侍郎」，與史先後序次略異，其「食邑二千戶」，則史所無也。若《萃編》以碑文有「拜太子右庶子，食邑三千戶」，皆傳所無。案：「食邑三千戶」，傳固不見，若「太子右庶子」，傳實有之，蘭泉少司寇偶未檢耳。《平津讀碑記》云：「傳云『尋檢校吏部侍郎』，碑作『檢校吏部郎中，尋□爲□□侍郎』。」案：此誌則云「檢校尚書吏部侍郎，未幾復爲中書侍郎」，皆與史合，則碑云「郎中」恐誤，其泐字必是「中書侍郎」可知。

碑云「詔民部尚書莒國公唐儉、工部侍郎盧義恭護喪」，其下但有「行中書侍郎」五字，又一「狐」字。誌則云「勑遣民部尚書莒國公唐儉、尚書工部侍郎盧義恭護喪事，又遣銀青光祿大夫行中書侍郎杜正倫持節弔祭」，又云「詔遣尚書禮部侍郎令狐德棻、水部郎中闕一字。文紀持節冊贈，特進謚曰『恭公』，禮也」，此皆碑所已泐，而誌足以補之者。

誌又云「粤以其年十月廿二日，陪葬于昭陵側之東所」。案：傳云「貞觀十年，遷尚書右僕射，明年薨」，碑序其薨有「六月闕一字。日薨於」等字，是彥博卒以貞觀十一年六月，葬以其年十月。其云「陪葬昭陵」，由當時陵名先定，《萃編》引〈太宗本紀〉「貞觀十年十一月庚寅，葬文德皇后於昭陵」，爲先定陵名之證是也。

碑於撰書人銜名皆闕泐，誌則歐陽信本結銜，與〈皇甫誕碑〉正同。〈皇甫碑〉信本書，但稱「銀青光祿大夫」銜，而不署「率更令」與「渤海男」官爵，或疑爲高祖時書。若此誌，斷在貞觀十一年，而結銜亦衹稱「銀青光祿大夫」，則不可曉矣。

修蓋縣學大成殿記

余嘗讀〈漢韓勅修孔廟禮器碑〉及〈史晨饗廟〉前後兩碑，輒令人崇道尊聖之心，油然不能自已。而〈韓勅碑〉陰暨兩側書名者百有餘人，出泉數自百至五千不等，蓋莫不韙思歎卬，以得與其事爲幸。人心之同，風俗之美，尤可想見焉。

吾涇學宮建置，其可考者，始於南唐保大四年，嗣後圮遷非一。而元天歷間，楊剛中《新學記》言儒生吳熠炎以其祖父所營，不可辭委於人，取以自任。至於今，如章氏之於大成門，翟氏之於兩廡，率皆以後承先，世任其事。夫天下名區勝景，梵宇琳宮，往往此據而彼奪，朝盛而夕衰，自有識視之，若無甚關繫者。而吾邑人於修葺學宮，獨孳孳然踵武繼志，怵他人之先而爲之，若恐弗及，固其所以感之者殊歟？然當仁不讓，亦可見人心風俗之猶夫古也。

先是，雍正初，吾族祖勖公置田五畝餘，爲大殿歲時修蓋費，年禩稍久，上雨旁風，滲漏黕剝，勢須易簷抽甍，大加苫蓋。五畝之所入，不給於用。家仙卿於是慨然起而任之，獨出己貲，鳩工埏埴，瓴甋相銜，鱗次櫛比，四阿反宇，蓋戴聿新。工竣，計費錢二十萬有奇，且將增置田畝，歲貯所入，爲後日再修之備，而屬余爲記。余素稔其有仁心，矢志爲善，而首從事於此，可謂知所先務者，故樂爲記之。仙卿名世，補貲，銜布政使司理問加二級，於余爲族孫行，勖公其伯高祖云。

文德堂文會記

中村董氏，故吾涇望族，前明中丞萬英公、大理卿萬紀公兄弟，以學問經濟輝映一時，是後其族人多讀書能文章者，至於今不衰。歲時合族於始祖某公之廟，爲文會以課其子弟之秀者，法至善也。其別有「文德堂文會」者，則其支祖文仁公後裔之所立也。文仁公於中丞、大理爲從兄弟，其後嗣尤繁衍多俊秀。乾隆己酉，共醵金若干兩，爲會於文仁公之廟，別於其始祖以下，而名之曰「文德堂文會」。歲時有課，試於鄉及禮部者有贐，獲雋者有賚，邑之義舉關於學校者皆有助。經紀規畫，則某某五人之力居多焉。近溪孝廉於文仁公爲□世孫，與予相聚京師，暇輒述其事，而屬爲記之。

今天下有書院課其境內之秀者，所以佐學校之所不及也。而東南諸郡，類多世家巨族，則往往各有文會以自課其子弟，又所以佐書院之所不及。余謂士之生世，所宜汲汲者，固不在文藝也。處則立身行己，爲善於其鄉；出則砥節奉公，思有所以濟於世。然苟非講貫於平日，漸摩於同志，則不能涵養以成其材。今之書院，大率名存而實亡矣，惟文會則皆其本宗之人，情親而易敦，業同而易習，父師之教必誠，子弟之帥必謹，厚風俗而儲人材，蓋莫先乎此。

近溪爲詩文皆有法度，人亦磊落具識解。試歸而以吾言告其族人，相與勉爲有本之學，以希紹中丞、大理之遺風，而不徒汩溺於文藝之末，則善矣。

馴鹿莊記

余嘗怪今世士大夫多輕去其鄉，宦轍所至，買田築室，樂爲寓公，背其先人廬舍墳墓而不顧。又有惑於形家言，持遺骸以覬後福，或久而不葬其親，或葬矣而屢遷其地。夫由前言之，以死者爲無知乎？不仁而不可爲也；由後言之，以死者爲有知乎？不知而不可爲也。二者皆有關於人心風俗甚巨。

嘉善黃退菴先生，葬其親於邑東門外，曰辰家圩者，距所居才一里。先是，爲明錢孝廉別業，歲久盡蹊而爲田，餘地二畝許，先生籠而有之，燔菑翳，除礓礫，既卜得〈離〉之初兆曰「吉」，乃營窀穸，築廬舍其旁，以奉享祀。有室以備更衣，有軒以娛眺望，其外廊廡庖湢悉具。先生以其暇，疏壤、帖石、激流，植椶、梅、柳、松、槐，前後離立，雜蒔交映，曲港傍通。復自造生壙其間，春秋佳日，或攜子姓，邀賓朋，提壺擔榼而往，命酒賦詩，流連忘返。名其堂曰「時思」，室曰「小藏春塢」，軒曰「聽松」，而合而名其莊曰「馴鹿」。令子霽青編修以圖示余，且屬爲之記。

余讀先生所箸《醒睡雜言》，中記築先塋一則，其於塼埴捄削諸事，至纖至悉，講求備至，而其自題生壙有「死若有知親可侍，生而任命我何憂」之句，不禁慨然曰：「此仁人孝子之用心，而所自爲者，又何其曠觀而足于知也！」夫墓田丙舍，史冊多載其事，而豫爲壽藏終制者，若趙岐、姚勖、李適、司空圖之流，亦不乏人。今先生乃兼而營之，孝不違親，達不溺俗，觀其圖與其所題，令人油然以思，戚然以感，灑然如見其爲人。余謂非惟先生之善，且有足以風世者，故記之。

岫列軒記

岫列軒者，予友朱芝亭讀書處也。軒背山面溪，隔溪復有層巒疊嶂，煙雲出沒其間，溪不深，而有泉潺潺自亂石間流出。軒勢高敞，戶闥洞然，於溪聲山色，所聞見無不臻勝。軒旁隙地，花木蔥蒨，綠陰侵几席。芝亭尊人太初丈，兩目失明，日常婆娑其間。軒左有尋樂堂，其自所題額也，蓋本其父及世父所築，以教子孫者。今其子孫多能文章，名列膠庠，讀書其中者日益眾。

憶嘉慶八、九年間，予館於此軒，每晨起闢窗牖，則嵐霏樹靄，坌涌競進。課讀至深夜，萬籟俱寂，獨泉聲泠然如琴筑。嘗與芝亭言此境不可忘，又此樂恐不可常得焉。自予入都後，馳驅南北，踰越嶺海，不復至此軒者，已十九年矣。

夫人出而與當世之務，爲四方之游，周覽天下名山大川，以求抒其所蓄，其志意似不欲以一邱壑自位置也。及其所之既倦，日月逾邁，未有不睠懷疇昔釣游之區，閒居清寂之況，時時往來於中而不能去。杜甫之招李白，所謂「匡山讀書處，頭白好歸來」者也。以予之偶然假館，適居忽去，至今遲之又久，尚惓惓於軒不能忘，況芝亭爲軒主人，寢饋誦讀於是者且數十年，吾廬之愛，固其宜也。芝亭寄聲索余記，遂書此以遺之。

得樹亭記

得樹亭者，家損齋孝廉君所以自名其別墅也。君晚歲設教鄉閭，多所成就，予時年幼，不獲進而請益，洎與其中子玉鐎大令游，乃頻頻至此亭憩焉。始予與玉鐎總角定交，相切劘爲詩文，後先成進士，仕宦南北，又相繼歸田，方庶幾如昌黎所云「不在東阡在北陌，可杖履來往」者。而玉鐎忽焉長逝，化爲異物，則過斯亭也，又不勝向秀山陽之感矣。

今玉鐎從子子墨茂才復葺而新之，仍其舊名，屬予書額，且爲之記。因憶宋盧秉云「亭沼如爵位，林木似名節」，蔣希魯深有味乎其言。子墨既葺斯亭，當更封殖此樹，益勵於學，以無隊其先之志業。至如予者，俯仰五十年中，及見君家三世，交游之誼，或戚或欣，而予亦已老矣。然異日者，倘來亭上，尚能譽嘉樹而賦〈角弓〉之詩焉。

旌德仙源橋碑記

爲善無分乎彼此也，惟其成而已；成之亦無問乎遲速也，惟其誠而已。古者橋梁道路，爲王政之一端，後世民自爲之，鄉曲之士，率眾醵錢，庀材鳩工，以濟行旅者，東南諸郡，所在多有。夫苟力出於獨，事要其成，則非處心積慮，誠于利物而無計較之私者不能。

旌德方君錦全，世居隱龍。方氏，故旌望也。國初有字季玉、五玉者，兄弟皆好善，屢見施侍讀《愚山集》中。君自隱龍徙居版書，家不逾中人之產，而淳樸惻隱，有其素風。年七十，偕妻汪氏進香九華，過太平縣許家磡河口，見山水驟漲，木橋被衝，縛筏以渡，有隨而漂沒者，衋然傷之，即欲易木以石。歸而省嗇衣食，計日儲貲以待。至道光二年，思償宿願，而其地已有先君而爲之者，今所建仰山橋是也。君乃慨然召其二子大廷、大成，謂之曰：「人之好善，誰不如我！人既爲之，而我獨無所效乎於是？」其所居村口有長楓樹河，發源績谿，水勢較許家磡稍殺，河身亦稍隘，而每逢春夏盛漲，其奔衝漂沒之患則略同。君自以年老，舉所積貲畀二子建造石橋，且令速成之，以及身親覩爲快。次年值大水，隄岸穨壞，工費更繁，君慮事之不集，遂得狂易疾。大廷等剋期於五年二月興工，今年四月告竣，橋成而君疾愈。蓋時年八十一矣。

余謂君之欲建許家岸橋也，志在必成，徒以歲之不易，力之未有間，不成於彼而卒成於此。其未成也，憂鬱憤惋，至於發狂。必待其成而後愉快，而疾爲之瘳，此其至誠所發，爲何如邪！太平麻川，一名仙源，今以名是橋者，從其始願而稱之也。余頃續修《旌志》，考其沿革，定爲唐寶應間析太平置是，其先固同邑也，則雖以旌邑之橋而假太邑之名焉，宜無不可者。橋凡五空，纍石高二十層，廣八尺餘，長十丈餘。費白金以兩計者，一千六百有奇。大廷、大成皆恪秉父訓，先意承志，不呼將伯，不羈歲時，殫心瘁力，以克底於成焉。其濟善亦不可歿也，於是乎書。

重修旌德縣志雜記按此篇已刻入《旌德志》，改名附訂。

《元和郡縣志》、《太平寰宇記》皆云「永泰初，分太平，置旌德縣」，樂史又引《續會要》云「旌德縣，即寶應二年析太平縣置」，《新唐書》〈地理志〉亦云「寶應二年，析太平置」。《前志》凡例云「《新唐書》謂在三年」。案：今本《新唐書》正作「二年」。《前志》據李瞻〈縣壁記〉有「創於肅宗七年」語，以為當置在寶應元年。今案：旌邑之置，自當以寶應為是。諸書皆云「析太平置」，《新唐書》云「太平於天寶十一載始置，《元和志》作「天寶四年」，誤。永泰中省，大曆中復置」，今本《新唐書》作「大曆中省，永泰中復置」，「永泰」在「大曆」之前，此係傳寫誤倒。《輿地》、《廣記》遂仍其誤，《府志》〈沿革表〉亦同，皆由沿襲不覺耳。若旌德置於永泰，則其時太平已省，當云「析涇縣置」，不得云「析太平置」矣。考《唐會要》云「旌德縣，寶應二年二月析太平縣置」，寶應之改元廣德，在二年七月，則是年二月仍係寶應，《新書》既以為寶應二年，《會要》並詳其月，固當不誤也。

〈食貨門〉「陂塘一百六十所」。案：李瞻《旌川志》陂塘共百有四十，至明《成化志》增十八所，《乾隆志》又增六所，統計當有百六十四所。《前志》「六十」下脫「四」字，

《府志》作「六十四所」，是也。

《元史》〈五行志〉「至正十四年十一月，甯國路地震。所領甯國、旌德亦如之」。案：康熙、乾隆《府志》俱誤列之前至元中，《縣志》雖改爲「至正」，而列于元初，在大德、至治之前，又以「十四年」爲「十三年」，皆誤。

〈職官門〉「徽甯兵備道盧洪珪，崇禎五年任」。案：《府志》列于天啓六年。考《明志》，隆慶六年設徽甯道，駐旌德。萬曆三十六年，議治甯國、廣德各半載。四十二年，分設兩浙兵備徽安道，駐池州；甯太道，駐宣城。崇禎四年，復改爲徽甯道，五年移治旌德。盧洪珪若在天啓六年，其時尚治宣城耳。

又「侯國安，崇禎八年任」，《府志》作「侯安國」。

又「余鯤翔，桃源人，進士。崇禎十二年任，陞淮揚督糧道」。《府志》云：「字唱若，合溪人，進士。由遂溪縣知縣入爲戶部主事，歷員外郎，以布政參議守徽甯道，遷浙江按察司副使。」此據朱竹垞《明詩綜》〈小傳〉，當以《府志》爲是。

又「唐良懿，江西人，進士，崇禎十六年任」。案：《寄園寄所寄》載崇禎十六年黔兵之變，其時徽甯道張文輝、徽州知府唐良懿，皆奉旨議處。其後又有旨，張文輝、唐良懿姑准開復。蓋唐以此後由知府陞任，《江南通志》唐後又有馬鳴霆，《縣志》不載，蓋値甲申國變，在任不久耳。

又「張文衡，順治三年任」，「盧世揚，順治五年任」。案：國朝徽甯兵備道，順治二年治宣城，六年始移治旌德，張文衡、盧世揚係治宣城，不當入之駐節旌城之列。

《柳宗元集》〈伯祖妣趙郡李夫人墓誌銘〉云「夫人生男一人，諱某，不幸終于宣州旌德尉」，而不載其名。《新唐書》〈宰相世系表〉亦不載其名，而以爲旌德令。然〈誌銘〉當時所書，宜得其實，史蓋誤以「尉」爲「令」耳。

《府志》〈名宦〉亦憐真，元至元九年爲旌德縣。達魯花赤，《縣志》〈職官〉列於至正九年，〈古蹟門〉「小嶺山寨」亦云「元末，達魯花赤、亦憐真勦紅巾賊鍾富二於此」，而〈政蹟〉本傳又作「至元九年」，列于王貞、劉性諸人之前。考之許道傳《興學記》，則作「至正九年」者，是也。

〈職官表〉「明訓導曾經，吉水人」，《府志》云：「梅鷟〈文獻錄後序〉作『曾章』，不知孰是。」案：鷟〈序〉云「吉水曾君章來教我旌庠」，蓋曾經字章來也，鷟爲人作序，自是稱其表德，《府志》誤以「來」字屬下讀，又以「來教我旌庠」不文，故改爲「秉鐸旌庠」耳。

〈職官表〉「明知縣朱槩，豐城人，正德八年任」。案：梅鶚〈鄉賢祠記〉「正德六年六月，豐城朱侯尚節以名進士來宰是邑」云云，則〈表〉作「正德八年任」，誤矣。〈記〉又云：「乃諏師儒七，閩黃君鑑、貴溪鄭君恩、南昌吳君沛，推較前靈，以定祭統。」其下云：

「七年十一月二十一日，延籲儒彥，釁于新宮。」其下又云：「二三僚友，大名蕭君吉、南昌曾君和、鈞州李君蘭，願刊諸石以詔萬世。」據此，鄉賢祠成於正德七年，〈記〉中所稱諸君，皆其時官於旌者。〈縣表〉「黃鑑」誤作「黃鏗」，又列于嘉靖二年；訓導鄭恩、吳沛闕年，又不詳其里貫；縣丞蕭吉、主簿曾和皆闕年，亦不著里貫；典史李蘭列于正德十年，似皆當據鶚所記，改列于正德六、七年間爲是。

〈職官表〉「樂元聲，嘉興人」。《府志》云：「岳元聲，字之初，嘉興人。除旌德縣知縣，改大名府教授，歷官兵部左侍郎。《舊志》作『樂元聲』，據朱竹垞《明詩綜》〈小傳〉改正。」案：「樂」作「岳」，當從《府志》。（《堅瓠集》謂岳元聲本姓樂，欲附武穆，改姓岳。此小說家言，恐不足據。）

〈職官表〉「明教諭劉聲譽，河南沙縣人」。案：《明史》〈地理志〉河南無沙縣，當係福建沙縣之誤。

又「訓導平璡，汚陽人」，「汚陽」恐「沔陽」之誤。

又「天啓六年，知縣梁挺芳」，《府志》作「羅振芳」，未詳孰是。

〈政蹟門〉「趙時賞，德祐元年以南陵丞攝縣事」。《府志》云：「咸淳元年擢進士第，累官知宣州旌德縣。」考之《宋史》本傳，無爲丞事，今改正。

宋太平興國七年，詔修《文苑英華》，將作監丞舒雅同纂。咸平三年十月，修《續通典》，以秘閣校理舒雅爲編修官。四年九月，成二百卷。咸平四年，翰林侍講學士國子祭酒邢昺、直秘閣杜鎬、秘閣校理舒雅等，表上重校定《周禮》、《儀禮》、《公羊》、《穀梁傳》、《孝經》、《論語》、《爾雅》七經疏義。案：以上見宋程俱《麟臺故事》，諸書皆雅等奉勑纂修校定，非其所自著之書。《前志》於〈書目門〉俱列爲雅之著述，既載校定《周禮》、《論語正義》、《公羊》、《穀梁》、《孝經》、《爾雅》，又載校正七經疏義。既載《文苑英華》，又不載《續通典》，重複舛錯，皆所不免。又《麟臺故事》景德二年修，《冊府元龜》詳載編修諸臣名而不及舒雅，《前志》列於雅著述內，亦誤。

〈宦業傳〉「舒雄，雅之弟。端拱己丑進士」。案：「端拱」係宋年號，〈選舉門〉列雄于宋進士之首，不誤，而本傳乃標爲「南唐」，誤矣。

《府志》〈文苑傳〉「宋汪注著有《中庸演說》、《大易演義》」，而〈藝文志〉〈書目〉止載《中庸衍義》，《縣志》〈文苑傳〉及〈書目〉亦止載《中庸衍義》，書名舛誤，未詳孰是。

〈書目〉「《名山雅論》，姚裕著」，〈文苑〉本傳作「《名山雅編》」。

又「《左國詳解》，王遡初著」，〈文苑〉本傳作「《左國詳評》」。

〈雜記〉「旌德廟首江村諺語呼『母』曰『姨』，或謂本非『姨』字，乃『靡依匪母』之『依』。」今案：《南史》齊衡陽王鈞，五歲時所生母區貴人病，便悲戚，左右以餅飴食之，不肯食，曰須待姨瘥。晉安王子懋七歲時，其母阮淑媛病篤，有獻蓮花供佛者，子懋流涕禮佛曰：「若使阿姨因此和勝，願諸佛令此花竟夕不萎。」據此，是六朝時已呼母爲姨，乃諺語之近古者，不必諱言之也。

卷六

朱俊三家傳

朱俊三名佑，字俊三，自號曰硯谷，世系見余爲其贈公春圃府君墓銘中。贈公生俊三稍晚，止一子，頗愛憐之。七歲使就傅，不遽督課，顧獨穎悟過儕輩。年二十有五，補學官弟子。嘉慶戊辰科江南省試，佹得復失之，以副榜貢生謁選，得司教績谿縣。道光辛巳、壬午兩科，其闈卷皆爲主文者所激賞，而卒不獲售。官績谿四載，以病假歸。今年病痊，已復銓原地矣，逡巡未赴，遽嬰疾，以六月十一日卒于家。

始吾年二十六，館于朱氏，俊三從吾學爲科舉之文，其齒少於吾才一歲耳，然執弟子禮甚恭。其爲文，醇雅厚重，如其爲人。平居寡言笑，默坐一室，如無人焉者，而所學日益進。後余成進士，官京師，不相見者十餘年，而歲時以書問吾甚摯。績谿胡竹邨戶部，時偕計吏在京，與余習，每爲余言俊三善於其職，其鄉人士多愛敬之。及余自閩告歸，與俊三相見里中，握手道舊故甚歡。叩其所學，則淵涵渟蓄，於經史皆鑽孯有得。作詩不多，而淳古澹泊，有陶、韋風氣。方私喜相去甚近，期更相切劘，以庶幾吾道之不孤，而不意其棄余之速也。

自其贈公敦篤行義，鄉里偁善人。俊三率而行之，捐金義倉，前後至千餘兩。戚友匱乏者，贈遺賙恤，歲以爲常。有負之者，絕不與較。方俊三謁吾銘其先墓，既爲文述其世濟之美，曾未數月，而俊三喪。今其孤滋生，傫然衰絰而來，請爲之傳。余故敘其生平，俾載諸家牒，既不沒俊三，亦以抒余悲也。

論曰：今之校官，古博士也，然爲之者，率苟而已。士固不尊師，抑所以爲師之道者有未備邪？俊三獨有異乎人人之爲之者。其在績谿時，諸生以所業請者，必爲之講論，無勌容。貧不能赴試者，或佽助之。又常議率錢儲峙，爲寒畯試於鄉及禮部者費，輒首捐俸金爲之倡。其卒也，彼都人士相率來其家致祭，爲文哭之甚哀。烏虖！是豈無所感而致然邪？今之爲校官者，能如是，是足以傳矣。

朱氏兩世節孝傳

節母胡氏，年十九適同里朱君安得，越九載而寡。家故貧，矢志茹苦，奉威姑惟謹。撫遺孤四子一女，咸中禮法。平居衣裳皆密紉，歷數十年如一日。既聞於有司，請朝旨旌表如著令，乃其季婦胡氏，復以節得旌焉。氏幼許聘母第四子范，爲童養媳。既成昏，生子凌雲，甫三歲而范卒。凌雲稍長，或有諷母及婦，令廢讀徙他業者，母泣曰：「寧餓死，書種不可絕也。」婦亦泣，如母言。自母之食貧刻厲，白首完貞，而其婦克承姑訓，加以勤劬，慈容順德，內外無閒言。母侍其姑，壽至九十二乃終，婦侍母，壽亦至八十有三。今其年又已週甲子矣。

先是，母有姒賀，亦早寡，母與居處，共艱瘁，情誼最篤。所生女適汪氏，亦寡，苦節如母。每歸寧，與母煢煢相依，偕孀嫂并力操作，更交相勉也。婦有婢李氏，年二十餘，遣之嫁，不聽，詰之，則曰：「主母苦節，且慈我，故不忍捨去。」遂服勤將終身焉。其門以內，多堅志特操，爲鄉里所希覯云。

舊史氏曰：嘗讀《明史》〈列女傳〉，載吾鄉桐城陶鏞妻鍾氏，其媳方氏，曁其孫亮之妻王氏、妾吳氏，並以守節，詔旌三代，人稱之曰「四節里」。以余觀朱母兩世節行，并其姒若女，荼蘗冰霜，萃於一家，而不字之貞，且感及婢妾，以視陶氏，何多讓焉？我朝尤重節孝，加意表章。今天子新令，守節十年以上身故者，一例請旌，所以恤孤嫠者，至廣且渥。今凌雲及其從弟廷楹並籍諸生，力學行，既述其祖母之節，而凌雲又述其母事，請於其家蘭坡贊善，爲〈兩世旌門頌〉。余故據爲之傳，俾入志乘，俟異時史館采擇焉。

誥贈通奉大夫朱府君墓誌銘

嘉慶二十二年秋，翰林侍講朱君琦，以其家將以是年之十有二月癸酉，合葬其大父母于本鄉路西沖之原，乃敘述其行事，如李翺之爲〈皇祖實錄〉者，而假辭于其友胡承珙，且曰：「君本邑人，家不十里遙，又姻親，知之最真且悉也，故以請。」昔柳子厚之銘魏府君也，曰：「居又同閈。」歐陽文忠之誌楊次公也，曰：「其子不以銘屬他人，而屬修者，以修言爲可信。」承珙文不足以傳後，顧未敢以不信辭，於是按狀銘之，曰：

公諱慶需，字沛深。先世自婺源徙涇。曾祖諱明倩，充鄉長，順治間賜六品冠帶。祖諱文綸，早世。父諱武勳，貤贈通奉大夫，入祀鄉賢祠。大夫公有子五人，公其季也。少劬苦于學，不得志有司，遂棄去，習賈漢陽。然志不在賈也。家少裕，即告歸，闢精舍，積書其中，延師課諸孫及羣從子孫。公朝夕往視，灑埽饌食唯謹。每較藝，令列坐一堂，自督守之。既成，以請于師，獎善黜不中程者。歲率如是，以終其身不懈。蓋公自嗛于其學之未卒業也，故嗜學如飢渴，視能學之士如珤珍，而望其後之人之學，如望歲焉。其他嗜義，一如其嗜學然。有族弟幼孤，母攜以適人，不相聞，百計訪求，竟歸之，爲授室，子嗣以繁，其誠懇有始終如此。今其家多以學致通顯者，又多好善，樂施予，皆公教也。公娶於我族，夫人氏自始歸公，至白首受封，儉勤一節，其訓子若孫也如公。其治家纖悉，凡公所不暇及者，胥賴之。配良嗣慶，于是乎在。

公卒于乾隆四十六年七月十三日，年七十有八。由國子監生，以孫理貴，贈階通奉大夫。夫人後公十一年卒，年八十有七，先封安人，晉贈夫人。子四人：長安沆，贈朝議大夫，後公八年卒；次安淮，贈通奉大夫；次安邦，貤贈奉直大夫；次安桂，贈奉直大夫，皆先公卒。女一，適國子監生汪雲龍。孫瑤，廩貢生；理，乾隆丁未進士，由翰林院編修，歷官刑部侍郎、江蘇巡撫，今官貴州巡撫；琛，布政司理問，貤封奉直大夫；琇，國子監生；玨，早卒；琯，州同知；琇，嘉慶壬戌科進士，改庶吉士，授編修，今官侍講。曾孫二十人，元孫二十有八人，來孫四人。

系曰：在昔耆老，坐塾左右，以化於鄉。公率其幼，媢學是牖，昕夕黽皇，勤而不有，以惠厥後。厥後克昌，我銘其幽，如石斯壽，日滋不忘！

奉直大夫布政使司理問朱君墓誌銘

君諱蕙，字春圃，姓朱氏，世居涇東鄉黃田村。幼失恃，稍長，習儒家言，能得父及繼母心，友于弟萼。萼早卒，家事一任君。素貧窶，遂舍所業，服賈江右，徒步往來，謀以養其親。備歷艱瘁，久之，家稍裕。益勉爲謙退仁恕，薄自奉而蘄以厚利於人。年五十，倦於遊，遂歸弗出，優游家閧，以德薰其族人。其族有善舉，悉解橐，無所蘄。族人某爲孫娶婦，操券求稱貸，君遺之金而還其券。他所行義，大率類此。其教子，惟勉以積學植行，不汲汲於科第。撫弟之孤子如子，以養以教，以至於成立，蓋數十年如一日焉。

竊嘗綜計，凡閭族鄉黨之風氣，其盛也，必有耆舊魁艾衿式其間，使年少子弟相勸以善，而不敢爲非。其衰也，宿德凋謝，教迪不先，後生習於媮薄嚚陵，以致隳其家規而不復能振。《詩》所謂「老成典型」，有慨乎其言之者。國之與家，無二致也。予昔館於朱氏，君子佑與予游，爰始識君。言語恂恂，其容有晬，望而知爲善人。朱故巨族，多長者，而君號稱最後。予入都五年，聞君卒。又十有二年，予自閩歸里，佑乃以狀請爲君銘其幽宮。予久於外，未知其家之風氣尚能循率厥初，如予向所聞見之盛否，然觀於佑之在醜不爭，甯厚毋薄，一如君在日之所爲，則君之教固猶未沫也矣。

君生乾隆六年七月二十有六日，卒以嘉慶十七年正月初三日，年七十有二，例授布政使司理問加二級銜奉直大夫。曾祖武勳，誥贈通奉大夫。曾祖妣汪氏，贈夫人。祖慶霞、父安兆，皆贈如君銜。祖妣、妣、繼妣，皆胡氏，皆贈宜人。配胡氏，先君十三年卒，慈惠相莊，白首無間。子即佑，嘉慶戊辰科江南鄉試副榜，徽州府績谿縣學教諭。用覃恩，貤贈君修職郎，母贈孺人。女二，一適太學生胡爵澤，一適鄠澤。孫滋生，曾孫念齡。滋生娶予弟之女，予既與世姻連，又習於佑，稔君行事，應銘法，乃銘之曰：

言甚吶，行甚樸。誠繇中，德施族。淳者澆，反乎覆。詒子孫，維有穀。銘斯藏，吉可卜。

國子監生戴府君墓誌銘

嘉慶六年，承珙以選拔貢成均，故事，同舉者如鄉會試，例相呼爲同年。維時旌德戴君赤玉，同郡同舉，始相見於白下。次年，再見於京師。其爲人，篤雅有節，閒爲余述其家世，尤惓惓於其曾大父監生府君之行義，以歿而不聞於世爲憾。是後不相見者幾二十年，而赤玉已前卒，其孤漣生乃奉遺命，猶以其曾大父誌銘相屬，蘄必得余文以爲慊。余惟赤玉紹聞繼志，怵於有善弗知，知而弗傳之戒，至沒齒而不忘，其仁孝可念也。余雖未及接監生府君，而其梗概已得於赤玉所述，又重違故人身後之託，烏容以不文辭。

按狀：府君諱自機，子發其字，世居旌德十八都禮村。曾祖諱一經，祖諱君典。曾祖妣、祖妣，皆陳氏。父諱若盤，妣呂氏。府君兄弟四人，序居長。隨其父讀書，年十五試於學，不售。家貧，菽水不繼，內外事皆倚以辦。甫弱冠，遂棄筆研，游維揚，乘時廢著，纖嗇治生，家始漸裕。自奉甚塒，而事其親，心力罔弗盡，友于諸弟，室無私財。其季不善持家，前所均分者耗將盡，復以己產之半裒益之。族子某，貧無俚，自溺于河，亟拯之，給貲俾營生，卒賴以濟。後其人婁圖所以報者，而府君弗顧也。晚歲，休息里衖，以德薰於人，課其子若孫，讀書服賈，各有恆業。臨終，計嘗所逋負者千餘金，出畫指劵盡焚之。此其生平大略，余曩所聞於赤玉者，以合之漣生之狀而悉合，宜在可信者，余固不得而增損之也。

府君生於康熙二十一年五月一日，卒於乾隆二十三年三月二十三日，年七十有七。配趙氏，淑慎相莊，白首無間，先府君六年卒。子三人：朝綸，貢生；朝熤、朝煒，國子監生。女一，適國子監生任廷珩。孫七人：顯供，國子監生，例授州吏目，任福建壽甯縣典史；顯俊，國子監生；顯仁、顯佐，俱從九品銜；顯倓，例授布政司照磨；顯伸，國子監生；顯承，縣學生。曾孫十八人，景珊即赤玉也，嘉慶辛酉選拔貢生，任某縣教諭。元孫三十八人，來孫二十一人。

先是，府君與其配既合葬於太平縣之包家隴，銘幽之石，勢不得窆於墓。將援宋、元人追誌之例，碑而納諸廟。乃爲銘曰：

宅於仁，德彌劭，修於闇，施弗耀。天道鬱宛終必報，子孫繩繩我所料。形安其竁，神返于廟，視我銘辭，永世克孝。

例授中憲大夫候選員外郎加三級呂君墓誌銘

呂君諱培，字因叔，一字之亭。先世居大梁，唐廣明中，有處士曰從慶者，避亂轉徙至旌德之豐溪，家焉，遂世爲旌德人。處士有詩數十首，藏於家，爲從來搜輯唐詩者所未見，至君兄弟重梓行之，所謂《豐溪存稿》者也。自處士二十九世，至貤贈奉直大夫諱玉海，是爲君之曾祖。奉直君生貤贈中憲大夫諱發梛，中憲生例授布政使司理問、誥封中憲大夫諱積厚，是爲君之祖若考。君母，誥封恭人方氏。

君兄弟四人，行三。生而端敏，三歲時封翁攜過村塾，見塾師方施夏楚，封翁戲問君：「怖否？」對以：「讀書樂也，何怖焉？」封翁大喜，歸語方恭人，以爲振家聲者，必此子也。稍長，肆力於學，多歷名師。歙朱觀察文翰、陽湖洪編修亮吉，先後主其邑毓文書院，君游從最久。編修嘗爲人屈指其高第弟子，輒推君爲翹楚云。君年十九補學官弟子，試常優等，督學使號爲知文者。汪尚書廷珍、徐侍郎頲，皆極賞識之。由廩膳生，中嘉慶癸酉科江南鄉試舉人。屢上公車不第，入貲爲員外郎加三級，階中憲大夫，贈封祖妣及父母如令。道光壬午禮部試，以親老，意不欲行，封翁促之往。癸未在京，聞封翁訃，驚泣擗踊，幾不欲生，見星而奔，以毀致疾。居喪未終，而君遽卒矣。

君初工爲科舉之文，後益研精經史小學，旁及於詩、古文辭，著有《說文箋》、《五代史補注》、《四書類考》等若干卷。攜之，課其長子偉山於金鼇山寺，不戒於火，悉付煨燼。今存者，偉山所輯《爨桐詩稿》八卷而已。君爲人，恂恂溫雅，自少無子弟之過。出而與當世賢士大夫游，篤於交誼，用心恆過於人。所受業宜興余兩如，家極貧，卒後殯葬，皆倚君以辦。恤其孤，情禮周摯，勝於其師在時。其於戚族朋舊，一稟其封翁之教，指囷解橐之事，不可枚舉。故其歿也，多有思之至太息纍欷不能已者。余始識君里中，暨在京師數相見，談藝尤相得。既悉其學有師承，又聞其於交游間誠懇有終始。竊以爲其所存者厚，必將有以發抒其志業以自見於世，孰知其甫中壽而止邪？

君生於乾隆四十一年丙申十月十三日，以道光四年甲申五月十三日卒，年四十有九。配鄭氏，例封恭人。子七人：偉山，庠生；嶽，國子監生；岫、崝、嵎、嶷、岵，皆業儒。女五人。孫四人。君卒之三年，余至旌德，過其家，登舊所藏書之樓，籤題宛在，爲泫然者久之。偉山以狀乞銘，乃就删次之而爲銘，以待其葬焉。銘曰：

學有源，不竟其年。行綦篤，不豐以祿。箸書穰穰，而火焚其藏。惟其不亡，其後克昌。是爲君之幽宮，既鞏既隆，以銘於無窮。

例授儒林郎州同銜從兄方明公墓誌銘

予家自先高祖參議公歿後數十年，門戶中落，至先君子以勤儉治生，乃能仰事俯畜，旁及族姻，而家以不隳。其時有我三從兄方明公，與先君年相若，業相同，志尤相得也。予兒時每隨侍至兄家，輒啖我以棗栗，嬉戲其旁，見其顏狀豐晬，鬚眉偉然，不問知爲長者。與先君終日言論，多關繫鄉里風俗及善事之亟宜舉行者，幼稚雖不能盡識，猶彷彿記其一二。及予稍長，有知識，而兄早已歸道山矣。又後四十年，予自閩歸里，而兄尚未葬，其季子先溪屬爲文，以誌其墓。予惟兄生平梗概，已載邑志〈懿行傳〉，當可取信。且先君子素所偁許，而予所識之不敢忘者也，故不辭而爲之銘。曰：

公諱承端，字方明。系出唐散騎常侍胡公學。曾祖諱懋績，參議公之長子也，縣學生，累贈至朝議大夫、浙江道監察御史。曾祖妣汪氏、鄭氏，皆贈恭人。祖律聖，縣學生。祖妣吳氏。考崔齡，縣學生，例封儒林郎。妣汪氏，例贈安人。兄其長子也。幼讀書，貧不能卒業，棄去，游江漢間，服賈養親，惟力是視。推財與諸弟共之，於周親多所贍給。晚歸里門，肫肫以惇本善俗爲己任。建家廟以奉祀，寘塾課以興教，卜窀穸以妥先，設義倉以贍族。諸所規畫，多與先君子協謀而成之者，而兄於其間，或輓或推，孜孜從事，歷久而不懈。

竊嘗默念，以爲先王之教，康樂和親，推之四海而遙，而其本必自州里鄉黨。吾鄉之聚族而居者，往往有孝弟睦婣任卹之意，近於古之遺風。迄於今，亦稍稍陵夷衰微矣。後生小子不復知其祖若父之立心行事，而相率爲浮薄囂陵以求勝，故智欺愚，強陵弱者，比比而是。教之不先，而俗之多敝，然後歎吾先君子曩者與吾兄所爲，交相勸勵，務爲忠厚，以防其媮者，其意思至深且美也。

兄以國子監生貲階儒林郎，生於康熙癸巳年五月十一日，卒於乾隆丁未年二月初三日，年七十有九。娶汪氏、郎氏、洪氏。子四：先晴、先豪，皆國子監生；先煖、先溪，皆從九品銜。女八人，並適士族。孫十八人：世芬，附學生；世藻、世苗，從九品銜；世蒂、世藿、世藉、世萱，並先晴出；世淼、世煜、世本、世昌，先豪出；世滂、世濂、世錡，先煖出；世肇、世閏、世標、世淦，先溪出。曾孫十四人。其家以歲之不易，力之未有閒，故其葬也後。予懼其久而愈泯泯也，索其狀無有，姑就予之所知者，故止如是而已。然古者，一鄉之善士必有以貴于一鄉，是亦足以銘矣。銘曰：

國有老成，鄉之耆耉，孰爲弗遵，而鍥其厚。君子有穀施及後，捄之筑之慎所守，我惟銘之石斯壽。

誥授奉政大夫山東曹縣知縣胡君墓誌銘

吾胡氏自南宋後，由婺源遷涇，世耕且讀。國朝以來，起家進士者，已十有三人，君其一也。君諱世琦，自號曰玉樵。少岸異，爲文落落有奇氣。弱冠舉於鄉，婁上春官不第，以寫書國史館，議敘當得知縣，棄弗就，益閉戶肆力經史。間出與當世通人游，如桐城姚郎中鼐、歙程徵君瑤田、陽湖洪編修亮吉、金壇段大令玉裁，皆嘗奉手有所受。故其學欲從文字、聲音、訓詁以會通其旨趣，不區章句與義理而二之。其詩亦能自運繩墨，不徒以才氣相馳鶩。

嘉慶十九年甲戌中禮部試，改翰林院庶吉士。丁丑散館，以知縣用，得山東之費縣。以去時公卿多器其材，姚侍郎文田、鮑學士桂星尤搤掔歎息，君顧自喜曰：「是豈不足行吾學邪？」涖費縣歲餘，以事罷，旋牽復，歷攝平原、即墨、沂水事，最後補曹縣。未幾，復以沂水盜案，爲前官受過，罣吏議失職，君於是遂浩然決歸計矣。君之言曰：「青、齊故懷塼俗，民不易見德，動輒齮齕其長，而某所至頗相安。既去，尚有私相念者，故其時大府入告，有『山東州縣某能稱職』語。然究以負氣，不善事上官，又因事多犯同寮忌，遂蹶不復振，然亦安往不得其爲我者？」此君與予相遇里中，所以告予者如此，適與予曩所聞於東人者語相合，故有以知其不誣也。君歸田後，亟思爲政於家，出俸餘置田，分以予兄弟之子，捐千餘金於義倉，以贍其疏族。鄉里有小爭很，詣君者，輒爲排解，使各釋然。嘗謂予：「近日風氣儇薄，求所以挽之，吾輩無可辭責。」予心韙其言。烏虖！孰謂君志未遂而竟歿邪！

君生乾隆四十年八月初二日，以道光九年四月二十八日卒，年五十有五。曾祖策齡，附貢生。祖廷燮，國子監生。父先操，贈奉政大夫。本生父先抱，乾隆癸卯科舉人，貤贈文林郎。母□氏，誥封宜人。本生母朱氏，貤贈孺人。娶同里文學朱俊女，贈宜人。丈夫子三：芝林、香林、才林。女子子二：長適同郡副貢生、舒城縣教諭崔騏子□□；次未嫁。所著書，有《小爾雅疏證》、《三家詩輯》等，未卒業。有詩若干卷、文若干卷，藏於家。

君於兄弟行第二，兄世璜，弟世琺，皆先卒。世璜亦出嗣伯父，然友于綦篤。君讀書應舉，皆賴有家督，以不紛其志。世璜善形家言，既葬其先數世，又相約兄弟同邱首，如桐城方氏之爲者。今其孤翰澤等，卜以道光十年閏四月初七日，合葬君兄弟三人於某地，先期請予爲君銘。予與君屬疏而誼親，行尊而年相若，又少同業，壯同游，老而同歸於鄉也，知君最審，是宜銘。銘曰：

進而仕途，宜其容與，而獨集於枯。退而箸書，有何齟齬，而不終拭其觚。天邪？人邪？我勒此珉，庶使其不亡者存邪！

先府君事略

府君諱遠齡，（胡培翬謹填諱。）字永曾，先世居婺源縣，爲唐散騎常侍胡公學之後，元至正間遷涇縣東鄉溪頭都。曾祖諱尙衡，皇清順治壬辰進士，歷官湖南驛傳鹽法道布政使司參議。妣洪氏、賈氏皆封宜人。祖諱之棟，廩貢生，河南新安縣知縣，貤贈通議大夫。妣洪氏，貤贈淑人。父諱兆殷，縣學生，累贈通議大夫。妣趙氏，累贈淑人。府君其第三子也。新安府君作令，有廉名，卒於官。縣學府君不善治生，家益落。府君生七歲，失恃，隨縣學府君讀書，貧，不能卒業，遂去。服賈，往來楚、蜀間。久之，家稍裕，所以奉縣學君者備盡心力，自高祖下待以舉爨者，常數十家。年未五十，歸里門，極膝下之養，縣學君顧而樂之，年八十有八卒。府君哀毀如禮，既畢喪，遂不復出游，率族人營墓田，建祠屋，設義倉，興塾課，諸所規畫，皆爲眾所服從。顧性剛，能面折人過，人信之，亦不以爲忤。鄉里有曲直忿爭者，輒相就剖訴，往往以一言解其構，因以息事所全者不少，里人至今，猶能道之。晚歲築書舍數間，額曰「種義園」，趙御史星閣先生題楹帖曰「范氏有田皆種義，孟嘗無客不能文」，見者多以爲不虛云。

先是府君客蜀，經瞿塘峽，狹遇暴風，覆舟無數，急解橐中金懸募速救，一時獲生者十有六人，餘得尸，悉瘞之，今郡邑志並載其事，此其章章在人耳目者。其生平所爲，濟人於危而蘇其困者，固尚不止此。承珙生也晚，不及見府君五十以前行事，及始就外傅，而府君已年六十有餘矣。每自塾歸，必問所讀書，俾講大義，至夜分乃已。承珙應省試，屢黜於有司，方私自愧憾，府君視之，泊如也，惟勗以讀書敦善，行不怠而已。

府君生於康熙五十七年九月二十九日，卒以嘉慶元年十二月初三日，年七十有九。由儒林郎累贈至通議大夫，配汪氏，繼配楊氏，皆累贈淑人。子三人：承琛，縣學生，貤贈中憲大夫。承珙，嘉慶乙丑科彭浚榜進士，改翰林院庶吉士，授編修，掌陝西道監察御史，工科給事中，刑科掌印給事中，福建分巡延建邵道，臺灣兵備道兼提督學政加按察使銜。承玢，國子監生。女四人：長適南陵劉氏；次、三，皆適同邑趙氏；一未嫁殤。孫六人：先殿，例授從九品銜；先欶，國子監生；國棵，道光壬午科江南鄉試第一名舉人；先翰、先頖，俱國子監生；先俊，業儒。孫女八入，曾孫七人。

府君在日，既葬祖新安府君，祖妣洪淑人，妣趙淑人，暨元配汪淑人於本邑大坑之團墩山，又葬縣學府君於賀村，以形家言，改遷浮厝。府君卒後十年，楊淑人卒，亦皆浮厝。今將以道光五年十二月初八日，葬縣學府君於團墩山先瑩之左，府君、楊淑人祔焉。其前有庵曰「冰峰」，府君所營建以爲墳院者，故又嘗自號爲「冰峰樵叟」云。

《記》曰：「先祖有善而弗知，不明也；知而弗傳，不仁也。」承珙雖行能無似，然不敢以無實之言誣我先人，恐遂泯沒，故謹錄次其行事大略，將託於世之有道而能文者，以圖其不朽焉。

駢體文卷一

棉花賦

吉貝佳名，木棉殊類。自外蕃而移根，植中土而得地。葉密挼藍，叢深剪翠。絮絮雲浮，花花雪墜。富有埒三楮之藏，奇溫奪八蠶之利。

爾乃楝風過後，穀雨晴初。布種宜早，立苗欲疏。膏鬆芳畍，溜決清渠。籬編麂眼之落，人荷鴉觜之鋤。烟扶幹直，露掐尖虛。綠低浮於雉翳，青遙接乎蝸廬。麥浪一色，桑陰藹如。既而天高霧斂，野曠風寒。花黏葵小，實裂桃乾。搓柳綿之萬點，結蘆雪之一團。采復采兮翠筠籠，落未落兮銀彈丸。秋雨連番，向隴頭而拾取；夕陽一抹，任屋角之拋殘。

則見圃臥桔槹，場平碌碡。葦箔宵羅，蘆簾晝曝。軋車咿啞，聲在茅屋。弓彈則片片瓊蕤，筳卷則層層玉軸。鶴氅輕堆，鵝毛細簇。溫如挾纊，衣楚楚以思裝；軟勝兜羅，手盈盈而可掬。

單緒合緒，千條萬條。燈青古壁，月白今宵。啼井闌之絡緯，掛網戶之蠨蛸。愁長線短，夢斷聲消。感閨中兮寂寞，念客路兮迢遙。

然後牽紗著緯，引經鋪牀。投之沸鼎，和以輕漿。冰縷一捻，雲機九張。梭龍騰而交錯，幅鴈陣以斜行。借光陰於織素，問刀尺於流黃。小市抱蚩氓之布，晴簷縫公子之裳。

迴憶種花頃畝，摘核陵陂。青塍久竚，縞袂頻移。配收成於玉粒，比美利於冰絲。祀賽黃婆之廟，寒催青女之期。固可以入歈豳之譜，儷織錦之詞者矣。

詞曰：萬紫與千紅，飄零總是空；能回寒谷律，不必鬭春風。

重爲系曰：家家都有種花田，花落花開又一年；花開阡陌如摛錦，花落衣裳盡著綿。

頗黎紙賦并序

元歐陽原功《圭齋集詞》云：「花戶油牕，通曉旭回。寒燠梅花，一夜開金屋。」錢芳標《蓴歈詞話》云：「京師冬月，既以紙糊窗格間，用琉璃片畫作花卉人物嵌之。由室中視外，無微不矚，從外而觀，則無所見。」此歐陽楚公十二月《漁家傲詞》所云「花戶油牕」也。蓋元時習俗已尚之，今京師謂之「頗黎紙」。長晝無事，小牕多明，和墨吮毫，賦之云爾。

斗室兮徘徊，左圖史兮右尊罍。朝塵坱而停几，夜燈晃而落煤。聽敲砌之殘葉，掃澀鋪之舊苔。帳陵寒兮遲捲，窗怯冷兮難開。

則有巧匠裁冰，良工剪水。規小樣於赫蹏，盪微波於側理。輕不勝吹，脆難觸指。鍊魚膏之瑩淨，折蟬翼之薄靡。十幅則疊成雲母，一片則呼來月子。恰宜璹瑁之窗，雅勝琅玕之紙。於焉窈窱安櫺，縱橫布格。空洞如無，纖豪不隔。鏡嵌當心，風來無隙。眩油幌以微青，映粉壁而純白。

其內則烏皮裁几，龜殼支牀。鑪深聚煖，簾密留春。研一泓而澄碧，筆雙管以塗黃。濁酒稍酌，素琴時張。覺身心之清靜，愛世界之明光。

其外則梅蕊微含，竹枝低亞。雲影牆頭，天光樹罅。寒山斂姿，凍泉停瀉。風鐸鳴殘，烟帷撤乍。人遙望以目迷，鳥偷窺而貌暇。

爾乃晨光淺淡，曙色熹微。霜淒不入，露泫將晞。籠雞偶談，野馬羣飛。輕霞生而納采，暾日麗而通輝。夾注之書，不憂其過。細影榻之，本無患于多肥。何綺疏之足擬，赴銀案以如歸。

既而蓮漏徐下，桂魄初上。皎潔晶毬，玲瓏珠網。窗紙齊明，波紋獨漾。搖燈影以添多，撲風枝而細響。恍寘身於冰壺，馳廣寒之遐想。

若夫朔吹既畢，韶光漸融。蟄戶啓向，薰籠罷烘。誰云故紙，猶勝輕容？草痕寫碧，花朵延紅。質雖輕而不損，塵雖積而不蒙。信乎火齊比象，水玉差同。奪五色月氏之殿，勝十洲方丈之宮。此亦可以隔鄭宏之座，而遮滿奮之風者矣。

蓋物有薄而用宜，事有微而情寄。伊尺寸之所施，見取裁之攸利。能轉闇以爲明，又似疏而實緻。烟澹澹兮常凝，水盈盈而不潰。生陋室之光輝，稱小窗之位置。庶沾染于芸香，而不同乎尋常之紙醉。

水仙花賦 以山礬是弟梅是兄爲韻

玉骨珊珊，風搖佩環。伊名花之嬝娜，何體靜而心閒。映一泓之盆沼，倚六曲之屏山。幾生清靜，因緣占居水國；別掾風流，名字修到仙班。

於時澤腹堅凍，山頭薄礬。霜彫籬菊，雪折庭萱。何來嘉種，尚閟靈根。斜支錦石，細護珠旛。清泉暗潤，旭日微溫。居然水碧沙明，靜戛湘妃之瑟；亦復露寒星朗，深栽玉女之盆。

既而瓶釋輕冰，牕移遲晷。東風藹然，忽動盤水。根開白玉之拳，葉簇青葱之指。綽約芳心，娉婷纖趾。裙褶徐留，襪塵微起。望蹇脩而不至，於意云何？託微波以通辭，我聞如是。

爾乃棐几朝揩，筠簾晝啓。檢點薰爐，摩挱銅洗。態弱頻擡，香清暗遞。被五銖之雲霧，葉綠成圍；拖六幅之瀟湘，波清見底。驚鴻見影，疑逢宓氏之妃；香草遺名，欲問女嬃之弟。

一枝獨出，四照都開。蒂融異杏，瓣剪欺梅。亭亭倩女，隱隱瑤臺。七盤舞罷，三島游回。䰟影思去，含睇若來。玉釵掛未，金縷提纔。相賞在泉石間，清供只宜琴薦；不復作烟火氣，前身合住蓬萊。

又如新月黃初，叢篁翠裏。銀缸低背，鏡臺斜倚。望娟娟兮美人，愁渺渺兮帝子。弄珠兮有光，解佩兮未已。歌宛在兮中央，忽欲行兮又止。水哉水哉，溯洄從之阻且長；仙乎仙乎，立而望之非邪是？

脈脈盈盈，其中有精。聽風聽水，傾國傾城。豈冰夷之得道，豈江妻之含情。豈金堂之玉女，豈瑤島之飛瓊。帶烟霞兮罨靄，吸風露兮凄清。指人間兮游戲，訂石上兮要盟。固應伴得梅花，共喚林逋作壻；怪道吟成柳絮，勝他謝氏諸兄。

安肅菜賦以秀才風味菜根香爲韻

白韲收時，紫茄落候。蓼綴露以紅疏，葵經霜而綠皺。愛寒菜之盈畦，傍清泉之微溜。雨葉凝滋，烟苗茁秀。本豐潔以諸肥，尖嶙峋而筍瘦。種分白菜，曾聞詩客吟來；名借黃芽，誤認仙家鍊就。

彼夫地連清苑，俗異豐臺。望龍山兮西指，度馬水兮東來。積廣場之秫稈，糝曲徑以藍灰。臨流門近，面圃軒開。琅菜綺葱，衹成虛語。筍奴菌妾，可笑凡才。年年霧夕霜晨，秋光一棱；處處芋疇瓜町，冷玉千堆。

園丁是白，菜甲非紅。鹿盧閒汲，鴉觜新鬮。夜澆畬而草淨，秋潠雨而泥融。蝗子勤除，坐隴頭兮蕭瑟；雞孫巧護，織籬眼以玲瓏。籌三冬旨蓄之材，預防燕雪；聞十倍瓜壺之利，堪譜《豳風》。

爾其陽蕰陰敷，乘時得氣。裹瓠腹以皤如，剝蕉心而展未。浸荒園之曉月，淡白依稀；暈老圃之夕陽，微黃髣髴。恰比栗蒸棗脯，燕趙素封；何論玉鱠金虀，東南佳味。於焉拔共茅連，剪殊韭碎。園官之歲貢如期，野老則晨挑幾輩。入葱肆兮高標，委豆棚兮久耐。寫村居之風物，筠籠頻貽；隨海國之雲帆，租船滿載。噉三白以無殊，炊二紅而恰配。雅稱百歲之虀，絕勝千金之菜。

乃命疏酌，倒芳樽。屏膏膩，撤炰燔。鹽作水晶之色，鼎除火氣之溫。瑩鹿角之一片，削龍鬚之幾根。粥香膏泛之時，脆敲齒頰；酒醒夢回之後，清沁心魂。風雪光陰，待爲冰壺作傳；虀鹽滋味，何堪金帳同論？

客有冬心獨抱，世味都忘。謝棧鹿消熊之宴，避肥魚大酒之場。拓蟲天於醯甕，安神室於蔬腸。密父飣座閒之味，蘋婆留枕畔之香。相看白木瓢中，嚼冰度歲；安得黃金臺畔，買地鋤荒。荻筍蔞蒿，每結遙思於鴈侶；蓴羹鹽豉，聊償幽夢於鱸鄉。

文穎館恭進西巡盛典表〔一〕

伏以輝騰離曜，調鴻正南嚮之儀；瑞握乾符，示象法右旋之運。儋威棱于無外，月⿰齒骨遙通；沐闓惠于最先，雲郊近接。圖呈蓋地，陪玉琯以偕來；典懋巡方，柄瑤函而益燦。事超三古，慶洽八埏。臣等誠懽誠忭，稽首頓首上言。

竊惟雲車駕羽，庳跡丹壺。露幕棄蛩，書名錦帶。八風入聽，方牙升敷教之臺；四海甄形，石耳命省方之駕。覶神蹤于黃序，躡岱出登崆；溯軼事於丹陵，拜師禮聖。虞巡四仲，書輯瑞以旉文；周邁六師，頌岌弓而偃武。甘泉鹵簿，空傳漢帝之儀；泰嶽緘縢，莫問唐宗之冊。從未有龐褫桄被，協氣棣通。盍神紫塞之庭，問俗青邱之野。跨躡乎七十二代，非繩金揀石所能詳；馳騖于五三六經，爲元扈翠嬀所莫逮，如今日者也。

〔一〕校案：此文又見於董誥等奉敕纂修《西巡盛典》（北京古籍出版社據嘉慶十七年武英殿聚珍刊本影印，一九九六年）之卷首。韋旭東《胡承珙年譜》（以下簡稱《胡譜》）繫此文於嘉慶十七年四月，且謂胡氏於是月「代筆文穎館，作〈西巡盛典表〉。」又謂《西巡盛典》所載此表，「其正文較承珙此文，只多出『邁放勳汾水之游，虛傳姑射；超開后鈞臺之饗，僅筮歸藏』一句及有少許字詞不同。該表文末署『嘉慶十七年四月』。」（頁四十六～四十七）

欽惟皇帝陛下，芝庭合粹。松楝絣麻，挺挏萬萌。盧牟六合，七曜叶雞渾之度〔二〕；運闤珠囊，五風鐠鳳管之音。時調玉燭，徽宮鬯詠，醲薰徧被于星畿；袷輅翔行，渥澤深漸于霄甸。露濡寶甕，春祠升畢陌之馨；霜肅金輿，秋獮勒岐陽之碣。展輿桓之奧宅，戊社枌青；迎津淀之安艫，丁沽水綠。固已星言命倌，霓望諴民。蒙純祜之駿龐，會景祺之鱗沓矣。

乃者《詩》陳太史，儉首《唐風》。禮秩奉常，諴通晉望。名山顯位，導紫府之勝因；古佛延釐，爲蒼生而錫羡。繩羲后三巡之武，射虎勳貽；樵軒皇六莅之儀，馭龍績著。簞壺迓獻，子來久企於編氓；梐枑捐雕，申命先頒於畺吏。諏歲辰而習吉，辨朔登臺；飭章亥以編程，指南駕鼓。八神護蹕，鉤陳環太紫之垣；七萃連鑣，壁壘簇中黃之騎。珠邱首狃，僾然弓劍之思；玉琖虔將，晬爾鬱蕭之氣。羽林芬樹，扶日月以雙輪；繡甸姺闉，絢山川之五色。

于時青鳥司開，蒼龍展閏。風輕綰轄，露浥浮旌。雪後三花，迎玉鑾而獻笑；雲中五髻，映寶蓋以飛光。挹八水于璿源，默參心印；問四禪于金界，湧現相輪。奎畫輝煌，榱桷煥雲霞之采；天歌韃鞳，林巒發金石之音。佈震旦以鴻施，檀烟市地；闡祇陀之象教，花雨漫天。

然後丙御星移，辰斿電轉。矞雲結蔭，歷三輔以承流；珠斗旋杓，張四維而正建。吉行五十，無愆迎送之期；盛禮三千，莫罄洪纖之度。若乃瀆祇效順，候曉月以傳芭；屛翳揚靈，祈春膏而展燎。念赤龍之啓聖，稽古升禋；嘉青豸之觸邪，褒忠遺奠。租寬甲帖，村彪息夜吠之聲；役軫丁夫，堠鷺慰春翹之望。禹車暫駐，赭衣雪涕以甯家；湯幣宏施，韎韐雲屯而夾道。

黃童竹馬，讙忻于蔦之謳；白叟藜鳩，富壽華封之祝。般巡賚錫，扈從虎拜于卷阿；解澤需雲，愷樂燕同于在鎬。凫趨晉秩，微員之姓氏咸甄；鱗集觀光，多士之蓺能節取。廣博士青衿之額，在泮歌詩；比禮官黃榜之科，臨軒試賦。歸來元鶴饔軒貢，和伯之章作。繪華蟲黼黻，佐虞廷之采。

於焉文德既洽，武節是宣。萬雉當關，甲帥擁貔貅之隊；六龍按轡，庚鈴麾鵝鸛之軍。冀馬燕弧，萃精良于地產；參旗井鉞，陳嚴武于天威。遂乃風舉雲搖，鳥肵魚頡。桐生蕃殖，屢豐示兆于春臺；藻詠精詳，一豫臚懽于夏諺。

凡此宸游之安悆，悉關帝典之斋皇。臣等才謝七車，學疎三篋。紬金飾令，鏤玉詳儀。際皇輿效駕之時，情殷觀聽；慕儒館獻歌之盛，願切編摩。八闋叢雲，首振宮商之響；十行湛露，全敷綸綍之華。靈繹徧懷柔，熉玉鋗珠之禮備；戎韜資整厲，攡稽攟鐸之威宣。藻泮莪阿，覘雲蒸於髦譽；裹銀鶴錦，誌日接于蕃遮。奉屬車之清塵，由庚記里；第從臣之嘉頌，探酉陳書。分列八門，都爲一部。卷盈廿四，法時氣之回環；衣被大千，仰功文之巍煥。抽奇麗古，既咸五而登三；鏤跡燻今，將襲六而爲七。是宜陳諸翠檢，韞以丹縢。永護香芸，廣頒繡

〔二〕 校案：「叶雞渾之度」句之「叶」，原刻本作「汁」，疑誤。《西巡盛典》所載此表作「叶」，今據以校改。（見卷首，頁二B。）

梓。十華夷賁，鱸文龍刋之宏摛；萬本傳觀，威鳳祥麐之爭覩。臣等無任瞻天仰聖，踴躍歡忭之至。

寄洪稚存先生書

昨者幸獲摳衣，猥蒙倒屣。識紫芝之眉宇，不愧平生；藉元暉之齒牙，稍增聲價。既屢邀於款曲，復近接乎唱酬。移罇賓月之樓，問字子雲之閣。從茂叔旬月坐，如在春風；見太白一流人，敢談鄙事？方思高言可挹，飢十日而饗太牢；所恐俗學難醫，期三年不近樂器。談經則鐵撾未折，讀史而金根不知。舉凡輿圖準望之殊，篆籀形聲之別，莫不惑同捫籥，棼類治絲。雖清酒三升，膽猶未壯，豈濁河千里，腹果易盈。而況尺鷃不能測大鵬之飛，寸莛無以發洪鐘之響。以故蓬心猶塞，枘舌空存。匪因寒天，蹋足者屢。如游寶藏，空手而回。豈有裨乎？徒自愧耳。

承示《小爾雅》爲古籍之僅存，惜善本之難得。歸而更抽子魚之緒，重刊亥豕之譌。未能購逸簡以千金，且欲思誤書爲一適。頗撢故訓，稍拾新知，而間有所疑，不能無蔽。未安不知蓋闕之訓，爰懷有道就正之情。不棄面牆，希垂迪牖。夫「屑」、「省」爲過，旁通《方言》之義；「叔」、「撫」爲拾，近具《解字》之書。謂「從事」爲勞，《毛傳》與合；陳「請命」之禮，《鄭志》略符。賾深贊明，稍窺《易》〈繫〉；「曼無」「邵美」，僅見《法言》。此誠雅材之遺，足爲藝苑之寶。即如「雜采曰繪」，《選注》偶殊；「寡夫曰煢」，《詩疏》微異。「捷」、「接」互換，或取同聲；「度」、「宅」本通，無煩改字。雖頗形其膠轕，尚可識其要歸。至於「享」當籲和，轉似取諸僞《孔》；「鄂不」、「狼跋」，謂〈廣訓〉篇以公孫爲成王。恰如故爲申毛。藪二爲缶，缶二爲鍾，何至新量之雜陳；兩半曰捷，倍捷曰舉，未見古書之所出。仞四尺，槷六寸，惟王肅與之同；船頭舳，船尾艫，乃劉逵所自本。而且「履」疑爲「展」，「話」疑爲「詁」，苦掃葉之益多；「奸」或爲「迕」，「嗟」或爲「羌」，懼混珠之易眩。推之道元標蒼烏之句，章懷存縞皓之文。二匊二升，《禮疏》補其脫；三翮六翼〔三〕，《史注》拾其遺。總此數端，難求一是。縱堅墨守，疏通未必其愜心；況局咫聞。搜緝或虞於失睫。聊用掎摭，以竢辨章。其有更端，次於別紙。擁篲而企郭璞，庶許爲樊光、李巡之流；挾書而問康成，願附於趙商、張逸之列。

〔三〕 校案：「三翮六翼」句見《史記》〈楚世家〉，司馬貞《史記索隱》注云：「翮，亦作『⿰鬲瓦』，同音歷。三翮六翼，亦謂九鼎也。空足曰翮。六翼即六耳，翼近耳旁，事具《小爾雅》。」（見北京中華書局點校本《史記》）《求是堂文集》「翮」誤作「融」，今據《史記》原文校改。

寄朱蘭坡編修書

人海溽暑，寒鄉早秋。橐筆餘暇，亮惟珍攝。中夏之月，荐荷手函，并頒到先慈輓章等件。即日祇薦靈筵，歿存甄昵。素書庋案，誼重生芻。彤管如椽，褒逾華衮。其爲哀感，不任下誠。山川阻深，赴告多滯。日月逾邁，音問遂疏。將俟卒哭之期，勉循執訊之義。而百端交集，一字不成。枯墨腐毫，輟者數四。累月以來，淚惟洗面，血盡嘔心。敢因其餘，略陳所苦：

承珙幼多疾病，長更蠢頑。我生之初，親年已邁。先君五十有九，先慈三十又二。置膝之愛，固其常也。折蔞之教，尤有賴焉。縱爲人兄，已事親之日短；每嗟予季，庶繞膝之期多。甫及勝冠，旋遭偏露。家道漸落，世患歷更。上谷清河，門庭非舊。封胡遏末，羣從多貧。銜索之念靡忘，捧檄之心益切。於是上州覓舉，入院求官。敢謂四海皆知，羅隱何須一第？所恐二親並歿，曾參安用千鍾？然而苦海無邊，強臺難上。偶因一目之獲，藉償十擲之韃。遂乞粟於金門，且濫竽於玉署。晨夕惟念，喜懼交并。喜則以尺書叩閭之時，稍紓暮望；懼則以寸草扶翹之日，難挽春暉。用是萬慮旌縣，六時鍼坐。嚙指心動，望雲目馳。知交莫得而言，魂夢不勝其苦。迎養之堂，無金可築。陳情之表，非筆所宣。逐鴈信以遄征，期烏私之急遂。近鄉情怯，竹幸報於平安；將母恩深，薪遂忘於勞瘁。方將延涼簟席，取潔廁牏。拾蔡順之椹，進羅威之果。百花生日，常捧板輿。三尺階前，不離萊服。雖使還朝曲好，招隱詞催。必不願舍上壽之卮，聽應官之鼓。致當歸之空寄，貽萱草以多憂矣。而詎知有樹當風，無繩繫日。神丹不驗，畫扇難留。嚴霜慘而色枯，寒泉凝而聲咽。聽黃雞之唱罷，痛白鶴之飛來也哉。嗚呼！罪也伊何，我辰安在？二十喪祜，三十失恃。十年之中，兩嬰大故。尚何言哉？尚何言哉？

閣下懷蘊道素，迴翔上清。承歡則鶴髮怡然，視膳而魚馨潔爾。看兒女青紅之服，彈婦姑黑白之棊。十千沽酒而邀朋，二六練都而成賦。在閣下視之，不過爲有生之樂事，而自承珙望之，已不啻天際之真人矣！來書含廢〈莪〉之深衷，致采蕭之雅意。昔曹子建有云：「面有逸景之速，別有參商之闊。」謝太傅云：「人生如寄，觸事惆悵。惟以晤言銷之，一日當千載耳。」吾聞其語，誠哉是言已矣！憶樂天慈恩之游，前塵若夢；借次道春明之宅，後約何年？楮短情長，途遙意邇。此中結轖，書不盡言。

復家玉鐎孝廉書

兩辱德音，一承篇翰。如明月入褱，清風與俱。思心衺哀，與楮墨相陵亂；寤言彷彿，忘山川之阻深。懷哉懷哉，曷云能已？足下讀《禮》以來，端居多暇。蘭菊羅含之宅，松風宏景之樓。煙雲恣其吐納，圖史供其寢饋。每憶靸履相過，欵關未啓。燈影射隙，林鳥因而驚飛；書聲琅然，山風爲之落石。言念此景，何時可忘？近聞買棹金陵，移舟武阜。資江山之清發，走縞紵于東南。翹首音塵，實深健羨。

承珙棲遲人海，思求友聲。而冠蓋如雲，無改顝獨。轅軫交錯，希聞跫然。何者？志趣既殊，則覿面有邱山之隔；道義無準，則握手非雲霞之契。坐此迂疏，愈成廓落。碌碌如石，倀倀何之？授徒之餘，癡坐終歲。人或半面，稍閒輒忘。日惟一編，相對最樂。所苦心如椎鈍，囊成磬縣。謝仲任閱肆之聰，乏春明賃宅之費。偶有造述，茫無據依。

來教云異書如珠，異人如玉。兩塗斯企，一得尚難。足下買書滿船，結友千里。撰箸益富，聲氣廣孚。可傳之業，已基于此。名山在前，當更勉之。稚存先生，忽焉終古。頃逢生客，頗悉賤名。怪北海之知劉，由敬之之說項。知己之感，不能忘心。足下有懷，想同茲歎。蘊山之變，實出意外。寒家羣從，首推此子。蘭摧玉折，悲莫甚焉。舍弟餬口維艱，棲枝難定。河潤不足，空嗟鄭緩之儒；弟名未成，彌深許武之愧。猥承注問，無以奉聞。天運而往，道阻且長。比想行旃，已還故里。我居日下，有殘杯冷炙之悲；君在山中，饒清流仄徑之趣。亮惟珍攝，不盡所懷。新知必多，幸貺一二。

寄家蓮浦孝廉書

歲聿云莫，憂來無端。長謠不申，短晷易沒。天色慘慘，將雲而風。市聲嘈嘈，自夕達旦。寒燈如豆，與夢俱搖。宿火若螢，撥灰不暖。飛蓬在野，忽移于鬢毛；枯桑隔牆，有如其素抱。念流水之逝景，聽高鴻之響音。感舊慕徒，尤在足下。聞足下載書五車，去家十里。課讀既畢，定省弗違。解束脯之滿囊，邀隻雞之近局。當此殘雪帶岫，薄冰凝流。炊烟一邨，曳若素練。衰草數步，潛抽碧萌。時復攜榼水邊，緩帶林下。數鴉幾陣，餐梅半花。人生故園，其樂何極！能不念哉？能不念哉？

與子別後，愈益無俚。骨非珊珊，不及一把。須始鬑鬑，已雜二色。雇車而出，時逢折轅。贖裘而披，每苦綻線。知交素寡，懷袌轉孤。實恃一編，藉祛萬慮。伏案既久，墨黏鼻端。鈔紙畢登，酸徹腕下。當夫半解偶獲，羣疑暫開。窮古今於須臾，齊得喪于一致。雖塵埃凝榻，蠛蠓緣領。固已安之若素，樂此不疲矣。回念與足下總角論交，藉氈共學。敝廬相望，僅容步武。薄田粗給，各有十雙。既而迭遘參差，同更憂患。漏卮不覺，債臺漸高。十擲無改于博鞬，萬言不値于杯水。君既賣宅，幾欲牽船。我亦待炊，日惟糴米。稚子有淒涼之色，孔方遺絕交之書。十年之間，兩家之事，莫不雲幻蒼狗，日催黃雞。自此以往，比率而觀，亦何者非鏡裏之空花，水中之泡影也哉！

然而退筆成冢，猶堪勒銘。磨研作窪，未嘗無歲。僕與足下，舌耕可以得食，徒步可以當車。閑居送春，默坐嚮夕。天地之大，近在戶庭。日月之明，出入牖闥。牀祇七尺，閣體有餘。案周四隅，攤書自好。一牋一詠，爲花招魂。半水半山，如鳥悅性。飲酒或醉，取笑襄陽之兒；識字頗多，差勝虞姬之壻。古人恍其來晤，後世或有相知。固已蟬蛻於清蚓，用其一較；負擔而逸軼，埃壒而超矣。彼區區揚肥馬之塵，爭瘦羊之饌。曾何足以奪我所安，當君一盼也哉！

惟是足下長依慈竹，勤采陔蘭。而僕則楹書僅存，鏡奩永慕。三釜之祿，不逮于養。一命之封，徒賁于墓。加以丙舍遙隔，丁男不繁。伏臘闕于躬親，松楸恐其剪拜。塊然羇旅，頻經歲時。輒復懸旌于心，承淚以睫。此則僕見在所，萬萬不如足下者耳。勉矣！足下讀書養親，努力自愛。春鴻北向，贈我以言。

寄湯价人師廣西書

自違雪侍，遂易星躔。寒鄉鴈鴻，未達一字。炎洲橘柚，想經五榮。伏惟夫子，星軺按部，露冕班春。月滿珠還，雲開石出。巷路歌乎賈父，耕犁教於任君。騎象椎牛，漸弭其獷悍；鑾花犵鳥，胥荷于生成。側聽風猷，無任忭躍。承珙社櫟不斲，廚桐屢焦。潦倒三秋，辱知一日。青山姑就，東閣初窺。淥水歸艎，西江旋隔。粵在端蒙之歲，相偕上計之人。覓禪榻以暫棲，欣師門之最近。既而偶開丹鼎，免脫容刀。張充折節之年，幸得傳於衣鉢；郤詵拜筆之意，況敢忘於本源？方冀絳帳終依，藍輿時捧。談微聆於塵拂，坐詳議於蟹胥。玉局文瀾，借廬陵之頭地；后山句律，奉南豐以心香。而適值夫子，五馬遄行，一麾遽出。潞水之清波渺渺，國門之楊柳依依。暑雨長途，心隨鞭鐙。秋風落葉，聲在河梁。

維時珙以愛日情深，望雲目斷。上令伯陳情之表，賦袁翻思歸之篇。蒓菜鱸魚，扁舟東路。白華朱鄂，一曲〈南陔〉。孰知微生不辰，被蒼最酷。歸才踰月，憾遽終天。烏鳥深悲，空懷反哺之意；白駒迅駛，難留過隙之光。自此翦屏拄楣，坐惟偶影。棼蔽素幘，出每忘塗。萬念灰心，一哀刺骨。瑣瑣然不知朝菌之晦朔，蟪蛄之春秋也。每懷恩地，時縈夢魂。而荒山無鄰，信使難遇。惟有結遙思於千里，欲效鳧飛；負重戴於三山，自同鼇抃而已。

至於去春釋服，苦無入洛之貲；殘臘束裝，始祖游秦之軷。久違雙闕，忽瞻金爵于觚棱；勉試五題，忝授玉堂之班秩。白非無敵，黃已居難。帖寫輖飢，樵蘇不爨。行歌偪仄，徒步當車。近以授經，藉資餬口。小山叢桂，難爲承蓋之人；大廈連雲，不慣掃門之跡。望家山之迢遞，隨人海以浮沈。卓地并歎其無錐，艤舟未知於何所耳。

今者斗北中繩，棲身鴻廡。日南開戶，翹首龍門。五夜星迴，莫接春風之座；千灘路邈，虛聞海上之琴。所望夫子，響洽傾風，政成刻日。河南則治行第一，上谷之材氣無雙。於焉丹扆書名，朱轓入覲。珙得與諸門生同承辟咡，遞奉橋衡。庶幾病起禾醫，乞參苓於藥籠；暖回鄒律，蘇桃李於公門。區區之懷，日月以覬。不盡覼縷，彌深繫依。

寄朱菊泙孝廉書

匆匆把袂，渺渺分袊。飛絮一天，故人千里。別後炎風未興，伏雨尚早。雞聲茅店，淡月如無。帽影鞭絲，斜陽不下。足下與吾家兼山、澍雲，搜林出碣，敲韃聯吟。草綠平蕪，燈青古壁。指遙山之一髮，渡清流之幾彎。雖對此茫茫，而頗不寂寂。何時水路遞變，舟車代更。逐飛鳥於長淮，數排簪之短樹。柳色荷香之畔，萬慮忘心；筆牀茶竈之間，一清到骨。況復踏竹西之路，乘瓜步之潮。擫笛橫蕭，夢醒一天煙月；揚舲擊汰，眼明兩點金焦。從此旅味全消，鄉音漸近。高堂馨膳，寸草懷春。小婦新粧，千花競笑。招羊求於三徑，松菊依然；擁蠹魚之一編，風雨相對。虛室生白，小窗多明，情在於斯，興復不淺矣。

承珙浮沈人海，躑躅天涯。我勞如何，臣飢欲死。繞樹三帀，觚稜之金爵何棲；彈鋏一歌，天廄之飛龍不借。阿婆春夢，妄念先除。學究冬烘，生涯可笑。今者槐陰罩午，蟬噪迎秋。畏香土之軟紅，愛睡鄉之甜黑。世若大夢，日如小年。惟有浩歌室中，凝想天末。賦淵明

〈停雲〉之章，詠少陵「落月」之句。日行南陸，防酷暑之中人；時因北風，庶好音之惠我。

寄臨汾明府葉雨翰同年書

彼汾一曲，睠懷如玉之人。客來自西，輒聽生塵之頌。其爲忭躍，百倍恆情。乃者麥氣迎秋，槐陰清夏。比想足下，霖雨在手，薰風滿懷。深隈多宵肅之漁，遙村無夜吠之畜。訟庭花落，囹圄草生，樂何如也！京師春澤稍屯，夏炎浸赫。圭璧甫舉，萍號遂臻。所謂言未發而水旋流，辭未畢而澤滂沛。影響之徵，於斯可覩。

令郎負茲穎異，當選清華。無仲由率爾之情，有子勝斐然之志。弟欲其兼收華實，並畫方圓。經義之暇，屬以陵雲作賦；快雪摹書，庶幾技絕雕蟲。手爲天馬，覩麐角之成於他日，知鳳毛之自有由來也。弟舊學將蕪，新愁漸積。才本艱于上水，官將改于下坡。賴有素心，堅予墨守。所恐青琴一曲，未足移海上之情；絳帳三年，曾莫益樓中之算耳。風便率泐，惟照不備！

寄江浦司訓家翥雲書

翥雲足下，離索以來，歲月斯積。湛湛江水，客心悲其未央；𡟯𡟯秋風，居人苦於無友。有懷悁悒，想彼此同之矣。頗聞足下學舍如丹，職田有歲。桃花饌淨，苜蓿盤精。問字之酒，時送於鴟夷；釋奠之牲，載盛之蜃器。杜冠小而適稱，晏裘敝而改爲。既歡懷祿之情，復協滄洲之趣，亦足樂也。

然又聞足下養堂未築，債臺已高。白雲在天，瞻二親之鶴髮；滄波不極，傳一弟之雁書。諸生之影質無償，八口之待炊孔亟。勢難毀馮驩之舊券，復殷浩之空函。於是仰屋咨嗟，看囊羞澀。量米鹽於破甕，掛薑蒜於屏風。南郭之几獨凭，東陽之帶率減。此其中將毋有不自適者乎？

然而君子固窮，達人知命。處不爭之地，作常調之官。師以賢而得民，儒多文以爲富。善舞不必長袖，看射正宜短衣。青氊誠耐久之朋，黃奶固佚老之具矣。況復大謝爲僚，小同入學。西陵之詩可獻，北海之學有傳。折箠不辭，奴知穎士。接䍦倒著，童笑山公。何妨與世推移，隨人俯仰。又江浦者，秣陵之近邑，淮甸之勝區也。分水葉於釀泉，指山條於瓜步。聽隔江之風笛，望平楚之日華。六朝金粉之餘，五季戎馬之跡。固宜尋烟覬古，醉月娛今。習彼土風，安茲吏隱。爾僕錄著，歸田詩成。感舊浮雲，住世落葉。

徂年方冀鹿門茹芝，龐妻偕老。驄馬換酒，鄉友相招。而下澤之棲遲未定，中年之哀樂偏多。夏初玉樵之變，殊非所期。杯酒未寒，牀琴遽撤。既痛隙駒之速，更憂巢卵之危。乃者向笛方聞，莊盆忽鼓。山妻七年之病，八月有凶。司馬倦游，家徒壁立。安仁老矣，簞竟牀空。屋本同愁，似鄭絪之失侶；園非獨樂，嘆君實之無家。尙何言哉！尙何言哉！

足下知僕志意，何能復類昔日邪？端憂多暇，頗思出遨。將俟來春，或訪虎林之山，先探黃海；或泛鳩江之棹，便弭白門。彼時一葦可杭，片氈暫借。孤鶩能烹，善補饋泊之過；前承寄鴨一書，竟歸烏有。尺鯉易得，不煩畫乂之錢。足下得毋疑邠老索逋之來，作蘇晉逃禪之計乎？羽扇拜登，蕪緘爲謝。順問動履，伏惟善攝，不宣。

寄韓桂舲中丞書

踆烏不淹，歲月於焉永久；躍鱗忽至，山川忘其阻深。喜心欲飛，引領無極。伏惟中丞二丈閣下，和春暘夏，與時節宣。霂雨薰風，漸被南紀。際茲五管投烽，十洲澄鏡。鴻波息其鯨擲，象譯勸於犂耕。域中無仆梁之蟓，足下有生鼇之犬。遙想戟門晝靜，鈴閣風微。雅歌投壺，清吟擊缽。蓮開幕府，詩繡弓衣。三百輕紅，堆盤擘荔。一天濃綠，搨管書蕉。洵良喆之古，權太平之盛軌也。

承珙性拙搶榆，筋駑彳皁。吳牛喘暑，越雞失晨。彈鋏無車，幸少出門之日；傾樽有酒，頗來問字之人。挍書之課，以當策勳。授徒之資，藉用卒歲。而官居戶限，家在夢中。長日如年，小人近市。閒愁生於仰屋，敗興甚于催租。尙何能技進承蜩，心專似蚓。抗懷千載之上，勒成一家之言？僅繕近詩十篇，拙文二首，略資嘔噱，無可取裁。

孝廉葉軒，素蒙識拔，厚被甄陶。七經爲文翁之徒，一賦受休奕之賞。乃善鳴籍湜，早在韓門。而工相帛儀，難逢冀野。今者文戰既北，俶裝遂南。思覔都養之區，以爲結夏之計。所覬經彥升之剪拂，頓有輝光；藉元暉之齒牙，稍增聲價。不揣冒昧，特爲敷陳。伏候台祺，不具。

韶州途次謝韓桂舲中丞啟

珙聞宋桷同材，而所任者異；金錫共冶，而所就者殊。今使植棘林於梼木之旁，煽螢燿於龍燭之下，固知其不可同年而語矣。然而宮徵苟合，則牛鐸可以應黃鍾；臭味無差，即魚滲可以湛蘭本。自來爲徐孺而下榻，聞王粲而倒屣。詠霧夕之芙蕖，頓傾沈、范；賦新陰於桃李，見賞元、白。古誠有之，今亦宜然。閣下東吳舊望，北野空羣。王氏一門，人各有集。蕭郎三十，位已通侯。入則畫省薰香，出則朱轓問俗。白雲司職，已高駟馬之門；卿月增輝，重照魚龍之國。於是交趾部民，咸歌賈父。天下談士，願識荊州。固已遡聽風聲，遙瞻斗氣矣。接侍以來，欽挹彌至。

竊見閣下正色率屬，和神當春。本其慈仁，則吐茵不怒；用其聰察，則攫肉無欺。戮橫海之鯨鯢，全資坐鎮；掃潰隄之螻蟻，幾費宵籌。而乃風月南樓，不減庾公之興；裙屐東山，無改謝傅之樂。諷詠倍於書生，被服依然儒素。求之今世，罕有其儔。珙襪線微才，囊錐鈍質。金門小隱，虛竊斗升。玉節初頒，濫持衡尺。三條燭盡，憶我當年。五色目迷，眩人此日。猥蒙閣下寬其禮數，優以餼饔。催試詩成，念白袍之如鵠；報羅期緩，懼赤水之遺珠。月盡瑣闈，看堆於落紙；霜清飆館，預約于題襟。遂使鯫生呈其鼯技，一篇跳出，隔簾而急遞郵筒；三疊吟完，按拍而如聞鞠部。由是高軒過戶，獲承華裾之輝；巨刃摩天，却賞玉川之句。忘爵齒之爲貴，折輩行而與交。豈抱雄心，輒賜以階前之地；未諳雌霓，乃示以郊居之篇。古稱張率之文，固必求名于沈約。而敬禮之作，亦嘗待定于陳思。以今方之，不且有同揆歟？

自違左右，爰歷津郵。買花數盆，堆書盈几。青山無恙，猶認白雲。綠樹不凋，轉思紅葉。蓬牖偶啓，奇石突如其來；葦間沿緣，好風忽而相送。以月之某日，遂抵曲江。回首望龍門之高，攀援何幸？發篋誦河梁之什，惆悵無窮。自顧儒冠，甚愧丈人之厚；聊持紈扇，奉揚君子之風。謹同疊韻，藉作報章。熱鄉晚秋，公餘清暇。懷素道沖，亮惟頤攝，不宣。

約同人七月五日為鄭康成生日設祀啟

昔樊侯作誦，必推申甫之生；臧生陳經，厥有庚子之拜。炳諸往古，沿逮今茲。漢大司農北海鄭君，道亞生知，照鄰殆庶。囊括大典，网羅眾家。鉤《河》摘《雒》之精，起《廢》箴《盲》之要。信乎《大雅》之懿，通人之冠矣。若乃嗇夫捧檄，已安里閭。賊徒戢戈，不入縣境。本初跋扈，致敬於東州；仲瑗宏通，願居於北面。此其所以布衣雄世，高車式門者也。屬冀部迫豺虎之災，致賢者厄龍蛇之讖。而遐稽《別傳》，用綴遺聞。

當永建之二季，實覽揆于初度。七月曰相，五日爲期。是則流火乍逢，輒抒懷舊之念；範金欲事，必依通德之門者矣。夫禮隆降誕，於古無徵。而哲命初生，其時宜謹。懿夫閭史藏書，禮堂所寫。湅醪介壽，豳雅是分。苟義據之昭通，儻神靈之憑鑒。我等高山是卬，同志爲朋。願逐後車之塵，敢忘豆間之祭？比諸舍菜，雖芹藻而可將；相約合錢，貴束脩之自致。庶幾瓣香有在，歸於六藝之文；靈風灑然，歆茲一斛之酳。

約同人邑邸看花啟

塵海希暇，寒鄉晚春。雨少風多，迎遲餞速。前此圖消九九，仍餘梅萼之香；及茲節屆三三，又憶薺花之唱。和風拂面，幽事關心。方將綏帶荒坰，敲扉野寺。散馬蹏而踏草，逐蝶影而過橋。追唐人曲江之期，展宋代上河之畫。興發超古，情盤蕩今矣。況乃長安賃春，小人近市。風雨託會稽之邸，葱蘢成庾信之園。酒堪過于牆頭，觴宜飛于月下。不腆敝邑，寄微粟於滄溟；庶幾同人，錫名篇之珠玉。三間足芘，將沿因樹之稱；一醉無名，欲仿借花之例。

募修魁星閣疏

昔《河圖》告期，姚黃稔其符瑞；井絡建福，楊馬載其英靈。或氣潤如珠，或形明似月。藜閣騰輝於太乙，管城耀彩於長庚。凡茲列宿之精，並具通靈之感。況夫大辰爲忠良之象，枕首無偏；天府有祿命之司，戴匡可驗，此吾村魁星閣所由建也。

瑯琊家世，夙擅雕蟲。鄴下門閭，慣施行馬。地是集賢之里，人推交讓之鄉。綠樹連村，樓臺三面。青山作障，烟火萬家。則有傑構再重，危梲百尺。丹甍冠日，碧檻籠雲。交綺豁以疏寮，紛斑華於倒井。

登斯樓也，舉手可摘，捫胸自羅。香煙隨林霏共扃，鈴鐸與溪響互荅。橋非虹而自矯，田似罫以俱平。春葩則攬地千紅，秋卉則黏天一碧。酒旗風影，颺入中流。僧寺鐘聲，傳來夜半。信里讌之勝游，郊居之壯觀也。

然而古殿徒歸，高臺易傾。飛檐巘巘以將頹，浮柱苕苕而欲動。承塵穿漏，星明朱鳥之窗；鬬角欹斜，雨壞白蜺之室。歎畫棟珠簾之非昔，望雲車風馬以何如。彼夫魁首崢嶸，雖衆材其可踐。何至閣中寂寞，黐一木之難支。文昌所以莫保其常明，廉貞所以致怒於不享也。有其舉也，莫敢廢之。揆厥所宜，用陳玆略。

夫郯詵及第，尚拜龍鬚。孝穆降生，原由麟種。逢黃衣之送榜，夢朱筆之點頭。柳汁濃青，指頻彈於九烈；蕊宮淡墨，字待署於三清。故鍾馗以進士稱神，畫圖依舊；亞子爲狀元作賦，尸祝方新。此閣之宜修者一也。

況夫淜口潮通，祥徵閣老。縣前灘漲，瑞應臺臣。舍衛垣墉，尚藉浮圖。作鎮遼陽，城郭猶憑。華表知歸，誌洛陽之伽藍；頗關興廢，望繁樓之燈火，並係觀瞻。設使棹楔無存，孰識鳴珂之里；蘭錡不設，誰知列戟之門？此閣之宜修者二。

而且其下，則白沙翠竹，路本通村。浪絮飛花，亭原送客。丹溪一曲，月印波心。黃峴千尋，雲齊峰頂。登高作賦，流連文酒之歡；臨水生愁，牽惹江湖之夢。薊子訓摩挱銅狄，珍重何如？王延壽抒寫靈光，咨嗟未已。此閣之宜修者三也。執此數端，並須建置。豈容積日，漸任頹唐？

然而上界官多，下方地窄。天錢不借，月斧無功。塔造四層，未必金輪。自具觀成，一夕可真。玉棟飛來，五角六張，尚恐成難而廢易；南箕北斗，未免少實而多虛。爰憑文字之靈，遂託神明之鑒。

勝因有在，何如捐長者之金；善果無邊，詎止捨梵王之宅。力羣扶而易舉，不藉他楊；兆有開而必先，試徵叢桂。但使瓊梯紺樹，閣道穹窿；庶幾井鉞參旗，神來髣髴。

嗚呼！儒風淡薄，有時亦貴多金；仙籍虛無，此事尤關冥注。爲問大羅，天上幾回聞管籥之音？何妨小劫，人間一變煥亭臺之色。

北堂詩錄題辭

《北堂詩錄》者，同年張愛濤大令輯其母左太安人作也。夫銘椒頌菊，非無黃絹之辭；釵鳳鏡鸞，易入紅牋之格。然而盤中織錦，衹費柔情。扇上裁紈，徒工幽怨。豈若正色端操，垂誡女之七篇；輔信佑貞，著隨子之一賦。足以壽之竹素，煒我管彤也哉！

太安人胄延倚相，兄是太沖。能報大雷之書，善道密雪之狀。既而歸我年丈某公，則宰相五世孫也。華族蟬聯，高門鼎貴。金釭銜璧，玉鏡裝臺。宜其刻翠裁紬，寫貴香奩之集；吹花嚼蕊，製成錦軸之書矣。而太安人以爲緣情綺靡，非德象之所存；即景流連，豈閫言之宜出？故依謝家之樹，祇頌清風；采秦氏之桑，不歌初日。

蓋自纚笄事舅，醎被勸夫。雖從宦得江山之勝，在公懷蘋藻之香。惟致謹于蘧筐，不自誇夫蘆臼。及至楹書授讀，府檄怡顔。伯虎仲熊，並驤衢路。燕雲秦樹，爭迓板輿。於是葉縣乘鳧，潯池卻鮓。察善果之斷事，教崔實以臨民。或親賜之帶鞶，或遙傳于簡札。往往連章申誡，短詠述懷。此則字字珠璣，言言粟帛。泰姬訓子，常各佩以韋絃；敬姜勖兒，惟取罄于幅畫者矣。

茲愛濤以三春暉永之期，爲太安人八旬壽曼之慶。張孟遷階而獻爵，崔邠觀樂而導輿。謂官物非所以承歡，而慈訓實堪以壽世。是用登諸繡梓，寄自郵筒。將廣集于徽言，俾共宣夫懿渠。承珙傾東海之風，匪歆萬石；慕北堂之義，獲覯一編。足知書到大家，不徒重玉臺之詠；倘使傳成中壘，更宜紬金鐀之藏。

駢體文卷二

平海紀略序

蓋聞百越素號「陸梁」，五嶠昔稱「塞上」。蠻荊不靖，曾煩象舞之師；韶石空存，詎識鳳儀之化。然而諸黎踞洞，尚易焚巢。羣獠盤山，無難搜穴。要未若長鯨跋浪，短蜮含沙。據島嶼以逋逃，乘風潮而出沒。易漏吞舟之網，幾摧強弩之鋒者也。故非令嚴於山，才大如海。胸有成竹，目無全牛。驅鱷必除，誓戢惡溪之暴；跕鳶不顧，期收浪泊之功。未有能迅掃欃槍，全清甌脫。廓二十年之妖氛毒霧，恬四千里之駭浪驚波，如今日者矣。

伏惟宮保，菊溪制府。玉昴降精，金提建福。風雲會於掌上，兵甲貯於胸中。香案初辭，八州作督。長城是賴，一障乘邊。暨乎一輪之卿月更明，五管之福星重照。固已迎細侯以萬馬之羣，使君還我；加隨會以三命之服，羣盜思奔矣。公之來也，拜井有靈，如擲梟之皆赤；賦詩見志，即啖荔以輸丹。公自山左移節兩粵，默禱於趵突泉有應。至粵，有「殺賊歸來啖荔支」句。蓋澹臺濟江，必飲老蛟之血；代公仗劍，定弭毒龍之災。而乃海水皆飛，羣妖遘迕。陽冰不冶，陰火潛然。

蓋是時，郭學顯擁黑山之眾，張保標赤幟之雄。而梁保者如水母目蝦，蟂蛣腹蟹。踞東中之兩路，遂聲勢之相依。其西則麥有金兄弟，而吳知清、李尚青附焉。焦黎翳索，罔懼天誅。猰貐磨牙，至甘人肉。於是恨海童之邀路，鮮不痛心；無如駴河伯之望洋，因之束手。惟公智出九天，目營八極。上金城之奏，動合機宜；歷石門之陘，周知形勢。畫地而習水戰，取盤而繪天山。耀楊僕之旌旗，樓船百尺；經臨淮之號令，壁壘一新。鶴膝犀渠，民皆自衛。魚梁蟹斷，地盡周遮。禁兵器於潢池，誰予鑾鐵；斷雲帆於遼海，不運吳鹽。所以絕其覬覦，窮其接濟。魚無濡沫，將游釜底之魂；鳥盡啁啾，待縶籠中之羽。至於孫恩已死，豈號水仙？徐市不歸，思爲島帥。梁保既成蟲化，張保尙肆鴟張。

斯時也，赤舌燒城，常驚飛牡。黑丸斫吏，競欲探囊。公則益厲戎行，盡祛羣議。張彌天之網，彎射潮之弓。追勦於大嶼山前，而稍疏豕突之防，暫成兔脫之勢，然自是已足以亡賊魂而褫其魄矣。既而郭學顯則舞天先至，張保亦候月思歸。始則如黨項之願効前驅，繼則如回紇之力求一見。人咸謂龍淵莫測，虎穴難探。無銀衡鐵室之防，不可以冒矢石；無赤馬黃龍之備，不可以涉風波。而公乃以膽包身，將心置腹。單車造張嬰之壘，免胄效葉公之裝。開布大公，宣揚聖武，此固不煩。十盪十決，已識我師之無前；七縱七擒，始信南人之不反矣。

所以鄭石氏撤簪請罪，幸寬徵側之誅；張保質子投誠，卒踐子義之約。公乃念馬人龍戶，本易招徠。蠶蠱蛇妖，必期殄盡。爰是申防風後至之討，窮飛廉可走之區。先期檄越南王勒兵境上，使諸戎爲犄角，假北犍作疑兵。夫然後伐鼓揚帆，投醪誓眾。釋蔡州之降卒，用孟獲之軍人。犀炬都然，龍工可往。島人五百，待築鯨鯢。習流三千，皆成鵝鸛。追及麥有金等，擒渠萬里之沙，獻捷雙溪之港。而李尚青、吳知清，肉袒先降，檻車以待。棄甲齊于熊耳，當蹊無復馬銜。網已宏開，轡惟獨絕。蚩尤兄弟，肩髀橫分。子璋髑髏，模糊一擲。勇夫聞而股慄，義士爲之快心。從此黨散黃巾，蜂屯不見。巢成赭土，狐嘯皆空。蜆妹魚姑，共訴生還之樂；刀耕火種，永爲不叛之民。金甲春農，呼賈琮而爲父；銅鼓宵吼，戴新息以如神。

捷聞天子，以爲贊淮西之役，惟裴度與同；成先零之功，非充國不可。紫泥降詔，翠羽飄纓。進方召以師保之尊，許桓武以繼承之美。彝尊龍勺，以貺奇章。寶帶金盤，特加賀弼。功綦懋矣，寵綦隆矣。此則不世之勳，待人而建。非常之事，惟斷乃成。較之焚艛名山，斷藤號峽。百戰拔盧循之柵，三鼓奪儂氏之關。豈不並耀旂常，同垂鐘鼎哉！

承珙鑾坡學步，久仰儀型。英簜采風，暫陪談笑。猥蒙獎掖，加以飾雕。諷紀事之八章，展平海之一紀。白狼朱鷺，恍鐃吹之聞音；甲令庚鈴，勝燕然之勒石。十洲澄鏡，本無煩諭蜀之文；萬里乘槎，竊願效平淮之雅。

朱蘭坡小萬卷齋詩集序

原夫金絲引和，必貴幼眇之音；玄黃錯采，所恃麗密之體。非情動於中，則八音皆浮響矣；非質有其內，則五色以久渝矣。物固有之，文亦宜然。故夫詩之興也，哀樂泯於自然，喜怒匪由人事。士衡著緣情之教，彥和垂〈體性〉之篇。陳王擴宇於《國風》，阮公受才於《小雅》。江淹善恨，乃義心苦調之人；平子工愁，有惻隱古詩之意。皆以因流溯源，援條振藻。涂轍雖異，匯歸則同焉。今者標舉風流，掞張慧業。或撏撦以眩博，或跳盪以逞豪。或闡緩以尚和，或譎詭以肆巧。幾乎家藏鵲玉，人握驪珠。鏗鍧鶩趙鞅之魂，絢爛瞬安豐之眼。然而土夫木伯，或少情根。露藹風榮，無關性始。有女之舜英徒豔，男子之樹蘭不芳。真宰弗存，翩其反矣。若吾友蘭坡之詩，其真溫柔在誦，怊悵切情。察士多淩誶之思，好麗有殷勤之意者歟。

君學通五際，才備九能。早直承明之廬，屢游博望之苑。固已四巡臚頌，八采蜚聲。窮廣內之青編，輯平臺之麗曲。洎乎荷衣楚製，蓴饌吳烹。樂琴書以消憂，閱魚鳥以散慮。則王微之宦情本淡，沈警之素業自娛。固無不平之鳴，亦非多窮之比。人衹知君詩圭璋爲心，煙霞散矚。媲香山之廣大，追玉局之清森。而吾獨謂其深於性情，範諸風雅者，則以君少遭孤露，長切友于。念嬴負之恩勤，悲令原之急難。鞠我拊我，無忝於所生；陟屺陟岡，尚慎於行役。加以綢繆親故，契闊友生。〈伐木〉無鳥鳴之刺，〈谷風〉絕棄予之怨。往往深衷內蘊，古道外章。隳括倫紀之中，翱翔名教之地。不啻一篇而三致意，十事而九爲律焉。

以故胚胎元氣，藻圖襟靈。沈鬱澹雅之思，芬芳悱惻之致。嶔崎歷落之氣，蒼涼悲壯之音。既積於中，有來不已。夫然後榦之以風骨，布之以葩華。諧之以律呂，標之以興會。莫不總制清夷，自成馨逸。此所以意匠司契，心聲諧微。境泯娛憂，感均頑豔。寫逸少深情之帖，遜此纏綿；讀公叔崇厚之論，無其篤棐者也。

承珙手無慧珠，腹若眢井。才不逮於作者，心猶慕夫古人。雖欲綜述風騷，鑽研比興。而未能聽遺音於絃外，抽妙緒於機先。惟與君同朝十年，相思永夕。竹柏之契，證於清襟。萱蘇之懷，通於幽寐。數贈答之篇章，傾耳已熟；話平生之出處，僂指能詳。猥許心知，發其目論。卮言無當，喤引聊先。徒致美於探驪，終有慚于窺豹爾。

送閻學王介堂師予告歸里序

夫古人因蓴菜而思歸，爲苦筍而致仕，吾知之矣。或棲遲失志，或慷慨知幾。虎嘯龍吟，平子歸田之作；弋鴻釣鯉，仲生樂志之言。雖趣協于今情，而事殊于往跡。然則懿量歸老，沖德懸車。魏舒先行後言，人不知其去位；杜衍引年謝事，意豈竊夫高名？此固非侈談泉石，浪語烟霞，所能狀北海之高明，摹香山之廣大者矣。若吾師介堂先生，殆所謂國爵屏貴，家人忘貧。師止水于座隅，引清風于琴上者與！

先生族推共馬，譽著優龍。獨步擅于江東，無雙來于日下。爲憐春近，竟籍長安。乘得風高，旋登上第。凡夫斟書東觀，視草西清。花磚翔步之容，蓮燭傳歸之寵。誠足爲瀛洲之故實，閬苑之芳型。已若大椽爲手筆，冰作頭銜。黃道無歧，丹霄自峻。照春坊之寶字，草色承袍；采秋實于家丞，月明飛蓋。橐筆出螭頭之上，屬車參豹尾之間。五色絲綸，樊仲堪資補袞；一編山海，伯翳進佐司空。其官閥之清要，有如此者。

至於龍光渥荷，牡駕頻驅。張秋士之羅，冰壺朗映；持夜郎之節，玉尺平量。傍謝家之青山，三年小住；指皖江之白水，兩字深盟。歲已過乎周星，人猶占其似斗。三千波浪，羣趨龍鯉之門；八百孤寒，並入參苓之籠。曁乎堯年復旦，禹穴升禋。名山視五嶽之封，大夫備九能之選。其聲望之優隆，有如此者。

若其抑抑自持，訇訇如畏。交無洛蜀，援不金張。陸慧曉以禮處人，王僧虔善能屈己。韓皋三世，笏未授于僕人；孔光一生，樹不談夫溫室。飣半柑於席上，醒不取嘗；問幾馬於轅中，數而後對。以故水流不競，風靜無波。焚香多默告之時，放枕有酣眠之適。其境況之恬夷，有如此者。

而且嶠松多節，巖電爍人。腸胃之文章映日，鬢須則瀟灑臨風。善讀千文，致心旌之不動；能輕百步，識氣海之常溫。捉麈尾而說朝儀，亹亹可聽；作蠅頭而鈔典籍，歷歷不忘。待漏趨公，料量及於冠幘；閉門卻掃，居處儼若神明。其精神之朗健，有如此者。

此則輅存顯慶，倍覺渾堅。殿巋靈光，真堪式仰。班彪入見，宜著鹿皮之冠；石麟侍中，將賜龍頭之杖。人待庇于眉子，朝未厭夫蕭卿。而乃端牘辭榮，投簪引素。喚回春夢，賦就秋聲。傳符止足之名，衣稱遂初之製。苟非道腴自飫，福慧俱兼。陶宏景眼有方瞳，李鄴侯身多鎖骨。烏能清時納祿，白首歸家。銜樂聖之杯，走和神之國，如此也哉！

且溧陽者，固所稱烟水之名區，神仙之窟宅者也。金瀨之流泉可掬，銅官之山色常青。于焉烟蘿問徑，鰕菜乘舟。楊石崔琴，灘開八節。局棊爐藥，亭築三休。愛綠野之羣羊，點茲芳草；惜浮光之美鴨，臥以輕萍。故知息影廬中者，視柳宜城爲拘俗；舉頭天外者，望班景倩如登仙矣。乃者客非今雨，秩到古稀。會洛社之耆英，成江湖之野服。臥許氾於牀下，善殖無心；置文度於膝前，貽安自足。騎乘小駟，看傀儡之登場；節度中秋，命管絃而叫月。

承珙感深恩地，愧甚荒莊。昔日明經，幸免貽羞白蠟；幾年得路，祇緣依附青雲。送疏傅於東都，手攀祖帳；憶樂天於南國，圖上屛風。升堂之路雖遙，扶輿之情倍切。附鶴飛而奏曲，敢希爲受賞之音；託組議以摛詞，更願侍嘗珍之饌。

送家崇垣大令之官江右序

夫鳥飛各天，耿故巢之在念；魚游異水，睠同隊而相思。故望衡之交，索居感其風雨；撫塵之好，壯游苦其參商。何況桃李芳園，竹林舊侶。挹清芬於筆研，交幽贄于韋弦者乎？君行矣，假途千里，乞休一旬。被過家上冢之榮，慰朝門莫閭之望，亦足樂也。獨念予者，拙於直近，孏與慢成。宋株之守何時，越射之儀不易。閉門輦下，無異空山。檢歷牀頭，始知久客。與子契闊，我勞如何！

猶憶曩時，予甫成童，君踰弱冠。流連釣游之地，跌宕文酒之場。朔別晦期，摛裳連襼。百錢具饌。供永夕之陶陶；半解會心，聽清談之靡靡。新賞未歇，古懽更濃。方謂來日尚多，此樂可保。而中更憂患，婁經合散。不名一致，所懷萬端。予既頊頊，君尤倀倀。當斯時也，君有安仁悼亡之戚，乏士衡入洛之資。飛蓬渺其隨風，強臺迫于難上。游殊子孟敝車羸馬之容，廡非伯通殘杯冷炙之饌。此之侘傺，予能知之。

今者冶金不言，研鐵已穴。紅綾甫噉，墨綬旋膺。筮得斗城，勸餐升米。亦復無助興豪，轉傷形役矣。然而歲月澹其嗜欲，紛華所以不移也；風霜鍊其筋骨，盤錯所以不折也。執獲搏虎，既自試于焦原；害馬亂羊，當力除于巖邑。足下緇塵未化，白水堪盟。出國門而行李蕭條，聽衙鼓而步趨溫雅。視彼銀黃乍綰，竹素全拋。牒訴裝其胸，敲朴攖其慮。鄧颺之躁將近鬼，劉輿之膩欲污人，其相去爲何如耶！

抑予又有進者，蒲鞭在手，更求不試之方；鐸冠冒頭，當爲易掛之計。苟其種秔足給，彈琴自和。則蕭生可以抱關，謝令何妨止酒。不則匡廬之雲，本無心于出岫；西江之水，堪載送于歸艎。山澤之游依然，圖書之樂不改。予將與子，激流而飲，誅茅而居。釣魚一雙，買牛十具。潔芼足以供祭，春稅足以代耕。豈不進退裕如，蕭灑自得者哉！作此早計，笑子輿之爲人；好爲盡言，恃惠子之知我。匪我讕妄，情在於斯。言不能罄，歌以繼之。歌曰：

景風扇物，暑雨載途。送子於野，搔首踟躕。湛湛江水，歸墟惟海。人之善懷，亦各有在。一漚自足，百年有期。馬力之竭，徒悅人爲。浮雲蕩搖，邱陵如故。悠悠風塵，葆此貞素。彭蠡之渚，實多智禽。冰泮北翔，遲爾好音。

送朱崟陽明府之官山左序

今夫繁絃嘈囐，不奪觚俞之聽；蟠木輪囷，不傷獿人之斵。世之以風塵爲天械，隨簿領而陸沉者，其皆滑欲於俗思，溺心於躁進者乎？若夫覘之理劇，不廢嘯歌。吳隱酌貪，無改圭潔。大魚王龔之德，小山張稷之游。積草一庭，蒔花百里。連袂而歌于蔿，飲醇而號建康。希古振纓，及今濡跡。斯爲得之，庶有取耳。

峚陽二兄，玉骨韞采，繡鞶振奇。發藻下帷之年，蜚聲播篋之日。菑川文學，羣讓公孫。洛陽秀才，端推賈誼。往往五問並得，一軍皆驚矣。今者歌〈鹿鳴〉而來，躍龍門而上。宴回綾餡，遂學烹鱻。詠霓裳，應工製錦。人咸謂鶚闈未到，鴒枳徒棲。恨楊意之不逢，以韓愈爲可惜。士各有志，僕不謂然。今夫江河之旁無沃畝，不如鄭白之渠也；松柏之下無殖草，不如蔽芾之蔭也。是以良吏之用，過于勝兵。劇邑之難，甚于時宰。試卜式以吏事，褒卓茂以侯封，有由然矣。設令足下入金閨，步玉岑，排青瑣，翔紫闥，豈不能遷鶯索句，掃葉讎書。講經登七寶之牀，隸事掣五花之簟？而豎鱗涤水，未免浮沉。軒毳青天，祗供腹背。鑣齊驥騄，難効執鼠之功；筆如干將，無益補履之用。加以雲深夢冷，日近居難。破椽之屋打頭，溼薪之烟眯目。亦復味如雞肋，寒甚牛衣。韓文無救于五窮，晏祿難周于三黨。豈如盤錯有用，方圓可施。宣鄭阿之風，行蒲密之化。圖形鄉社，疏姓屏風。使人歎鮮于之賢，安得百輩。諸葛之量，當作三公也哉！

或又疑足下油素方齎，銀黃遽綰。解巾伊始，讀律未精。恐不能崔手如雷，蕭符似火。吏將慢于烏攫，民不狎於雞驅者，此又葦笥之猥談，非蒲鞭之良術也。夫成王之諭入官，戒面牆於不學；文侯之論始仕，入晦室而徐明。故漢世諸郎，每令出宰。唐宗策第，即使臨民。豈必人人懷袁甫之縉，家家藏傅翽之譜？而且威鳳一羽，安用蒼鷹。馴雉四郊，行致白雀。方今聖治載踶，皇民道敦。邊陲無枹鼓之驚，郵驛禁廚傳之飾。穀人晝而絲人夜，大絃溫而小絃清。苟如劉方之不煩，奚必咸宣之無害？

足下第裁量金布，袚飾竹冠。鞭視後羊，牧去害馬。劉超課賦，令自署以投函；子長訊囚，但爲形而刻木。至於敝車羸馬，共識清修。斗酒隻鷄，堪餉大府。書不慮其掣肘，禮何靳於折腰？夫然後張幕露初，放衙星夕。謝情最勝，山水方滋。嵇性原疎，魚鳥自近。足下烟懷直上，琴德素優。攫醳養和，觸[illegible]如志。朱墨既了，發篋則素書依然；鈴柝不聞，隱几而青山如在。綠槐白水，推敲潘令之詩；紫駮朱斑，摩抄吳玨之器。況復地連左輔，官有東名。鄭宏化甿，宜尹鄒魯。王陽迴馭，不歷邛崍。足下捧檄怡顏，築堂迎養。鮓無煩于封寄，凫不假以飛還。（君以親老告，近改發山東。）赤子拊循，都成孝子。濟南風景，大似江南。人生如此，樂可知矣！承珙天涯羈宦，人海藏身。感舊慕徒，愛閒多病。方期王翰，共結日下之鄰；卻送安成，不識夢中之路。聊贈鄙言於季重，無煩改轍而行；如頌清德於臨漳，敬用濡毫以待。

夢游弇山圖序

夢游弇山圖者，馮子晉魚之所作也。晉魚抗跡希古，崇情振奇。抱幽賞於金石，覃湛思於竹素。長卿慕義，因緣睨杜之名；仲慶好玄，周旋執戟之客。顧獨於明弇州山人有深契焉，於是摸暗中之沈、謝，不待吳音；從異代之嚴、楊，行思蜀道。偶沉鼻觀，遂御尻輪。聆鳴鳥之仙音，望華胥之樂國。《列子》華胥氏之國在弇州之西。前身恍惚，曾到西湖。清夜迷離，似游天姥。羣仙高會，方書新宮之銘；異境中開，儼入瑯嬛之館。精神所感，亮在斯乎！夫蔡邕乃夙世之張衡，蘇晉爲後來之王粲。展案間之軸，名識鄒陽；檢鄴中之書，序求子建。而且赤衣鑿腹，丹篆填胸。石闕銘餘，鏤管可贈。禪靈泊處，匹錦相詒。於傳有之，吾聞其語矣。

晉魚專精既篤，通呂蒙囈後之經；用志不紛，識張敏寐中之路。瓣香所在，敬爲南豐汗漫之游；放乎東海，固可自成斐然歸諸。盍各耳！如其取法貴上，轉益多師。則夫七子，近乎標榜。四部苦其紛繁，綜犖帨於遙年。悔巵言之少作，雖才不世出，而學以年劭。吾願晉魚，肆彼冥搜，授茲秋駕。根柢深厚，更抽江令之花；膏馥充腴，不拾鄭郎之唾。則將引青藜而下照，執丹漆而西行。猶龍可慕，行且逢談老之人；栩蝶依然，豈僅表齊莊之字。

贈朱蘭坡五十初度序

夫盛年不再，臨川感其逝波；歧涂孔多，旋軫爲之隕涕。昔人所慨，僕不謂然。吾人生爲男子，占榮期之一樂。時當太平，無張衡之四愁。大隱足以容身，微痾足以養性。恆榦未化，羲、望相與周旋；夙根不昧，煙雲闢其懷抱。鼃坎自足，斗升無與人爭；駒隙雖馳，歲月已爲我有。此僕之所以平情觀物，頤志全生。遺哀樂於中年，安優游以卒歲者也。而於足下，則更有進焉。

足下節母之子也，齒髮未燥，形其不羈。頭角已成，致此有見。卒能珥彤書操，琢石流聲。繪秋鐙課字之圖，迎春水安流之舫。尺波捕鯉，馨夕膳以有餘；寸草扶翹，侔晨葩而更潔。此足樂者一也。

足下植根芳苑，濯鱗清流。咳唾而珠玉隨風，腸胃之文章映日。故聃佚常居柱下，嚴終久在承明。汪澥積考，皆爲儒官。德林累年，不出文館。爐烟兩袖，巢痕九重。緇塵未染其衣，簿書不掛于眼。此足樂者又一也。

華族鼎貴，高門戟列。應氏有神光照社，崔家以德星名堂。顏優溫盛，並萃一門。龍子釋奴，競名當代。世業青箱之學，羣從烏衣之游。此足樂者又一也。

室有賜研，門無雜賓。頤情典墳，游思竹素。羣經或作，輯元朗之《釋文》；古壁所存，采祭酒之《解字》。露鈔雪纂，柳緝蒲編。韓集尊自歐陽，祕文定於中壘。抗今希古，物疏道親。此足樂者又一也。

操修圭潔，敦履璞沈。終始夷涂，出入康遇。玩高柔之賢儷，若將終焉；符商瞿之多男，早又過之。教遺一經，傾蓋篋而何憾？生名百藥，及艾歲而轉康。此足樂者又一也。

凡此數者，多天倫之懿美，匪人世之猥榮。吾黨以爲美談，名教之所極樂。若夫榮悴不常，淹速異致。則孟堅賓戲，子雲客嘲。皇甫〈釋勸〉之論，夏侯〈抵疑〉之作，足下當自得之，無煩僕之瑣瑣者矣。至夫僕與足下，通名丱角之時，訂交杵臼之際。竹馬既棄，插地久已成林；土牛本遲，累駕不如一蹴。所幸者，賃屋人海，十年望衡。看花長安，三月聯轡。半篇分韻，黃鐘鐸鳴。一義析疑，蕤賓鐵躍。而且紉之蘭茝，申以蔦蘿。幾幾乎蛩無離駏之心，螽有從蠜之性矣。君既知命，僕踰彊仕。箸述資于仰屋，行藏決於倚樓。佗日者，叢桂相招，徑蘿無恙。各有敝廬，以芘風雨。仍謀薄田，稍給饘粥。溪鱗可數，聊垂一竿。山雌已肥，不假再彀。梨栗通於餽問，裙屐傳爲畫圖。相思而命駕無煩，清談而鐎蘇不爨。則夫青山依舊，白首如新。僕豈不能曠引嵇情，精研樂旨，而爲足下更進一觴也乎！

馬文補堂暨姚太宜人八十壽序

往者承珙唱第南宮，斠書東觀。游神山而希古，從人海而測交。則有同譜馬君元伯，氣鬱青霞，棱生紫電。牛毛績學，麐角養成。既合契於苔岑，遂賞奇於竹素。則見要聞五際，治識六情。折角能談，解頤善說。騰芳光價，條綜乎四家；擢秀騁轡，弗穿乎羣籍。每與商榷疑義，發揮舊聞。戈無入室之操，轍有出門之合。既而發彼篋衍，示我楹書。因得讀其尊甫器之先生《左傳補注》，三桓七穆，悉數能終。起廢箴肓，無癥不洞。乃知一經家法，兩世師承。

如少贛之授仲師，中壘之傳子駿焉。而元伯則以爲此皆其大父母補堂先生及姚太宜人之教也。

蓋先生幼而夙敏，長即通方。曾趨東郡之庭，不曳西華之帔。倦游司馬，有筆陵雲。豪氣元龍，使人臥地。往往收窮廣柳，振乏翳桑。胸中之廈萬間，身外之裘千丈。雖義漿易竭，仁粟無償。上腴之田，已質其十雙；下澤之車，惟餘其一兩。而先生胸情泊若，神宇泰然。好修紉其佩蘭，爲善比于采菽。所以猳雞有誓，指虞寄以不欺；牯犉來攘，恐彥考之見識矣。

姚太宜人，胄承右族，兄是左思。家在大雷，問訊參軍之使；庭飛密雪，歡陪太傅之吟。用是《女誡》七篇，姑恩一曲。青琴在御，白首相莊。其與先生，可謂裁一袜之服，食並根之禾。桓鮑協其素風，梁孟符乎隱操者也。至其劬躬並劭，燾後益隆。門庭肅謹，生男勝齊魯之儒；官禮嫺通，有母著宣成之號。洎乎元伯，扶牀伊始，繞膝而前。蘭茁其芽，槐爲之樹。即更慈襟春盎，義訓川流。小同禮堂之傳，大母含飴之教。故能嗣聲絳帳，表異白眉。翔步上乎金梯，蜚英噪于水部。延年勤職，將邀賜秩之榮；伯庠勵精，更無虛張之繕。而以靡盬興懷，聿修在念。孫桐茂豫，復增猗難之枝；祖竹清森，遙寄平安之信。序屬三秋，慶先八袟。禮宜製錦，雅囑添籌。

猶憶歲在上章，時維中夏。承珙偶持使節，代致書郵。經通德之門，式高陽之里。値龐公上冢之行，闕子敬登堂之拜。然而心儀有素，耳熟能詳。將進祝于岡陵，竊比附于風雅。夫蓼彼之澤，自葉流根。詒厥之謀，以孫翼子。凍醪介壽，占喜色于豪眉；蟄戶明和，聽飛聲于舜羽。所由天錫，符策人號。寶田阿翁，卜以興宗。王母受其介福，故繩其善武。是宜稱瑟若之觴，而被我清芬，敢弗效穆如之頌也哉！

同年徐詠之母李宜人六十壽序

今夫桃李美春，不少接枝之類；松柏多蔭，豈無殖草之心？況二月鬻羔，〈夏正〉紀其善養；七日化嬴，〈周篇〉詠其式穀。伊昔鄧嗣率教，著東觀之書；伏恭事親，傳北州之學。士安勵志，誦三徙以成仁；翔仲甘貧，對一餐而在念。莫非因心鞠養，繼體扶疏。拊畜過于所生，督責成其有見。慈孝之道備矣，顯揚之報宜焉。

同年徐詠之嗣母李宜人，鳩舒望族，龍眠世家。惠問川流，芳猷蘭馥。柳絮飛輕，仿出白描之本；茗柯香細，吟成綠淨之天。其歸於璧墀贈公也，魚軒儷乘，鳩杖重闈。衛女有五可之偁，石氏爲九族所重。蘋賓藻澡，謹阼階饋食之儀；齊瀡秦滫，嫺儒門事親之則。其家則籬根共井，院落同庖。裴寬擊鼓而會餐，陳崇建堂而立教。宜人於是澤火無睽，茝蘭交贄。謝家羣從，無封胡羯末之殊；王氏一門，秉東海京陵之式。

當璧墀先生之在日也，道腴自飫，宦味無貪。怡志東皋，命疇南畝。露初星晚，符周朗之言；落葉新花，適陸瑜之志。宜人則粒食並根，芝采同本。棲貧薄笨，甯辭瘁於鹿車；執爨扊孱，猶相莊於鴻案。此所以蒙山卻聘，必資戴畚之賢；冀野如賓，實感提筐之敬也。爾乃門無異烟，衣無常主。豫章深猶子之恩，常山免無兒之憾。則有安世小男，襲陽都之爵；武侯適嗣，易伯松之稱。

我詠之同年，三歲窺孤。一枝寄活，惟賴宜人。桑螟善負，藿蠋相孚。咽苦吐甘，分肌損氣。瘞攘羊而示義，禁探鷇以明仁。饗宗成室，賦〈綠衣〉之卒章；具饌留賓，識黃裳於末座。以故講經奪戴憑之席，射策占卻詵之枝。璧府曾居，振鄴侯之仙骨；金梯更上，稱何遜之詩才。扇影爐烟，爵棱在望。黃麻丹綍，豹直常勤。而以雛飛集杞，將母未遑。鯉膳馨蘭，築堂可養。

於是扶輿長風之夾，掛帆大雷之岸。愛日南至，慈雲北來。宜人方且勖以善養，勉其潔修。孟博大名，覬齊於李、杜；真長令德，羞比於范、袁。此則德音孔昭，佳氣時喜。宜乎增輝畫雉，食報丸熊。堂開晝錦之榮，室延春暉之永者矣。今者素蟾圓後，青鳥來初。開少廣之筵，隱養和之几。宜人則含飴繞膝，練色引頤。蕭灑林下之風，晶明華頂之宿。耳目聰朗，繫乎神明。閨闈肅雝，表此禮則。承珙幸與添籌，敢辭搦管。惟是石塵天上，有慚孝穆之文。庶幾朱鳥牕前，竊效曼倩之拜爾。

同年謝駿生母蔣宜人六十壽序

懿夫少華助維嶽之高，寶蓮不落；幼海具大瀛之量，瑤島恆春。故惟星裀詠肅，月袂占良。清邱盟而孟氏方興，江氾歌而周人以化。方筐圓筥，偏推季女之齊；三翟六珈，並受王母之福。未有非莊姝表度，婉嫕宅心。而能錫祉百齡，均禧三族者也。

同年謝駿生母蔣宜人，汝南舊望，於越名門。青溪著第三之稱，紅閨少下九之戲。浣紗蹟古，每效挼莎。采葛謠新，尤工組織。千花競笑，閒乘鏡水之舟；十樣成圖，盡學嵇山之黛。固已克嫻彤管，無忝素風矣。其歸我年丈鶴岑先生也，卜姓吹篇，占爻得鼎。吉人爲姑，而子孫必蕃。祥女入門，則婢媼皆慶。

於時庭萱樹背，寸草抽心。念戴白之須扶，恨空青之莫覓。宜人乃蒸梨必熟，剝棗維新。敲半夜之棋，無妨隔戶；哺陵晨之乳，早已升堂。殆所謂愛敬天情，言容典禮者與。洎乎鶴岑先生，孝廉船歇，博士門高。陳馬帳之經，振鱣堂之鐸。春風得句，飛蝴蝶于階前；夜月閉門，走鼪鼯于徑裏。宜人相與料量錢布，剗剔蓬蒿。舉案而苜蓿盤高，進饋而芙蓉饌淨。一官著腳，依然黃卷青鐙；半世同心，相對白鹽赤米。既而陶彭澤歸去題辭，孫興公遂初作賦。則乃荷衣手製，虀臼躬操。如通德之伴伶元，清娛之隨太史。至于田開下潠，代潘岳以扶輿；門對中江，助姜詩之汲甕。酒錢誰送，猶具饌以留賓；官飯無餘，每散金而贍族。所爲芳儀播于闤闠，惠問宣于里閭者，殆數十年如一日也。

若夫蹟桃作飾，畫荻教書。鳴機爇五夜之糠，暖講截半梳之髮。故駿生駒齒未齊，鳳毛已就。昂髻縱壑，踏地騰霄。然藜天麋之藏，簪筆文螭之陛。班冠玉筍，燭徹金蓮。紉鍼留蜀纈之袍，馨膳寄蓬池之鱠。行將碧油紅旆，迎千里之安輿；紫誥黃麻，賁五花之寵命。乃者呂琯飛灰，繡幢添線。仰慈雲之遙覆，幸愛日之初長。爲璇宮周甲之期，是琪樹逢辰之會。梅花數點，映成雪鬢之光；淥水一江，斟作霞觴之酒。承珙飫聞藻德，敢闕蘭芬。望鶴影於天門，峰高慈姥；達魚緘於日下，竈問麻姑。惟願林下風清，五嶽著長生之籙；江南春近，九華明不夜之天。

家虛齋司訓六十壽序

昔者伏波老矣，念鄉里之善人；陶令歸來，悅親戚之情話。吾人憂患歷更，馳驅既倦。未嘗不縈情山澤，睠跡釣游。維桑懷夫故都，有杖親其同姓。況于撫塵之好，並坐青山。總角之交，倏垂素髮。望衡接閭，有伏臘之相共；東阡西陌，惟穀稼之是咨。豈不若淵魚林鳥，聚隊爲懽。山木井泉，長年自適者乎？

虛齋學博，乃吾宗之長德，抑少日之石交也。君幼而儈定，長更虛恬。醰粹宅心，暖姝接物。猶憶余方舞勺，君甫勝冠。歷左頖而觀旂，入東綵而鼓篋。士衡作賦之歲，已欲淩雲；子長著史之才，基於探穴。遂相與流連文宴，跌宕琴尊。高談娛心，勝概超俗。道南道北，無間于素風；上洄下洄，不隔于疏屬。屏絲竹之響，而趣在蘭亭；開桃李之園，而罰依金谷，此一時也。

既而星離異地，雨絕各天。余也棲雞薄笨之車，叱馭峻絕之阪。萬里適文身之俗，三年守窮髮之區。黑水無邊，朱顏非昔。而君則南柯獨醒，北山早移。解體世紛，結志區外。意行率爾，猶是烏衣之游宴處，超然不改青楊之巷，此又一時也。

夫以君之軥錄其躬，溺苦于學。設使植根芳苑，必當蔽日干霄；奮跡康衢，抑且追風躡影。然而斧斤仁義，韁鎖利名。青黃爲蟠木之災，鐘鼓非雜縣之享。孰與夫棲神虛白，迴志元祺。延年芳菊之谿，卻老長松之谷者哉？閒嘗參敘彝倫，商榷名教。本天爵之爲貴，綜人世之所難。君之可稱，厥有其實。夫祿不逮養者，深風木之悲；游必有方者，興雲舍之感。君則白華朱萼。常在陵陬。秋樹夕葵，未離膝下。石家建慶，傳陵里恭謹之風；周氏顗嵩，成汝南方雅之族。而且萊妻處室。敬通之恨泯焉；驥子候門，儒仲之慙不作，此君之篤行一也。

君以膴仕難居，儒官易稱。擇卑枝而託足，臨清流而濯纓。赭圻百里，折葦可杭。青氈半牀，搜篋故在。聚徒卻贄，惟橫上舍之經；載米到官，但飲中江之水。而猶以體疲塵雜，性礙曠閒。暫陳苜蓿之盤，旋遂芰荷之服，此君之高致又一也。

爰乃標賞風前，寄情霞外。梯巖架壑，激流植楥。尋謝公之墩，闢蔣生之徑。軒櫺四面，都納奇峰。烟火一村，自名別墅。鑿楹則好書千帙，入座而濁酒一壺。晨燈夜燭，以課後生。春荑秋葉，以娛晚歲。松風傑閣，三層習靜之居；菊影疎籬，九日登高之會，此君之逸興又一也。

至夫佳氣時喜，和神當春。棲遲莫競之林，利涉忘憂之沼。良以性靜則情逸，慮澹則物輕。冰炭不涉其懷，寒暑莫侵其質。故上經可以說道，中藥可以養神。元龍除豪士之氣，單豹有嬰兒之色，此君之善攝又一也。

或者謂君孏慢相成，貞孤絕物。類御寇之連牆不謁，似子綦之隱几若忘者。余則謂士各有志，人不自知。故太丘道廣，元禮門高。事無兩兼，理則一是。徐公率通介之性，故自有常；懷仁處季孟之間，去其太甚，斯可矣。

今者禮合杖鄉，義推先飯。凡屬同席共研之契，各懷笥餌卮酒之歡。而余亦得以蒲柳衰年，枌榆舊好。漫效介眉之祝，以當撫掌之資。豈曰誦穆如風，聊壹笑以爲樂。庶幾交澹若水，可久要之不忘爾。

游萬柳堂記

今將誌陸海之滄桑，問故家之喬木。則夫河陽別館，好畤閒園。綠墀青瑣之華，弋林釣渚之翫。莫不物換景移，光沈薰歇。然而梓澤邱墟，音塵未沬。平泉已矣，花木如存。豈非名流雅集，來者重其履綦；主人好賢，曠代深其佩結乎？

萬柳堂者，故益都相國別業，康熙間嘗招鴻博諸君子觴詠于此者也。在水一方，去天尺五。蓮池放棹，花嶼移牀。髆飛絮而擘箋，拗碧筩而遞盞。其已事矣，既而火城不返，沙路旋平。奉誠之主既遷，王珣之宅遂捨。（堂後歸倉場侍郎石公文桂，始改爲拈花寺。）樹猶如此，艸條爲之泫然；池又已平，倒載歸于何處？過之者輒有甘棠愛樹之思，峴首沈碑之慕焉。

今者，寺尚拈花，人思補柳。（時朱野雲處士補種柳五百株。）草色迷舊，烟痕逗新。遂以壬申二月晦日，偕同人游焉。至則女牆覆雲，僧房閉日。古佛欲臥，面餘網塵。啞鐘不縣，腹飽苔繡。其東則御書樓也，奎章炳若，靈光巋然。相與緣梯而登，凭檻而望。戶外修竹，翩隨袖翻。城頭好山，忽與眉接。

于時野氣勃發，林芳轉清。山桃小紅，沙荻短翠。新植之柳，含青濛濛。就殘之花，綴白點點。乃復越斷澗，驀層坡。藉草成茵，蔭柏作蓋。勝槩追古，遙情抒今。求所謂橋橫並馬，磯矗打魚者，已難得其仿佛。朱竹坨〈萬柳堂詩〉云「毎妨並馬横橋渡」，杭堇浦詩云「溪風掠過打魚磯」。無怪乎野雲之墅，清露之堂。地已傳疑，景徒見畫也已。元廉希憲號野雲，有園名萬柳堂，《帝京景物略》云「在右安門外」，《日下舊聞》謂「在城東南隅」，則即指今處矣。阮芸臺閣學云：曾見趙松雪畫卷，即右丞張筵招飲，命劉姬持花獻酒，歌〈驟雨打新荷〉曲事也。危樓再升，疏酌更舉。觀東皋之春事，延西崦之夕陽。蔬香半畝，闌入酒尊。農歌數聲，妍勝菱唱。曲水淺淺，風來自波。高柯亭亭，烟脫忽暝。然後旋軫弭轡，雲散而歸。將以此導禊飲之先路，躡帬屐之後塵焉。

同游者朱蘭坡編修，蘭皐、雪郵兩孝廉，立亭秀才，家鶴書國學也。

大通橋汎舟記

炎陽有亢，鬱居無俚。端憂託於凝塵，相思繫於烟水。急欲命疇嘯侶，戲廣浮深。追良會於漳渠，覓賞心於濠濮。納彼清曠，滌此煩歊。爰與同人有大通橋汎舟之約，而以洴號不興，飛廉作虐。南風苦競，西日難遮，意忽忽不果也。俄而甘澍，轃熾氣洗。潤液流夜，清景麗朝。將申前盟，展勝踐。芳訊乍往，佳招適來。遂同命駕，出乎城闉。舟小於瓜，篷輕似葉。坐來天上，行入鏡中。惟見細藻一川，新蒲兩岸。水葉初放，碧到鷗邊。林花晚開，紅出燕外。魚簄隱隱，時聞跳珠。鴨闌疏疏，皓若堆雪。

于時高樹翳雲，幽草泫露。嫩涼浮席，餘爽在襟。乃命羞蘭肴，倒桂醑。甘果繼進，苦茗錯陳。舫船一棹，恣其拍浮。篙槳不施，澹乎容與。風來嫋嫋，波生鱗鱗。蒹葭未蒼，已作秋響。楊柳盡靡，都隨岸移。談讌紛然，倏抵閘口。隄長接天，橋低臥水。聽懸流之漱石，驚飛沫之濺衣。乃復易舟而前，洗盞更酌。如上洄下洄之溯，成前溪後溪之游。川涂較長，烟景愈美。薺麥半頃，近水不枯。茅茨數間，臨流便韻。殊令人懷江湖泛宅之思，動蓑笠隨身之興焉。

夫有定者地也，而難得者時也。此間披襟暢懷，觸目延賞。然使冰澌結岸，則寒威中人。租船塞河，則囂聲聒耳。惟宜早夏，尤勝晚秋。而況風際懷清，雨餘送朗。水蘸輕衫之碧，塵消輭路之紅。豈非事與願諧，良隨美具者乎？林蔭屢移，櫂歌旋返。清暉留客，蒲稗可以因依；夕陽滿川，蜻蛉爲之前導。視昨者釣魚臺之游，據石而坐，僅足垂綸。沿溪而行，無從買舫者，不已較勝十倍乎？於是朱蘭坡編修有詩，予復濡筆記之，以無忘歲月。

時嘉慶癸酉四月廿有一日也。同游者朱伯仁茂才，蘭皋孝廉，立亭縣尉，暨蘭坡幼子五郎凡六人。

疊嶂樓記

夫羣山所宮，靈秀斯萃。攬勝之要，高明是宜。吾鄉疊嶂名樓、留雲字閣所繇來矣。余自汎渤澥，經瀴溟。窮烟濤之微茫，隨日月以出沒。策六龍於崇島，望一髮於中原。萬間之志未償，一壑之戀斯在。洎乎歸身天際，策杖山中。瞻曖曖之烟村，撫依依之楊柳。苟可以暉曠高明，藻瀹神志。則泰山之與秋毫，滄海之於一勺，其致一也。屬吾宗之多美，適茲樓之落成。咫尺便於近登，臨眺宜于暇日。平揖列巘，頫臨迴谿。無仲宣懷土之悲，有淵明望衡之景。其斯爲游目有涯，賞心無歇者與。乃爲銘曰：

青山拓屏，綠樹編町。朝霏夕靄，環我郛境。橫梁跨溪，高閣枕嶺。牕明黛染，檐峭雲飛。春羽振響，秋蟾納輝。攜烟入袖，拂星滿衣。一川鏡瀫，萬瓦鱗積。風泉虛籟，林嵐微羃。耳目極清，高下一碧。簾旌雨暗，軒檻晴開。樵歸接席，農唱停杯。抱琴有意，行藥還來。

丁亥八月十六日夜丹谿水閣翫月記

余以中年多故，秋士易悲。念陳王之端憂，思枚叔之發疾。將以八月之望，謀爲一夕之歡。已約同人，成其近局。適疊峰主人卜朔折簡，選勝移尊。就水閣之再成，攬烟村于五里。于時晴暉晃野，新涼襲襟。白雲自媚，碧草未歇。離橋十步，已聞灘聲。遶欄一周，陡落山翠。乃相與緣梲而登，啓牖而望。其南則巨石枕岸，有如伏鼉；北則叢柯被山，時見歸鳥。東則袞岫屏列，烟雲之所出沒也；西則沙路砥平，樵牧之所往來也。

爾乃邱壑具胸，薜蘿在眼。逸興互發，高談轉清。杯斝既陳，各隨其斟酌；舄履交錯，相忘于主賓。俄焉月出嶺表，風來檐隙。窗櫺四面，隨風闔開。水光一樓，與月上下。鈴語振響，梵唄起而相應；佛燈熒然，琉璃爲之無色。此則高會不必其登堂，清游無假于秉燭者也。良夜方永，疎客始闌。白露曖空，清流見底。歸路之近，初不隔于牛鳴；橫江之游，庶猶徵于鶴夢。

夫吾儕瓜紹衍派，枌榆介居。墾畛剷芿以爲生，燔枯折芰以爲禮。情味相洽，比鄰之鵝鴨無猜；動息皆知，連巷之棗梨可數。而且謝家羣從，並以文義相先；韋公族人，自爲曠逸之友，亦足樂矣。然而三年之中，陰晴已變。斗酒之會，合散不常。猶憶昔在雞年，同瞻兔魄。而今則一抱秦關之柝，一鼓湘江之棹矣。謂乙酉秋，仲輿、兼山、玉鐎、翥雲，暨從子國樑，從孫炳光，同飲于此。今兼山赴官陝西，炳光薄游湖南。昨年則風雨如晦，泥潦載涂。浮雲無披豁之期，高閣有寂寥之感焉。然則深杯入手，能無懷舊之情；圓景當頭，可忘及時之樂乎？于是主人索詩，同輩有作。宿酒既醒，泚筆記之。

乙丑同年公祭英太師母經太夫人文

元冥艐節，飆厲霜飛。璇宮罷織，呂琯沉灰。瞻言懿娣，疇云不悲？有褘慈儀，燕垂秀毓。

秉禮婉嫕，應圖令淑。維我文莊，龤于吉卜。衣翟在室，杖鳩在堂。承巾奉帚，惟克翊襄。放于饋祀，既蠲且明。高門鼎貴，華族林茂。戚備椒塗，媢連𠩺胄。筐篚餉遺，歲時輻湊。經畫有緒，縟而不煩。言容罔失，典禮克甄。箴助之美，用無間然。文莊隆隆，優賢驟歷。輜軿從宦，沃盥侍側。職稱宜家，功參報國。女君棄帷，疏衰終禮。尙書耆年，如几杖倚。待漏薰衣，聞聲識履。治內既輯，肅後益隆。篤生顯嗣，實維司農。訓寓畫荻，愛存折葼。白雞告祥，黃鵠匪憂。惟勤杼機，以勖堂構。愛日冬暄，慈雲春覆。司農弱冠，鬱然奮興。增城峻上，亨逵載騁。韋平舄奕，桓武繼仍。高堂燕喜，載色載笑。豈惟色笑，曾是用教。國恩努任，家聲劬紹。霖雨澤物，皇華戒涂。勉以靡盬，毋懷于家。視爾報稱，以爲我娛。侍直承明，蕃遮錫賚。陸橘懷香，潁羹器摡。歸奉萱闈，斂衽而拜。昔榮替月，今貴成風。金章既被，石窌斯封。鸞牋迴紫，鳳綬銜紅。履盛思沖，席豐畏滿。錦被反覆，弋綈婁澣。循法蘋筐，習勤柘館。東海之則，京陵之規。起居八座，連慶九闈。寶爻遞衍，帨佩嗣徽。祖竹長青，孫桐更綠。三葉重光，瀛洲繼躅。繞膝含飴，王母介福。耳目聰朗，神明不衰。何期青鳥，一旦飛來。難求玉瀝，遽赴銀臺。晝翣宵掩，靈輀鼂發。相輟鄰舂，哀均朝列。奠醊陳詞，揚芬靡歇。

同鄉公祭汪馨廷先生文

嗚呼！歙寒谷之鄒律兮，羣煦嫗乎陽春。甄元模而戴義兮，扇和飈而詠仁。樹桃李之美蔭兮，佩芝蘭之芳薰。朝驂乘于夏縵兮，夕將接乎錦茵。胡昊穹之不弔兮，慘倏萎乎喆人。惟先生之蘊真兮，輝斗南而毓秀。植蟠木之癹骫磊砢兮，鍊風霜而克就。晚濯髮于天池兮，履雲衢而載驟。歷延閣廣內之清祕兮，春華擿而秋實茂。終典綍於黃扉兮，班行躋乎三壽。進砥節以首公兮，退汲汲而匪私之營。惟翹懃于氣類兮，雖疲劇倦御而周旋。一出于至誠，不飾皃以干譽兮，不絕物以爲貞。物各得其欲以去兮，淵懷固無所設其重輕。誦敬恭于桑梓兮，尤來者之典型。

彼江湖之無餘潤兮，曾溝渠之不如。松柏之下無殖草兮，又何異乎枋榆？甘齪齪而保己兮，委同舟于越胡。羌獨明于利害兮，曰予智而人愚。究大化之同盡兮，不見華屋之變爲邱墟。緬醰粹之遺規兮，障迴瀾于頹俗。內纏緜以抱悃兮，外神禫而非襮。輸肝膽而與人兮，日孜孜如不足。所貴乎解嬈而釋紛兮，能使鄙夫寬而薄夫篤。既遺榮而止足兮，乃引年而乞身。方東都之祖帳兮，値鄉飲而爲遵。龍蛇忽其告厄兮，閟宿曜于蒼闉。感履綦之遂杳兮，猶歆和其若醇。均憯悽于疏戚兮，輟舂相于比鄰。歸而可祭于社兮，實純終而領聞。抒哀襟而奠醊兮，庶來格兮來歆。

辛酉同年祭馨廷先生文

維公紫宿降靈，白嶽挺生。斧藻其德，禕隋其行。觴典謨以斟酌，雜藝術之璸珩。握靈蛇之瓌寶，垂雕龍之俊聲。惟輪囷之蟠木，資獿匠乎晚成。辭山蹻之奧渫，逮艾歲而崝嶸。夜然藜於東觀，晝視草於西清。花磚儤直，棘院分衡。照春坊之寶字，采秋實于家丞。荷金鑾之渥寵，樹玉署之芳型。佐洪鈞于台鉉，兼華秩於清卿。迴翔亨衢，羽儀上京。表漢廷之魁壘，齊雒社之耆英。若夫接人用枻，輔躬以檠匪，突梯以從俗。毋傲訐以近名，泯物我於畦畛。徹表裏之府城，道並太秋之廣鑒。含巨源之精至，其竭思毣毣，行義觥觥。芔然興德，隺乎至誠。被珍裘之千丈，覆廣廈之萬甍；從代公而啓護，詣李建而釋爭。一鐘之饟，不責償于鄭罕；三族之黨，皆待食於晏嬰。宜其秉陽施而長世，積陰德而餘慶者也。適之樂聖，疏傅遺榮。策靈壽之梠杖，結逍遙之組纓。方將青門祖帳，綠野觀耕。製九秋之芰服，調千里之蓴羹。曝背話觚棱之舊，扶肩望衡宇之迎。而乃傅箕歸次，殷奠在楹。蒼龍之杓，指寅維而乍轉；白雞之兆，應酉歲而旋驚。鄰春爲之輟相，櫪騎於以哀鳴。雲慘慘兮覆幕，風蕭蕭兮撼櫺。某等習贍醰粹，夙荷題評。思登龍以承宴，倏驂虬而上征。感梁木而霣涕，望繐帷而愴情。絮魯酒以陳詞，庶靈鑒兮式憑。

都察院公祭魯敬亭封翁文

於虖封翁，人貌而天。操冠秋雲，神棲九元。少而夙敏，賓賓學子。攻苦食啖，投筆而起。仰瞻伯兄，顧于弱弟。並持槧鉛，誰營甘旨。產薄指繁，誰殖誰理。爰及仲昆，同隱于市。姁姁以游，溪盎不苛。販夫豎子，偕飲其龢。勤恁旅力，以充厥家。粹于色養，兄弟匪他。雝雝一門，其樂若何。季也不天，在原斯急。煢煢藐孤，撫以成立。子之能仕，父教之忠。喆嗣升朝，隱隱隆隆。簪橐祕省，遷于南臺。迎養不許，郵筒迭來。曰維御史，耳目之官。言貴可行，毋易于言。六察之外，職多兼攝。行行爾驄，比于知雜。位不可失，官不必侵。勗爾勤慎，以慰我心。喆嗣奉之，罔敢失墜。翯翯竭思，允曰資事。退食之暇，思省于鄉。翁復不許，戒毋怠遑。以志養志，示閫歐陽。鄉人來者，僉云壽康。好行其德，令聞令望。鄉有爭言，除苛解嬈。丁歲之瘠，謀賑勸糶。收族以譜，敬宗于廟。修廢舉頹，不懈益劭。懷誠纍善，宜其大年。何報之爽，而忽不延。商飆始飛，承問千里。喆嗣拊心，几筵如在。凡我執事，同官爲僚。輟春均感，敬陳牲牢。奠以展誠，靈鑒孔昭。尚饗！

祈雨龍神廟文

維道光二年三月丙午朔，越祭日辛未，福建臺灣兵備道胡承珙、臺灣鎮總兵官觀喜等，謹以清酌庶羞之奠，致祭于龍神之靈曰：

惟神尺木不階，寸膚斯合。角尾東方之宿，德在好生；黍苗南國之膏，職司布澤。粵自元冬潛閟，久踰啓蟄之期。迨茲青律發生，正值服犁之候。星言既戒，霓望方殷。傾鸛垤以無聞，臨蜧淵而未躍。昨致牲醪之敬，爰申圭璧之祈。而乃箕哆頻張，荓號未起。雖暫霑於霢霂，猶勤佇於滂沱。故知載渴之懷，非一勺所能潤。尚幸已降之令，或再出而無難。

伏望鑒此愚誠，恕其瀆告。鱗堂貝闕，應鳴鼓而有聞；金支翠旗，紛隨驂而莅止。大布霖三之惠，稍迴巽二之威。青疇渙其流泉，赤嵌欝爲樂土。曰雨而雨，羣占比缶之孚；若烟非烟，敢忘升香之報？尚饗！

祭城隍神求雨文〔一〕

〔一〕篇題疑闕「文」，據《求是堂文集》〈總目〉（即原刊本目次）補。

維年月日，臺灣兵備道胡承珙等，謹用清酌庶羞，致祭于城隍神之靈曰：惟爾有神，共茲守土。雖幽涂之隔閡，實明德之馨香。環以大瀛，潤宜過于九里；越有小旱，望正切於三農。乃者鞭石無徵，揚沙屢告。苗淹淹而待槁，泉涓涓而斷流。忍看坼龜之文，莫聽枯魚之泣。

曩雖循于禳祝，曾未荷乎鑒觀。雲族之興蓊然，雨師之灑微爾。是用誠修潔墠，志迫納隍。載申嘉栗之歆，不勝發棠之願。伏乞騰章閶闔，移檄山川。婆娑之洋，舞靈潮而上潤；毗舍之國，布甘露以旁施。歲乃有秋，民亦無恙。庶念肌侵之痛，不昭血食之靈。尚饗！

附錄一 《求是堂文集》未見收遺文

韋旭東輯錄、車行健校補

陳賑務利弊摺（一）

陝西道監察御史臣胡承珙跪奏爲請撫衃流民，以廣皇仁，仰祈聖鑒事。

竊惟江蘇、安徽省屬，本年被旱歉收，仰蒙聖恩渥沛，賑、貸兼施，所以軫念窮黎，無微不至。小民之安土重遷者，自已口食有資，無虞失所。惟聞江北一帶，如淮、揚、廬、鳳、滁、和諸府縣民人，於成災以後，未經開賑之先，已紛紛扶老攜幼，就食他處，渡江而南者，

（一）校案：《胡譜》未收錄此摺，此摺作於嘉慶十九年，《清仁宗實錄》（北京：中華書局影印出版，一九八五～一九八七）於嘉慶十九年十二月丙寅載有嘉慶皇帝對此摺的批覆意見。（卷三百，頁一一二九。）《皇清奏議》第四冊載錄此摺，題作〈請撫流民疏〉（頁一七九九～一八〇五）。

日數百人或千人。臣籍隸安徽，家在大江以南，向見江北諸州縣偶逢旱澇偏災，小民往往挈家渡江，千百爲羣，散入村落，形如乞丐，名曰逃荒。其時江南多成熟之鄉，民間蓋藏有餘，一聞此等流民入境，即有紳士倡率捐輸米穀、安設處所，俾其晝餐夜宿，城鄉連屬，遞相傳送，可資及次年青黄交接之際，令歸本土。今則江南州縣亦多歉收，尙仰賴聖慮，普被恩施。其成災處所，官爲賑恤者，散錢給米，必以戶口冊結爲憑，流民恐難徧及。其勘不成災者，亦多因附近災區米價稍貴，民間不無拮据，即有好義樂輸者，不過惠及鄉鄰，外來流民恐難免視同秦越。現值隆冬，雨雪載塗，保無有輾轉溝壑，遺棄子女之苦。且此輩人數過多，若不妥爲收恤，恐壯者或流爲盜竊，老弱或蒸爲疾疫，更非地方之利。

又聞江北州縣，災有重輕，小民亦多就近趁食，地方官以同屬災區，自顧不暇，遂有肆行驅逐，不許入境，致令顛沛道路者，辦理殊爲不善，應請旨敕下督撫，令各州縣於流民所在，設法收恤。至者施給糜粥，行者酌予資費，如官賑正項有餘，自可量爲撥用，否則或捐廉措辦，或格外捐輸，總宜仰體我皇上一視同仁之至意，悉心籌畫，不分畛域，則流民無轉徙之苦，而有更生之樂矣。

抑臣更有請者，此等流民未必皆無業之徒，其原籍或尙有田可耕，當其挈家他徙，若宿麥已種，則聞此時雨雪均調，明年麥秋可望，自當相率還鄉。若匆匆外出，未經種麥者，亦須趁春融歸里，補種雜糧，以待大田成熟。查外省辦賑舊例，原有聞賑歸來之說，然多係胥吏借名影射，浮冒開銷，而貧民業已轉徙他處，散入鄉村，每無從確知賑信。且其去家近者數百里，遠者千餘里，亦未能聞信遄歸。應一併請旨敕下督撫，於流民所在，廣爲曉諭，勸令早還原籍。其陸續歸家者，令地方官查明戶口，隨時借給籽種、口糧，庶流民聞風旋返，依舊安業樂生。

總之，撫卹流民之法，多聚不如廣散，久寄不如速歸，但使其骨肉尚保，田畝未荒，則歉歲之後當有豐年。民生不患其不裕，民氣不患其不復矣！

臣愚昧之見，是否有當，伏祈皇上睿鑒訓示。

調補臺灣道謝恩摺〔二〕

福建臺灣道臣胡承珙跪奏，爲恭謝天恩，仰祈聖鑒事。

竊臣於本年十月十七日接奉兼署督臣行知，八月十一日內閣奉上諭：顏檢奏遴員調補一摺，著照所請胡承珙調補臺灣道，所遺延建邵道員缺，即以李可瓊補授。等因。欽此欽遵。轉行到臣當，即恭設香案，望闕叩頭謝恩訖。

〔二〕　校案：《胡譜》據《明清宮藏臺灣檔案彙編》輯錄，見第一三五冊，頁一五八～一六三。（頁九十）

伏念臣皖江下士，材識庸愚，由嘉慶十年進士改庶吉士，授職編修，歷任御史、給事中，濫廁清班，叨膺文柄。二十四年俸滿，截取引見，蒙仁宗睿皇帝天恩，交部記名，以繁缺道員用。旋補授延建邵道，調署臺灣道。自本年三月蒞任以來，迄今半載有奇，涓埃未效，兢惕方深。今復仰蒙皇上鴻恩，以臣調補斯缺，聞命自天，感悚無地。

竊思臺灣孤懸海外，遠隔重洋，山海袤延，民番雜處，人情浮競，良莠不齊，綏輯巡防，均關緊要。臣於到臺後，會同鎮臣，督飭營縣，嚴密捕獲新舊命盜案犯，隨時審明奏辦，匪徒稍知斂跡。並設法清莊，力行保甲，地方尚屬安謐。臣惟有矢勤矢慎，竭盡駑駘，一切公事與鎮臣協力和衷，悉心籌辦，督率府縣，整飭撫綏，務期海外要區，民安物阜，以仰報高厚，生成於萬一。

所有微臣感激下忱，理合恭摺具奏，叩謝天恩，伏乞皇上聖鑒。謹奏。道光元年十月十八日。

賞加按察使銜謝恩摺（三）

按察使銜福建臺灣道臣胡承珙跪奏：爲恭謝天恩，仰祈聖鑒事。

竊臣于本年二月二十五日奉督撫臣行知，道光元年十一月二十六日內閣奉上諭：福建臺灣道胡承珙茲賞加按察使銜。欽此。臣當即恭設香案，望闕叩頭，祗謝恩慈訖。

伏念臣駑駘下質，樗櫟庸材，上年蒙恩調補臺灣道，海疆重任，力圖報稱，時凜冰兢。茲復渥邀寵命，給予陞銜，沐逾格之隆施，益撫衷而滋惕。臣惟有益矢勤慎，潔己奉公，於地方一切緊要應辦事件，會同鎮臣，悉心商酌，都率府縣，實力經理，不敢稍事因循，以冀仰報高厚，生成於萬一。

所有微臣感激下忱，理合恭摺具奏，叩謝天恩，伏乞皇上聖鑒。謹奏。

鄭兼才上胡道憲稟覆昭忠祠事批文〔四〕

查昭忠祠之設，係聖朝所以示嘉獎而昭激勸者。此時編立牌位，歷年既久，自應確查原卷，訪證近書，俾不失於漏，不流於濫。卷查各原案，奉到上諭及軍機大臣議奏奉准者二條，

〔三〕 校案：《胡譜》據《明清宮藏臺灣檔案彙編》輯錄，見第一三五冊，頁四二四～四二七。又據《胡譜》，此摺作於道光二年二月二十八日。（頁九十二～九十三）

〔四〕 校案：《胡譜》據鄭兼才《六亭文集》之《宜居集》輯錄。韋氏繫此文於道光元年七月二十八日，又云：「鄭兼才接承珙對請訂昭忠祠祀事文之批示，有書稟覆，承珙又批示。」（頁八十八）

另録黏單外，其餘不予卹典各員，均係貽誤地方，奉旨扣除，自不應濫入祠祀。至武職陳元、鄭英二人，係于林案議卹，緣事扣除，該學見自何處，本道飭丞細查，並無此卷。要之，扣除卹典，必於本案有所關礙，不必設牌附祀。其建寧守備唐昌宗，僅據近人詩序，亦不便遽行補祀。其祠內原祀鄉勇七名，業經舊祀，即附列兵丁之末可也。

至詳內所稱武職九名，無一名見奏冊內。玆查有報銷鈔黏陣亡武職贈卹八十七員一案，內有千總吳聯貴等三員，均經議䘏，並宜入祀。其案內八十七員俱經議卹，自有可以參證。現編牌位之處，誠恐該學無可查考；合將原卷四宗，飭發校對明晰，事竣即繳。仰即遵照辦理。

鄭兼才上胡道憲請查辦南壇義冢摺批文〔五〕

查南壇義塚地，掩埋無主棺柩，前經蔣守同各紳士捐置田園，以充經費。每年收租完賦、一切支銷，自應詳載簿册，以備稽查。乃各董事視爲利藪，謀充營私，甚至租額不可復考。若不速為清釐，勢必日漸侵沒，墮廢義舉。仰臺灣府即飭檢檔案，檄發該學會同公正紳士，詳細鈎稽，妥立章程，並僉舉誠實董事，稟覆核奪。

纂輯十三經注疏序〔六〕

楊子曰：「古之學者耕且養，三年而通一經。」夫所謂通者，必其融會貫穿，繇博反約，如居家者之升堂入奧，而又周其㝢焉。故非盡通諸經，不足以通一經。漢人之注經，唐人之疏注，微言大義，蓋僅有存者。而典章制度、名物訓詁浩博精詳，承學之士鑽研其中，猶伐材鄧林，探珠淵海，各隨其力之所得，而卒不能盡。宋魏鶴山嘗博取注疏之文，據事別類而録之，成《九經要義》三百六十三卷，芟除支蔓，擷萃英華，實足爲讀注疏者之津筏。惜其書多佚帙，流傳日希，學者罕覯焉。吳孝廉迴溪，篤志好古，家貧，授徒課誦之暇，盡陳《十三經注疏》，博觀而約取之，擇其有關於典章制度、名物訓詁足資考證者，彙爲一編。

去年秋，余主粵東鄉試，得孝廉文，奇之。今春計偕入都，出是書示余，余讀而善之。今

〔五〕 校案：《胡譜》據鄭兼才《六亭文集》之《宜居集》輯錄。韋氏繫此文於道光元年，又云：「鄭兼才請查辦南壇義冢，承珙批示其詳細鉤稽稟覆。」（頁九十一）

〔六〕 校案：《胡譜》據光緒《吳川縣志》卷九〈紀述上〉「藝文」輯錄，《吳川縣志》著錄《纂輯十三經注疏》十九卷云：「國朝吳川吳懋清撰，國朝編修涇縣胡承珙序。」又《胡譜》繫此文於嘉慶十六年。（頁四十四）

人自童子入塾時，已不讀全經，長而因陋就寡，剽襲皮傅，惟以八股取科第，經文之不知，何況注疏？苟有志者，嘗鼎而得一臠，窺管而知全豹，由是而進之，以鑽研探索，實事求是，蘄至於古之通經者。則是書也，乘韋先導之功，雖謂不遜於鶴山，可也。

胡培翬河南余氏服議書後〔七〕

大作援據精詳，斷制明確，足補禮文、律令之所不備。按：此事本爲世俗失禮，篤生既承兩房，其妻遂疑於二嫡，古今無是理也。若論其初，則有二塗，準之於古，亦非無據。當篤生之生萬全也，則宜身歸本生，而以萬全爲成江後。《儀禮》「爲人後者」，雷次宗、庾純並有無子立孫之義；《晉書》高密王據薨，無子，以彭城康王子紘爲嗣，其後紘歸本宗，立紘子俊以奉據祀，是其例也，否則，其又生萬德也，或即以萬德爲成海後。《蜀志》諸葛亮初以兄瑾子喬爲嗣，生子攀，及瑾子恪見誅於吳，子孫皆盡，而亮自有胄裔，故使攀還爲瑾後，亦其例也。既不出此，而以一身承二宗，復以兩家娶二婦，則家無匹嫡之理，子無二母之服，酌禮準情，當如尊議。《晉書》：「張華造甲乙之問，曰：『甲娶乙爲妻，後又娶丙，居家如二適，無有貴賤之差。乙亡，丙之子當何服？』太尉荀顗議曰：『《春秋》並后匹嫡，古之明典，今不可以犯禮，並立二妻，不別尊卑而遂其失也。故當斷之以禮，先至爲嫡，後至爲庶。丙子宜以嫡母服乙，乙子宜以庶母事丙。』」此於今事，雖小有異同，然大義所符，略可依仿。執彼例此，不啻助足下張目也。

吳賓門舍人印正序〔八〕

秦時六書，五曰摹印，即新莽之繆篆也。其原蓋出周之掌節，大抵施於官府，而私印則不知所始。吾邱衍《學古編》辨《淮南子》載子貢印事之妄，然衛宏稱秦以前民皆以金玉爲印，唯其所好，則其來久矣。顧漢印多工匠所爲，故字畫往往訛異。宋元以來，若楊克一、王俅、顏叔夏、姜夔，以及明之文彭、何震諸家，譜録具備，橅畫益精，而篆刻一技，幾與小學、金

〔七〕校案：此文附於胡培翬《研六室文鈔》卷三〈河南余氏服議〉後。原題作〈家編脩墨莊書後〉。又案：此文標點據黃智明點校《胡培翬集》校正。

〔八〕校案：《胡譜》輯錄自《歷代印譜序跋彙編》，《胡譜》云是書係：「據嘉慶二十五年刻本排印，然文末誤『嘉慶』爲『喜慶』。南京圖書館藏《十友圖贊印正》（光緒十七年抄本），正文無異，但無末句。網文《莫愁前路无知己》之七十六，〈說話《十友圖贊印正》〉，附嘉慶二十五年刻本《十友圖贊印正》數張照片，其中包含承珙此文首尾部分，內容如上文。」（網址爲http://blog.sina.com.cn/s/blog_6f6c6b6f0101fy5x.html，頁一二九。）又案：韋氏繫此文於嘉慶二十五年。（頁八十二）

石兩家並埒。其究也，泥古者，雜以鐘鼎，而不知漢印之兼用隸法；趨今者，汨於俗工，而不知摹刻之宜本六書。二者交譏，而其失則一耳。

吳賓門舍人，性恬雅，無他嗜好，獨時時以摹印自娛。人有求之者，亦無不各得所欲以去。間出其《印正》一冊示予，參差變化，布置有法，準乎古，不違乎今，知其於斯道也蓋邃矣。舍人官中書科，掌書誥敕，芝泥玉檢，用擴見聞。今以倦遊將歸，使歸而更求古人官私印章，以證其所已能，而勉其所未至。設令文、何諸家見之，固當把臂入林，而後有蒐輯印譜若晁、王輩者，有不視若珍寶者哉。予不工篆刻，而粗識六書源流，惜相聚日少，未暇與君上下古今，考證得失，以罄其所欲言，於其歸也，姑書此以質之。

嘉慶庚辰春日，墨莊弟胡承珙拜題。

靜葊公傳〔九〕

朱君脩，字德甫，靜葊其自號也。弱冠爲諸生，學使者試，輒高等，旋餼于庠。乾隆己酉，以選拔將貢名太學。是年秋，赴江南鄉試，先期至姑孰，遇疾卒。君與選貢時，承珙亦以是歲補學官弟子，年方稚，未嘗識君也。既而隨先兄踏省闈，泊舟姑孰，聞君之卒，同邑識君者皆歎息，爲君設祭奠，時竊心誌之。後習于君仲弟勿崖，君子宗道又從予游。勿崖淳謹恬雅、賢而有文，每與予言及君，輒欷歔不自禁，予由是得悉君生平。君生而開敏，讀書目數行下，爲父母所鍾愛。既長，銳自刻厲，夜讀書至漏盡不止。爲文好深湛之思，心精力果，宋入國初諸老堂奧。嘗受業君族甘仁、予族損齋兩先生，均以遠大期之。丹陽胡鶴清先生以名進士主吾郡敬亭書院講席，君偕勿崖往從之游，先生亦深加器重，論文質古，學益進。暇時喜作書，購古人石墨真蹟甚夥，酷意臨橅，無不神似。求書者恒滿戶外，悉應之，不知其倦。與人交，篤雅有終始，于同年生趙君雷生，尤稱莫逆。其先期至姑孰也，以學使者招君及趙君入署，使肄業，親爲講論，故兩人同邸舍，昕夕誦讀，暇輒爲詩相酬唱。偶病瘧，醫誤投劑，遂不起，年僅三十有二，可傷也。

君家世有令德，父翔亭公，樂善好施與。嘉慶間，與君叔父又荃公同被旌。君承親意，遇事輒多方贊成之。或有以困乏告君者，亦周恤不少恡。事其叔父如父，故又荃公愛君特甚。其歿也，聞之大慟，至嘔血。君於昆弟四人居長，咸篤友愛。與勿崖共相切劘，晨夕不離。勿崖體素弱，少善病，飲食起居，君爲之調護甚周。遇省試及學使者試，勞瘁之事，君則身先之。平日與子弟言，必以尊祖訓、尚忠厚相誡勵。君歿時，長子宗道年甫舞勺，宗進、春元、殿元俱幼，今則咸能樹立，克家無忝，固君遺教所成，蓋亦君配胡恭人苦節勤誨之力。恭人于嘉慶

〔九〕　校案：《胡譜》輯錄自《張香都續修朱氏支譜》卷三十一下。韋氏考證此文約作於道光四年。（頁一〇〇）

十八年得旌門，君亦以弟格官知府，貤贈如其階。君所作詩文稿，多爲朋好攜去，宗道兄弟裒其制舉文若干首，與勿崖合刻爲《棣鄂居遺稿》，詩見同邑趙琴士徵君所輯《蘭言集》中。

論曰：選貢之制，起于明季，糊名易書，一如鄉會試例，然廷試畢，惟令入監讀書而已。至我朝則取用最優，朝考上等爲七品小京官，次亦得縣令若教職，駸駸與科甲埒。每十二年一舉行，學使者務遴高才生以應。如君之才，苟天假之年，其德業所成就，將不止以名位見。顧第以名位言，而洒一貢太學，竟不得與于廷試，俾稍以展其底蘊，豈天之困阨才人類如斯耶？然君之歿，距今將四十年，識與不識，莫不謂其才爲文人，行爲君子，而其後人又皆束脩自好，砥礪立名。將嗇于前者豐于後，身之遇不遇，亦烏足論哉？

賜進士出身誥授中憲大夫前福建臺灣兵備道兼提督學政加按察使銜姻愚弟胡承珙頓首拜譔。

維嶽公配胡宜人傳〔十〕

節孝胡宜人者，族兄方明公之女也。年十八，適太學生朱君維嶽，逮事尊章，朂帥無違。生子棟，未幾，朱君卒，時宜人年二十有八。慟哭擗踊，誓以身殉，姑舅涕泣，諭止之。乃剪髮矢志，代夫終養。遺孤儽然且多病，宜人撫之成立，艱苦備嘗，棟年三十餘又卒。姑息嫠居，據床對泣，遂同撫諸孫以終老焉。嘉慶十年，有司上其事於朝，旌如制。二十五年，復以孫宗烋遵例得貤封。道光三年，年七十有四，卒。

宜人性淑慎，尤勤女紅，平日鍼黹所贏，錙積銖纍，未嘗少自奉，獨敦婣恤之誼。家故不豐，每族中公舉，雖捐厚貲無悋色。嘗啓奩出白金百兩，入義倉佐賑卹資。遇歲祲，又數命子棟捐金以助減糶。病革，謂宗烋等曰：「汝曹衣食幸粗足，不煩我慮。頗聞邇日義倉費且絀，我篋中尚有餘貲，當盡斂而歸之，以終吾志。」飯含已畢，檢其篋，平生衣服簪珥及食用珍異之物，緘庋嚴整，封識宛然，有數十年未沾口澤者。宗烋等捧函感泣，復遵命捐五百金爲助。於是始知宜人之省嗇其身，以襄善舉，其澤及歿世乃如此，而棟之備物致養、克孝其親，亦因以可見也已。吾涇風俗醇厚，雖婦女皆知禮義，故以節孝膺旌典者，歲不絕書。然大率貞信自守有餘，求其他可表見者，亦不多覯。

余於宜人爲從父行，知其家事頗悉，往歲燕喜，故嘗序而壽之。甲申秋，自閩海歸，其孫宗熙以狀來謁，求爲作傳，以備家乘。宜人節孝已見邑志，余特嘉其遺愛在人，獨能本其貞德，見諸施行。他日積善餘慶，有以光大朱君之家者，未必非宜人力也，故不復辭。

賜進士出身欽命福建臺灣道兼管學政按察使銜前刑科掌印給事中陝西道監察御史翰林院編

（頁九十九）

〔十〕　校案：《胡譜》輯錄自《張香都續修朱氏支譜》卷三十一下。《胡譜》繫此文於道光四年。

修姻侍同邑胡承珙譔。

致某前輩書札（其一）〔十一〕

旬日未晤，惟興居曼福爲頌。送去愚山先生遺像卷子，希老前輩將大作寫上，此係敝本家所藏，於望前後出都，伏乞撥冗一揮，三日走領，更容晤謝。

即叩近祺。不備。侍胡承珙頓啓。九月朔日辰刻。

致某前輩書札（其二）〔十二〕

歷碌連旬，未能走晤爲悵。十年落拓，一旦馳驅，冗沓交并，竟難就緒。起程計算，月尾尚未知能如願否耳。〈頗歎賦〉、〈留別詩〉亦未識能脫稿否？石士前輩許賜詩贈別，歎求老前輩大人亦賜數言，以光行李，不勝希甚。來扇謹遂命寫章，再行呈上。

肅此佈使，順請春禧，不具。侍胡承珙頓首。何二兄所拜各信俱收領，多費清神，感泐無已，希此致不盡。十日未刻。

復梁章鉅書札〔十三〕

……敬啓者。春初由雲舫中丞處接奉惠翰，就稔老前輩大人樞廷儤直，昕夕賢勞，動履增綏，慶符心祝。侍自捧檄珂鄉，半載鐔津，方慚尸素，嗣復委攝臺篆，極知非力所勝，因瓜代有期，瓠繫非久，遂爾掛帆東渡。頃知心畬前輩乃不果來，承乏無人，仍以不才備數海疆重任，德薄材輇，念負重於春冰，跕焦邊而跟趾，私心惴惴，不可弭忘。此間山海袤延，民番雜處，向者土曠人希，產殖蕃茂，風氣惷愚，第能不朘其生，足以爲治。近則地無虛額，民多游

〔十一〕校案：《胡譜》繫此札於嘉慶二十二年九月初一日，且謂作札緣起爲乞題胡世琦所藏施閏章小像圖卷。《胡譜》又云：「此書札爲西泠印社拍賣有限公司於二〇一八年秋季拍賣會之拍品。」（頁七十二）

〔十二〕校案：《胡譜》繫此札於嘉慶二十五年二月十日，且謂致書對象疑爲梁章鉅。又云：「此信札爲中國嘉德國際拍賣有限公司於二〇一八年春季拍賣會之拍品。」（頁八十三）

〔十三〕校案：《胡譜》繫此札於道光元年八月八日。又云：「此信札爲中國嘉德國際拍賣有限公司於二〇一二年秋季拍賣會之拍品。一通，五頁，二〇一二年春季拍賣會（未成交）展示末頁，後秋季拍賣會（成交）又展示中間二頁，凡此三頁内容即如上文所示。其餘未見。」（頁八十九）

手，性本嚚陵，習成巧僞。當官者惟知以簿書期會爲亟務，否則以文告號令爲虛縻，又不則以爲告頑……槖筆于黄扉，不勝其羨，所覬不遺在鄙。時因北風，惠之悳音，無任屏營，瞻歧之至。

肅泐，布候台祺，諸惟荃鑒不戩。莒鄰老前輩大人閣下。侍生胡承珙頓啓。八月十八日沖。

附錄二　《求是堂文集》異體字對照表

一、茲將文集中所使用之異體字，依出現先後，按照卷次順序，逐一列出。並將通用字用圓括號標識於後，藉此略窺胡承珙和刊刻者之用心和學風特色。

二、所列各卷異體字，以首次出現爲主。前面卷次已列出者，後面卷次若有再次出現者，概不再列。整理本所用的字用加黑字體標識。（整理本所用的字以黑體字標識）

目次

擽（拜）	**邨**（村）	臯（**皋**）	葢（**蓋**）	蘜（**菊**）	虗（**虛**）	栁（**柳**）	

求是堂文集序與卷首

畧（**略**）	獘（**弊**）	**廑**（勤）	俻（**備**）	畱（**留**）	㫖（**旨**）	閒（**間**）	叅（**參**）
傒（**候**）	肎、肻（**肯**）	騐（**驗**）	斥（**斥**）				

卷一

襍（雜）	从（從）	竝、⿱㚘一（並）	矦（侯）	䘮（喪）	亾（亡）	⿰夕人（死）	厀（膝）
⿰言宐（誼）	㛮（嫂）	襮（襮）	疋（雅）	豪（毫）	㫄（旁）	宐（宜）	⿱亾女（妄）
湼（涅）	曡（疊）	丯（丰）					

卷二

嬾（懶）	岓（岸）	菴（庵）	攷（考）	槩（概）	醋（酢）	据（據）	眎（示）

卷三

衮（衰）	⿰耳丣（聊）	盇（盍）	圅（函）	佀（似）	苐（第）	歬（前）	艸（草）
㬥（暴）	丣（卯）	⿱亾心（忘）	⿰氵⿸厂屰（溯，泝）				

卷四

冣、⿱穴取（最）	旹（時）	⿰言㫄（謗）	⿰扌叜（搜）	緐（繁）	㚔（幸）	⿱宀萬（厲）	眎（視）
唫（吟）	⿱日弟（昆）	灾（災）					

卷五

抍（拯）	休（溺）	㘣（淵）	[illegible]（叫）	嘑（呼）	畂（畝）	禩（祀）	蘤（花）
傍（傍）	履（履）	絫（累，纍）					

卷六

[illegible]（惇）	蘓（蘇）

駢體文卷一

鵞（鵝）	兠（兜）	嗁（啼）	[illegible]（漁）	窻（窗）	[illegible]（窈）	隟（隙）	[illegible]（薙）
澑（溜）	瘦（瘦）	𥬇（笑）	潠（潩）	共（共）	椉（乘）	旉（敷）	[illegible]（弢）
耶（邱）	叜（叟）	裣（襟，衿）	榜（榜）	詳（詳）	陳（陳）	藼（萱）	[illegible]（翔）
㝡（最）	鬂（鬢）	褒（袍）	萅（春）	鉢（缽）	[illegible]（鐙）	篴（笛）	[illegible]（滂）
[illegible]（穤）	[illegible]（鯨）	颷（飆）	捪（括）	蓺（藝）	埜（野）	[illegible]（踖）	榘（矩）
覩（睹）							

駢體文卷二

㠀（島）	撦（扯）	弃（棄）	鏁（鎖）	呌（叫）	鐡（鐵）	秔（粳）	謌（歌）
鸎（鶯）	讐（讎）	擢（批）	𣦼（夙）	鼃（蛙）	暎（映）	褏（袖）	夸（夷）
𨜒（黨）	㠯（以）	揷（插）	贑（贛）	藼（萱）	煗（暖）	𢧜（截）	亝（齋）
諙（話）	孏（嬾）	褱（懷）	𣳚（沒）	筞（策）	殅（晴）	䕺（叢）	笲（畢）
窓（窗）	譍（應）	黔（陰）	㭊（柝）	㝠（冥）	龤（諧）	婣（姻）	䘏（御）
㱃（飲）	厸（鄰）	諩（譜）	庿（廟）				

古籍景印叢書・典籍整理叢刊　0304001

求是堂文集

原　　著　胡承珙
點　　校　車行健
審　　閱　蔣秋華
責任編輯　呂玉姍
特約校對　林秋芬

發 行 人　林慶彰
總 經 理　梁錦興
總 編 輯　張晏瑞
編 輯 所　萬卷樓圖書股份有限公司
臺北市羅斯福路二段 41 號 6 樓之 3
電話　(02)23216565
傳真　(02)23218698

發　　行　萬卷樓圖書股份有限公司
臺北市羅斯福路二段 41 號 6 樓之 3
電話　(02)23216565
傳真　(02)23218698
電郵　SERVICE@WANJUAN.COM.TW
香港經銷　香港聯合書刊物流有限公司
電話　(852)21502100
傳真　(852)23560735

ISBN 978-986-478-965-8
2023 年 9 月初版
定價：新臺幣 480 元

如何購買本書：
1. 劃撥購書，請透過以下郵政劃撥帳號：
帳號：15624015
戶名：萬卷樓圖書股份有限公司
2. 轉帳購書，請透過以下帳戶
合作金庫銀行　古亭分行
戶名：萬卷樓圖書股份有限公司
帳號：0877717092596
3. 網路購書，請透過萬卷樓網站
網址　WWW.WANJUAN.COM.TW
大量購書，請直接聯繫我們，將有專人為您服務。客服：(02)23216565　分機 610

國家圖書館出版品預行編目資料
求是堂文集/胡承珙撰；車行健點校 .-- 初版.
-- 臺北市：萬卷樓圖書股份有限公司,
2023.09
面；　公分. -- (古籍景印叢書. 典籍整理叢刊；304001)
ISBN 978-986-478-965-8(平裝)
830.7　　112015438